我還沒摁住她

03

星球酥——著
虫羊氏——繪

高寶書版集團

目錄
CONTENTS

第十七章 瑞克和莫蒂

青梅黃時，碧空萬里，夏初時節的清晨六點。

許星洲早上在起床鈴中醒來，麻雀在窗臺啄食，窗簾上滿是藤蔓花鳥的光影。

她在床上熬了許久起床氣，好不容易熬過去後，先是探頭看了秦渡一眼。

這個年輕男人憋憋屈屈地睡在陪護床上——要知道醫院的病床就已經夠窄了，陪護床甚至比病床更誇張，秦渡個子又高，此時連腳都伸在外面，赤著腳，身上蓋著薄被，看起來極為憋屈。

這位太子爺，這輩子都沒睡過這種破床，也沒過過集體生活——室友還是老奶奶與高中生。

許星洲前幾天夜裡沒有安眠藥，吃了藥就睡不安穩，頻頻睜眼，她每次睜開眼睛都會看見秦渡換了個姿勢——他大概連睡都睡不著。

今天早上他卻睡得相當甜，應該是前幾天累壞了，終於磨過了生理時鐘。

許星洲剛睡醒，大腦供血都不足著呢，下意識地伸手去捂秦渡的耳朵，生怕鬧鐘把他吵醒——她一動手，發現秦渡捏著她的手指，與許星洲手指勾著手指。

許星洲：「……」

還能不能開上車啊！真的是男人嗎，說好的老狗比開場白都是「看看逼」呢！別說「看看逼」這種限制級了，許星洲意識到，別說限制級，放到自己這裡，連抱抱都得自己要。

許星洲，一個十九歲妙齡少女，睡在師兄旁邊，睡了幾個晚上，師兄終於採取了行動——他睡了一晚上，勾住了手指。

簡直是人生的奇恥大辱。

許星洲偷偷瞄他臍下三寸，又覺得尺寸好像也沒有問題。

許星洲：「……」

許星洲小聲嘀咕：「他該不會不行吧。」

許星洲躺在床上打滾了許久，又看了看正在睡覺的秦渡，師兄肩寬腰窄，露出一截結實性感的腰肌，睡得很沉。

許星洲忍不住澎湃的好奇心，終於忍不住偷偷伸手……戳了戳讓她好奇的地方。

許星洲：「……」

尺寸……這是還行的嗎？許星洲毫無經驗，不懂辨別男人，尤其此時還隔著兩層褲子。她只覺得好像是有點什麼，卻完全沒有概念，頭上冒出一串問號。

過了一下，許星洲又悲痛地告訴自己：不行也沒辦法，大的不也有不少中看不中用的嗎！就算不行，自己攤上的男朋友，跪著也要談下去。

誰讓我許總看上了你！

大不了到時候穿個露骨點的東西之類的……

秦渡極力反對用ECT療法折騰許星洲。

ECT療法，又名電痙攣，簡稱電療，一開始用於治療精神分裂症，後來則被發現治療女性重度憂鬱症有格外強烈的療效，目前仍在臨床上被廣泛應用，並有著極為出色的流行病學資料。

但是，同時也有非常可怕的後遺症。

秦渡早先就在NCBI（美國國家生物技術資訊中心）上找了半天相關文獻，得出的結論是：寧可許星洲反覆發作下去，都不能讓她受這種折磨。

秦渡一想到電痙攣就想起楊永信[1]，想起戒網癮中心，打死都不肯讓許星洲受半點電，按他的說法就是「吃藥能吃好的病為什麼要用電電我女朋友」——在于典海提起這問題時，甚至有點要生氣的意思。于典海不得已嘮叨了半天這個rTMS療法和ECT不是同一件

1 楊永信，是一名精神心理科專家，中國臨沂市第四人民醫院副院長，因其獨創用於治療「網癮」的電刺激療法（又：電休克療法）而廣受討論與批評。

事。

于典海道：「這個是磁刺激，那個是電療，這不是同個東西。」

秦渡執意說：「我管他是磁是電。吃藥就行了，主任你不能勸勸嗎？」

于典海：「先生，是患者執意要求的。」

那句話猶如個重磅炸彈，把秦渡當即炸得沒了話。

「其實我們病房區裡，願意運用這個療法的患者還不太多，」于典海解釋道：「這幾年都被那個網癮中心嚇怕了，大家看到電啊磁的就害怕。況且我們病房區畢竟是開放的，大家的病情都還算可控，都覺得能吃藥就吃藥吧，沒有必要用這種療法。」

秦渡開口：「不就是這……」

于典海：「——秦先生，她想治好。」

「不是那種，」于典海解釋道：「讓醫生幫忙緩解會復發會反覆的病情的程度。她想從此擺脫這個毛病，想當個健康的人。」

于典海說：「所以除了吃藥之外，患者還想用別的方法去治療自己。」

秦渡那瞬間，鬆動了。

于典海又憋屈地說：「而且我再重申一遍！我真的沒打算電她……」

那治療，比起改良性電痙攣已經好了不少。

許星洲以前沒電過自己，從未體驗過那種感覺，它和電痙攣不同——它相當安全、無痛，可是當那金屬板抵在她頭頂的那一刻，許星洲還是感到了一種伴隨著頭皮發麻的、濃重的絕望感。

它抵上之後，許星洲甚至無法思考，像是墜進濃厚的雲端。

她只在最縹緲的地方保有著兩線理智。第一線理智告訴許星洲她的現況，告訴她她現在幾乎不像個人，連大腦都無法思考。它搬來這世上所有的哭聲和絕望的哀號，許星洲聽見鄧奶奶的崩潰尖叫，聽見隔壁狂躁患者的尖聲大笑，有人談起一個因為婆媳關係跳樓自殺的女人，又有人說那個女人可能是被家暴瘋了——人間七苦求不得，這裡的人怕是有八苦。

第二線理智在雲霧中清晰地說：許星洲，妳會好起來。

——不只是妳，連他們都會好起來。儘管如今滾落泥地，尊嚴全無，失控得猶如墜崖的藏羚羊。

可是，最終還是會好起來。

好起來的話，太陽就會升起來了。

rTMS療法的後遺症並不嚴重，卻真實存在。

許星洲頭暈得難受，幾乎想吐。

心理諮商室裡，上午九點鐘。

金黃的陽光落在長桌上，桌上散著一打計算紙，秦渡筆袋裡那塊橡皮擦被他用得又黑又小。

秦渡的電腦亮著，聚精會神地盯著螢幕，膝蓋上躺著一個裹著薄毯子的小混蛋。

秦師兄考試臨近，期末作業如同山海，哪怕是他這種厲害的人物也得順從地付出幾乎所有的課餘時間，此時在心理諮商室裡拉了個凳子，頭疼地拄著腦袋，擠牙膏一般往外擠論文。

許星洲頭暈目眩，躺在秦渡腿上，過了一下委委屈屈地道：「師兄兄，我想吐。」

秦渡頭都不抬，以手指頭指了指，道：「廁所在外面，別吐我腿上。」

許星洲：「……」

許星洲真情實感：「嘔——」

秦渡：「……」

秦渡連話都不回，膝蓋一抖，把許星洲的腦袋抖到一邊，手指揉著自己的額頭，許星洲一臉愣怔，腦袋孤零零地躺在沙發上。

秦渡又拿起鉛筆，去列細綱——那應該是他修的雙學位的期末論文，硬性要求兩千字，理工出身的秦渡這輩子沒學過寫社科作業的奧義，從早上七點到現在兩個小時，他寫出了九十六個字。

許星洲腦袋還是嗡嗡叫。

「你是不是不會水字數。」許星洲小聲說：「也不會強行扣題？」

秦渡揉著額頭：「……？」

資深文組女孩，升學考文綜兩百六十七分的許星洲撐著腦袋爬了起來，坐在秦渡旁邊，好為人師且快樂地道：「師兄我教你！這個我擅長呀！你看，你這裡要加個介詞，這地方可以把定義重新寫一……」

秦渡：「……」

「妳平時都是這樣寫論文的？」秦渡冷淡地問：「靠水字數？」

許星洲一呆。

秦渡不爽道：「妳怎麼這麼喜歡糊弄？許星洲，妳選修課是不是沒拿過九十分？」

許星洲：「……」

這人有病啊！許星洲氣哭了。

她抽抽搭搭地抱著自己尋死覓活讓秦渡帶來的小黑，蜷縮在了沙發另一角上。

從rTMS治療結束後秦渡就頻繁嗆她，理由是治療方針不和他溝通，這次晚上睡覺連手都不牽了——雖然還是有親親抱抱，但是秦渡突然變得富有攻擊性，此時掐準了許星洲的GPA這個軟肋就擰了兩把。

媽的，簡直是降維打擊，許星洲曾經身為資優生的自尊被敲得粉碎。

許星洲在沙發另一角上蜷了一下，又覺得很無聊，因為秦渡顯然是要把畢生奉獻給不划水不水字數的論文了，可是許星洲又想出去曬曬太陽。她把小黑塞在沙發上，趿上拖鞋，擺出要出去曬曬太陽的架勢——然後，許星洲看了看秦渡。

秦渡看了許星洲一眼，又轉回去寫期末論文了。

許星洲：「……」

許星洲不指望他，乾脆趿著拖鞋走了。

外面的走廊明亮又溫暖，花枝光影落了一地。今天天氣不算熱，因此沒開空調，只將窗戶開了，任由外面吹進乾燥溫暖的，盛夏時節世界的呼吸。

許星洲見到護士，認真地表達了她想出去透風的意思。

她長得好看嘴又甜，入院還不給人添麻煩，發病時也只是躺在床上一動不動而已——幾乎是人人喜歡，甚至還有新來的小護士偷偷分零食給她吃，那個護士就笑著點了點頭，讓她去院子裡玩。

護士端著治療盤走後，許星洲作賊心虛地瞄了瞄長長的走廊——走廊上空無一人，只有開著的窗戶，窗外向日葵盛開，迎著太陽，花葉寬廣又亮堂。

那幾片向日葵葉，在許星洲眼中，猶如一座葉脈和表皮、柵欄組織與氣孔瘋狂生長的城市。

許星洲確定了前後沒人之後，一腳踩上窗臺。

窗臺上滿是小瓷磚。

九〇年代前半的建築尤其喜歡這種雪白的、大拇指大的小瓷磚，還喜歡在擰成花的欄杆外漆上鮮綠的油漆，如今這兩種搭配早就不再流行了，已經成為了歲月的痕跡。

許星洲小時候小學外面都是這種瓷磚。那時候小小的許星洲還想，那些來貼的人不會覺得累嗎？

她踩在窗臺上，湛湛清風中，夏天的草葉順風流淌。

然後許星洲想都不想，就撐著窗臺跳了下去。

許星洲折騰自己折騰了許多年，浪的時候連宿舍的水管都敢爬，算不上貝爺[2]那種級別的求生能力，也絕不是個吃素的。

——可是問題是，如今許星洲剛剛接受完治療，腦袋暈暈乎乎，還吃了點抗憂鬱抗驚恐的藥，此時共濟失調。

因此她從一樓的窗戶往外蹦，立刻就在地上摔了個狗吃屎。

許星洲：「……」

許星洲又疼又丟臉，臉埋在泥裡，渾身是泥巴，連欣欣向榮的向日葵都被壓趴了一棵。

膝蓋應該破了，是不是磕在了石頭上……

許星洲穿著自己嶄新的睡衣趴在花圃裡，連頭髮裡都是土，她在地上絕望地趴了一下，

2 愛德華・麥可・吉羅斯，暱稱貝爾、貝爺，英國探險家、作家和電視主持人，因拍攝求生系列節目《荒野求生秘技》聞名。

心想以後還是不嘗試這種酷炫的登場方式了，還好這裡沒有人看著。

沒人看見就等於沒有發生過！無事發生！

許星洲安慰自己安慰了半天，終於從地上爬了起來，一抬頭，就看到一個咬著檸檬茶吸管的人直勾勾地盯著她。

許星洲：「……」

那個人絲毫沒有覺得這個場景尷尬的感覺，咬著吸管，問：「妹妹，妳也是狂躁？」

許星洲丟臉地說：「我不是。」

那個人一頭染白的頭髮，瘦瘦的，個子不太高，許星洲覺得他看起來有點眼熟，便撐著暈暈乎乎的腦袋看了他一下，辨認出那是那天被綁起來的，隔壁病房的尖叫雞。

許星洲不知道怎麼回答，拍了拍膝蓋上的泥土。

她的膝蓋果然破了皮，臉上應該也有點髒，許星洲又把白T恤上的泥點彈了彈，把被她壓趴的向日葵扶了起來。

「妳話為什麼這麼少？」尖叫雞好奇地問：「妳是自殺過嗎——順帶一提，妳可以幫我取個名字，妹妹。」

許星洲不爽地道：「雞哥。」

他奇怪地皺起眉頭道：「為什麼——」

「——因為你叫起來像尖叫雞，」許星洲故意說：「我住在你隔壁病房，你很吵，那天我還留了一個東南西北給你。」

他又問：「妳是？」

許星洲剛剛幫他取了個極其糟糕的名字，有點不太敢回答這種靈魂之問，猶豫道：

「……我……我叫許星洲。」

他說：「名字很好聽哦。」

「那我就叫妳星洲妹妹，」他溫柔地道：「妳以後，可以叫我尖叫雞姐姐。」

許星洲：「？？？」

許星洲：「什麼？？」

「——尖、叫、雞、姐、姐。」他字正腔圓的播音腔，其中卻又帶著一絲難言的騷氣：

「星洲妹妹，我宣布，以後我們將以姐妹相稱。」

許星洲：「……」

許星洲顫抖道：「好、好的。」

大葉冬青濃密的縫隙中落下金黃的陽光，許星洲嘶嘶地倒抽著冷氣，扯了片樹葉貼在自己的傷口處。許星洲一瞬之間覺得自己彷彿領錯了宮鬥劇劇本——尖叫雞姐姐拍了拍許星洲的頭，示意她往前看。

他與許星洲並肩坐著，一起曬著太陽，突然道：「星洲妹妹妳看，那裡有一隻貓。」

許星洲看了過去。

陽光下有一隻胖橘，耀武揚威地站在人孔蓋上，那貓大概有快十公斤，膘肥體壯，連紋路都被撐圓了，像一隻肥胖的棕色大西瓜。

許星洲突然覺得極其有趣。

那種感覺，像是她又重新活過來了一樣。

「這也太胖了吧，」許星洲坐在灑滿陽光的花圃中間，渾身是泥，笑得眉眼都彎了起來：「居然胖成了史萊姆——貓也可以胖成這樣啊。」

雞姐姐愣了一下：「史萊姆？那是什麼？」

「就是……」許星洲想了想，腦袋還有點暈乎乎的，笑得模模糊糊地解釋道：「史萊姆嘛。就是RPG遊戲裡面的，透明的，黏糊糊的，長得有點像洋蔥，我小時候第一次看到還以為是果凍怪……」

許星洲比劃了一個洋蔥的形狀，又畫了一個小尾巴上去，示意那是史萊姆的形狀。

「——是勇者走出復活點的時候，會遇到的那種怪物。」

她說。

小勇者曾經被惡龍打沒了血條，頭頂的HP被清零，爆出無數金幣和銀河之劍。

可是那位勇者，還是千瘡百孔地走出了復活點。

正午的陽光照在許星洲被磕破的小腿上。

她和雞姐姐聊了許久。雞姐姐腦洞大得很，不知道是狂躁的病情導致的還是什麼別的神祕原因——總之許星洲和雞姐姐拿著一隻胖成史萊姆的橘貓、三棵開了花的大葉冬青和一截木枝排演了一齣宮鬥大戲。

雞姐姐一揮手道：「小星子，把貓貴妃給我拿下！」

身兼數職的許星洲立刻跑過去，捉住那隻肥胖的橘貓，將無辜的、喵喵叫的貓貴妃拖到了雞姐姐面前。

「貓貴妃！」雞娘娘捏起蘭花指，厲聲喝道：「妳可知罪！」

許星洲在一邊陪著演，一邊擼橘貓的毛，一邊狗腿地喊道：「沒錯！貓貴妃！妳可知妳犯下了什麼滔天大罪！」

胖橘：「咿呀——」

許星洲坐在醫院花圃裡，抱著橘貓大喊：「娘娘！雞娘娘！貓貴妃招了！就是她往娘娘您的飯食裡加了貓薄荷！貓薄荷啊！那是什麼東西！比那紅花還毒！她幾次三番令您滑胎——」

胖橘暴躁地亂撓，厲聲大叫：「咪呀——」

許星洲繼續悲痛地喊道：「那可是皇上的龍種啊！貓貴妃妳好狠的心！那可是雞娘娘好不容易才懷上的子嗣……」

雞娘娘：「……」

他一巴掌拍在了許星洲後腦勺上。

許星洲自己也知道自己的劇本雷人過頭，不好意思地摸了摸腦袋，遂鬆開了那隻胖胖的橘貓，尖叫雞又問：「妳剛剛為什麼跳窗？」

許星洲：「……」

許星洲臉都紅了，羞恥地道：「……我想著畢竟是一樓嘛。摔下去也不會有事，所以想試試從窗戶，閃亮……」

雞姐姐瞇起眼睛：「哈？」

「閃亮……」許星洲羞恥至極地把話說完了：「從窗戶閃亮登場。」

雞姐姐：「……」

雞姐姐冷靜地問：「妹妹，妳的訴求到底是什麼？」

「沒、沒辦法的嘛！」許星洲臉都紅到了耳根：「我的男朋友今天好像不太愛我，我有點難過，就只能把自己逗……逗得開心起來……」

雞姐姐一把捏住許星洲的下巴，問：「男朋友不太愛妳？妳明明長成這樣？」

許星洲臉都紅了：「哎……哎？」

他伸手點了點許星洲臉上磕破的皮，憐香惜玉地說：「哎喲妳看，這臉上磕的，姐姐看了都心疼。」

「說實話，」雞姐姐又捏著許星洲的下巴轉了轉，嘖嘖兩聲：「長成這樣，還受男朋友的氣，以後姐姐帶妳飛，可給我爭氣點吧。」

許星洲剛要回答不是我不爭氣是敵方太狡猾，那扇，她翻出來的窗戶裡，就傳來了一個氣急敗壞的聲音！

雞姐姐捏著許星洲的下巴，左右一轉。

那個姿勢其實沒什麼說得上曖昧不曖昧的，像是牙醫檢查口腔一般，雞姐姐做這事時其實什麼都沒想，也沒帶任何旖旎的氣息。然而可以確定的是——許星洲長得確實是秀麗，脖頸纖細，體態柔軟，捏起下巴時曲線猶如天鵝。

許星洲臉紅，純粹是因為被誇好看，和雞姐姐本人沒有半毛錢關係。

然而下一秒，她就聽見了一聲稱得上氣急敗壞的叫聲。

「許星洲！」秦渡大發雷霆：「妳幹嘛呢！」

許星洲被吼得一個哆嗦，回頭看去。

秦渡一手夾著他的筆電和計算紙，連半秒的猶豫都沒有，直接從窗戶翻了出來。

許星洲的第一反應是，看這模樣，秦渡的國高中時代，絕對沒少翻牆。

第二反應是，我怎麼覺得我要完蛋……

許星洲那時候還被雞姐姐捏著下巴，雞姐姐神祕地看了秦渡一眼，又輕佻地在許星洲臉上一拍，道：「妹妹皮膚真好哦。」

許星洲又想和他交流保養品心得，小聲說：「我、我最近用 Kiehl's 新出的那個……」可是她連保養品名都沒能說完。

「——鬆手，」秦渡打斷了許星洲，冷淡道：「誰准你碰的？」

秦渡身上有種冷而堅硬的、彷彿最後通牒一般的壓迫感，雞姐姐被這位嚇了一跳，並且極其逆反地捏了捏許星洲的面頰。

「妹妹真可愛哦，」雞姐姐叛逆地道：「皮膚也是真的好，羨慕。」

許星洲小聲解釋：「他有一點點人來瘋……」

雞姐姐說：「看出來了，哎呀這臉手感真好啊，再捏……」

秦渡一張臉，黑得像鍋底。

接著他將雞姐姐的手扯了下來，拽起許星洲。

他那時不知道許星洲小混蛋的手腕上還有劃破的傷口，此時還張著血淋淋的小嘴，秦渡一捏，立刻就疼得難受。

許星洲被抓疼了，發出一聲細弱的痛呼。

秦渡一怔。

他這才看見許星洲膝蓋上的傷口裡還都是泥，白T恤摔得滿是泥點，他捉著的地方也劃出了血痕，顯然是摔了一跤，還是狗啃泥的那種。

秦渡：「……」

秦渡擰起眉頭：「妳摔跤了？怎麼摔的？」

許星洲憋悶地道：「我不告訴你。你看不起我。」

秦渡挫敗地道：「師兄的本意是讓妳別糊弄論文……生氣也有，可是只有一點……師兄錯了。」

他又說：「妳受傷了，師兄背妳回去。」

許星洲扁扁嘴：「你凶我，還讓我吐在外面。」

雞姐姐忍不住插嘴：「叫師兄到底是什麼新情趣啊？」

秦渡冷冷道：「關你屁事。」

許星洲其實覺得有點尷尬，有種姐妹被誤會成出軌對象的感覺——何況宮鬥戲是兩人一起演的。那隻胖橘貓快樂得咪咪叫，看著星貴人被王爺拖走。

秦王爺把星貴人牢牢抱了起來。

許星洲權衡了片刻，在澄清自己和男朋友之間毅然選擇了後者，趴在秦渡肩膀上，乖乖地不再動。

秦渡抱著許星洲，對尖叫雞姐姐冷酷地說：「——別動她，她有主了。」

好像有主的許星洲面色緋紅，從秦渡肩上探出腦袋，對尖叫雞娘娘拚命眨眼，示意對不起。

尖叫雞娘娘：「……」

他對許星洲做了個口型，說：妳男朋友是個老狗比。

許星洲心塞地心想，這我還不知道嗎——可是沒辦法，就是碰到了。他不僅老狗比，而且吝嗇，更可怕的是好像還不大行……

師兄真的不大行！在一起睡了這麼久，他連胸都沒摸過。許星洲想到這個就覺得極度扎心，並且暗暗下定決心：回頭應該和已婚婦女們取取經，看看平胸女孩怎麼樣才能勾引到他。

日頭熾熱毒辣，大葉冬青花骨朵朝天生長。

完全不知道自己已經被許星洲編排了好幾輪的秦師兄，臨走時又撂狠話：「別他媽動我女朋友。」

尖叫雞姐姐還沒來得及表態呢，許星洲就哇一聲尖叫了起來。

秦渡嚇了一跳：「怎麼了？」

許星洲幾乎感動落淚，動情地說：「我太、太激動了！師兄！」

秦渡：「？」

許星洲抱住秦渡趴在他肩膀上，開心地說：「你終於肯說我是你女朋友了呀。」

許星洲當著他的面和別的男人勾肩搭背，演宮鬥劇。

這簡直是挑戰你市醋王底線的行為，然而秦渡死活發不出脾氣來。

畢竟許星洲那句「你終於肯說我是你女朋友了」實在是太甜了，簡直正中心頭軟肉，秦渡聽了之後連色厲內荏都做不到，更別提發火算帳了。他看到許星洲就想將這個壞蛋揉進骨血，便把這筆帳記下，日後討要。

秦渡把許星洲公主抱抱回護理站，在護理站旁要了碘酒和ＯＫ繃，摁著許星洲，把她摔傷的地方全用碘酒擦了一遍。

她摔的並不嚴重，就是清洗有些麻煩。面頰上還有一點劃痕，秦渡從窗臺上掰了一小截蘆薈，撕開皮，幫許星洲笨拙地揉在了面頰上。

許星洲難受地哼唧了一聲，想去揉臉上黏膩的蘆薈汁。

「別動，」秦渡捏著許星洲的腮幫，一邊抹一邊不爽道：「許星洲妳是過動症嗎。」

許星洲：「我……」

秦渡抬眼看向許星洲。

「師兄，我媽……」許星洲難堪地說：「她也用……這個。」

秦渡一怔。

「我小時候，在我爸媽離婚之前。」許星洲喃喃道：「有一次從托兒所的滑梯上摔了下來，在臉上摔破了一大坑，疼得嗚嗚哭，我小時候就怕我長得不好看，害怕毀容。」

她說那句話時，粗糙而冰涼的蘆薈抵在許星洲的面頰上。

許星洲悵然地按住秦渡的手，說：「……然後，她掰了蘆薈幫我擦臉。」

「她說這樣不會留疤……」許星洲空白地說：「我還記得她每天早中晚堅持幫我抹，傷口是黑紅色的，總是被蘆薈浸得很潤，也不痛，最後痂掉下來的時候，就是很乾淨的粉紅色新皮。」

秦渡一手拿著蘆薈，低著頭，看不太清表情。

許星洲看著他，又覺得自己這些話沒什麼意義，這畢竟不是秦渡所經歷過的，也不是他應該負擔的，許星洲的過去。

「沒事……」許星洲小聲道：「我就是突然想起來的，師兄你不用在意。」

秦渡伸手在許星洲鼻子上使勁一捏。

他手勁挺大，許星洲被捏的吱一聲，紅著鼻尖控訴地看著秦渡。

秦渡不爽地問：「妳是覺得我是妳媽？」

許星洲：「等等……」

許星洲簡直無從解釋，誰會把他當媽啊！這人閱讀理解絕對不及格。

秦渡又拿著蘆薈在許星洲臉上使勁擦了擦，許星洲被摁得反抗不得，秦渡粗魯的動作弄得女孩子滿臉都是黏糊糊的蘆薈汁，許星洲都被他揉得有些生氣了。秦渡捏著許星洲的下巴看了看，將蘆薈隨手扔了，起身走了出去。

許星洲衣服還沒換，髒兮兮的勻稱小腿上一點一點的都是碘酒，滿臉黏糊糊，坐在護理站的凳子上。

秦渡片刻後拿了支軟膏回來，說：「我現在簡直是個外傷專家。」

許星洲：「……」

「天天摔，」秦渡一邊擰開軟膏一邊道：「摔的姿勢還不盡相同——唯一相同的是每次都摔很慘。小師妹，沒有師兄妳該怎麼辦？」

許星洲茫然地抬起頭望向秦渡。

秦渡將藥膏擠在棉花棒上，重新幫許星洲擦了擦她的傷口。

「……不喜歡抹蘆薈妳就直說。」

秦渡又說：「師兄和妳媽不一樣。師兄有什麼東西不是順著妳的？」

葡萄枝葉青翠欲滴地沐浴陽光，又和笑聲與茉莉花一起，落在了長長的醫院走廊裡。

許星洲笑著眨了眨眼睛，看著秦渡。

師兄是不是臉紅了呢？

應該是吧，許星洲笑了起來，抱住了秦渡，然後把藥膏都蹭在了他的脖子和頭髮上。

秦渡顯然不喜歡這麼做，他不爽地道：「許星洲妳渾身是泥，去洗澡了嗎？就抱我？」

「沒洗。」許星洲趴在他肩上小聲說：「那我洗了再抱抱師兄嘛？」

她說話時特別乖，帶著一種討好的意思，秦渡聞到許星洲身上有點嗆的藥味，又聞到她身上桃子味潤膚乳的味道。那味道甜蜜而清苦，她還得寸進尺地把藥膏蹭了秦渡一身。

秦渡連一秒的猶豫都沒有：「不了，妳現在抱吧。」

然後秦渡直接把許星洲使勁摁在了自己懷裡。

許星洲到了晚上時，又發作了一次。

她接受完治療之後的正常狀態其實維持了相當長的一段時間。那段時間內她頭有點疼，但其實興致相當高昂，可是到了那天晚上，她晚飯還沒吃呢，又一句話都說不出來了。

秦渡從外面買了水果回來給她時，許星洲就蜷縮在被子裡。

那天晚上小雨淋淋漓漓。

雨水沙沙落在窗臺上，燈火黃昏，映著籃球場上的積水。

秦渡回來拎著他從超市買來的櫻桃和形形色色的水果、零食，輕輕在女孩肩上拍了拍。

許星洲毫無反應。

鄧奶奶招了招手：「拍她沒用，她現在不理人。小夥子，買了什麼？」

秦渡看了看自己提的袋子，覺得買得確實多了，許星洲得留點肚子吃點正經糧食，便在病房裡把買的水果零食分了分，只把許星洲最愛吃的那些留下了。

鄧奶奶拿著紅心芭樂，捏了捏：「小哥，你買的蓮霧——」

「——蓮霧不行，我家星洲喜歡吃，」秦渡袋子裡好幾盒紅豔豔的蓮霧，他把袋口一綁，禮貌地道：「您吃那個就是了。」

鄧奶奶：「……」

世間淅淅瀝瀝，白霧彌漫。

昏暗的燈光中，秦渡坐在許星洲的床旁，一手摸了摸她的額頭，又往下摸了摸，果不其然摸到了一手的淚水。

她還是在哭。

秦渡抽了紙巾幫她擦眼淚，溫柔地哄道：「寶寶，哭什麼呀？我回來啦。」

許星洲躺在床上，微微發起抖，閉上了眼睛，淚水骨碌滾了出來。

秦渡：「……」

秦渡一顆心都被絞緊了。

許星洲伸手拽住自己的枕頭，秦渡心疼得不行，光是看她發病都難受。

于典海醫生應當還沒下班，秦渡打算讓他開點安定，讓許星洲先睡過去——她清醒著的模樣一看就絕望至極，是個連喘氣都覺得痛苦的模樣。

秦渡去于典海主任辦公室門上敲了敲，于典海那時正準備下班，見到秦渡後先是一愣。

「情緒又不好？」于主任一邊找藥一邊問：「從什麼時候開始的？」

秦渡：「我下午四點出去買東西，十分鐘前回來就這樣了。開點藥，讓她先睡一覺吧。」

于主任點頭，回電腦旁開了臨時醫囑——兩片舒樂安定，讓他拿去給護士。

漫長陰暗的五月末的傍晚，雨聲悠長，爬山虎委頓下來。

秦渡接過醫囑，猶豫道：「于醫生，那個……」

「嗯？」

秦渡沙啞道：「……能不能回歸正常的生活？」

于主任說：「這個你不需要擔心，她的社會能力已經恢復得差不多了，要我說的話其實連期末考試都有可能趕得上……期末考試是六月末？」

「我不是這個意思，」秦渡難堪地說：「醫生，能治好嗎？」

于主任思索了好一陣子。

「這個，我不能保證。」他誠實地道：「但是許星洲患者的康復速度是很快的。」

于主任看了看錶：「但是還有一點……也算是希望吧。我認為她有以後不復發的希望。」

秦渡：「是什麼？」

「只是有先例而已。」于典海道：「明天我再和先生您詳細說一說吧——我的愛人讓我下班的時候順便接孩子放學，只能先走了。」

秦渡心裡難受得要死，于主任背上書包就要離開，卻突然想起什麼事折了回來。

于主任：「對了，秦先生。」

秦渡抬起頭。

走廊長而昏沉，空氣裡有股難言的潮氣，有患者開始隔著門板大哭。

秦渡從來沒有在這種地方居住過。這地方直到去年之前，對秦渡而言，都是個全然陌生的地方。

——這裡的人痛苦又絕望，崩潰又瘋狂。

有女人因被家暴發瘋，有人誤入傳銷，有人吸毒……這裡有工作壓力大到崩潰的白領，也有不被家人理解的家庭主婦，模擬考臨近的高中生，十四五歲失戀尋死覓活的中二病女孩，無法融入社會的遊戲依賴青年人，見到人就驚恐，無法和任何人接觸。

這裡是人間最濃烈、最殘忍的縮影。

在一片嚎哭聲中，于主任施施然開了口：「六月末的期末考試，你勸勸她，讓她複習一下吧。」

在漫長的、落雨的夜裡。

秦渡抱著許星洲，她像個順水飄來的嬰兒一般依偎在秦渡的胸口，眉眼緋紅，哭得鼻子都塞住了。

醫院的住院部有著極為嚴苛的作息，八點半準時熄燈，秦渡怕許星洲晚上難過，也是八點半上床。

黑夜中，他的手機微微一亮，是他通訊軟體的群組。

秦渡有幾個感情還不錯的二代朋友，其中一個家裡搞文化產業的公子哥在加拿大讀書，前幾天剛考完期末，他在拉斯維加斯玩了好幾天，又飛回了國，此時在群裡吆喝著要聚一聚。

這群人足有小半年沒聚在一起腐敗，此時一提，炸了個小鍋。

尼采說：世間萬物與性有關，除了性本身——性是權力。

而男人的聚會無外乎是這兩種東西：權力與女人，尤其這群人最不缺的就是放肆的權力。那地點定在了陳博濤家開的江邊會所，陳博濤叫了幾個熟悉的模特，秦渡一看就知道他們今晚打算通宵喝酒。

有人問：『老秦？不來嗎？』

那個在加拿大讀書的直接@了秦渡。

秦渡躺在床上，懶洋洋地打字：『你們去吧，我有事。』

另一個人在群裡說：『你不來我們有什麼意思？』

『老秦最近被他們學校的小女生勾掉了魂，』有人說：『應該是不敢來了哈哈哈！』

秦渡想了想——

那些交錯的燈光。音樂震耳欲聾。嫩模們踩著的十五公分高跟鞋。水晶杯中琥珀色的洋酒和泡在裡面的菸頭。他曾經輕佻地摸過那些嫩模的腰，往她們的乳溝裡塞錢，她們的曲線呼之欲出，一個個明媚又奪目，紅唇猶如烈焰，給錢就笑，廉價又魅力十足。

秦渡太熟悉這些了。

不如說這群年輕公子哥連放肆都是跟著秦渡學的，他簡直就是他們圈子中浪的標杆，他做的一切都有人效仿卻不得：百夫長黑卡，Pagani，永遠沒有女朋友，自由又放肆，父母永遠放心。

秦渡曾在夜店一夜豪擲百萬，喝趴了來和他拚的所有人，最後睜著醉意赤紅的眼睛，瞪著和他一起來的所有人。

「操他媽的——」秦渡在淩亂的燈光中，仇恨又絕望地說：「活著真他媽無聊。」

周圍人沒有一個人理解他，以為他醉瘋了，哈哈大笑。

秦渡那瞬間覺得死實在是沒意思，活著也太無聊了。

他猶如根被拉伸到了彈力限度的彈簧，總想看看自己是不是還活著，他痛苦到無以復加，卻無法求助，連個寄託都無。

秦渡曾經看過一部美國親子向動畫，片名叫《瑞克和莫蒂》。那裡面有一個天才科學家瑞克——他是宇宙中最危險的人，他聰明且危險，近乎無所不能，口頭禪是一串莫名其妙的音節：「Wubba Lubba Dub-Dub」。

後來有個人告訴觀眾，那句他在嘴邊掛了無數次，無論是登場還是快樂地哈哈大笑時都會出現的口頭禪，真實意義是——「我太痛苦了，救救我」。

我太痛苦了，救救我。

那是思考的痛苦。

是上帝賦予亞當的善惡之果，女媧吹給泥人的那口氣，與聰慧相伴而生，是名為清醒的罪孽。

秦渡人前優秀又銳利，被眾星捧月地簇擁在人群中。可是這位天之驕子卻清楚地知道自己永遠無法感同身受，他無法生活，人間失格，是個愧為人類的活物。

於是，那天之驕子用香菸、用昂貴的酒精和震破耳膜的音樂，用疾馳的 Pagani 和盤山路的引擎，用大排量的、機械的浪漫，和那些平凡人想都不會想的瘋狂來證明自己活著，讓自己痛苦又崩潰，令自己絕望又疼痛。

於是他放鬆地想：我大概沒有死吧。

——讓秦渡得以以人的姿態，迎接一乾二淨的黎明。

群裡仍在鬧騰，這群放假沒有屁事做的紈褲紛紛猜測這個勾走了秦渡的魂的女孩到底是什麼人。

一定長得很漂亮。那個加拿大的公子哥篤定地說，老秦不是外貌協會嗎？

另一個人說：肯定是個段位特別高的，能拿下秦渡這種人精的絕對不是普通人，啊好想被這種段位的姐姐撩一下啊。

陳博濤試圖澄清：不是姐姐，是他學妹，今年才十九歲。

群裡登時炸了鍋，有人追著陳博濤問好不好看，是不是美得跟天仙一樣？家裡是幹嘛的？加拿大回來的公子哥又感慨：秦渡居然會去惡俗地勾搭自己學妹，我要嘲笑他一輩子。

秦渡：「……」

陳博濤在群裡艱難地替秦渡澄清，漂亮，不是外貌協會，秦渡看上她的原因，你們看了就明白了。

黑暗中，秦渡耳邊是人間的雨聲，隔壁床的鄧奶奶打著鼾，高中生熄燈之後還抱著 Switch 玩瑪利歐賽車，中年護士穿著軟底鞋，輕手輕腳地穿過長廊。

許星洲會怎麼想呢？

秦渡親昵地蹭了蹭熟睡的、他的星洲濕潤的鼻梁。

——她應該會思考瑪利歐賽車到底好不好玩。

會想知道護士姐姐家裡有沒有小弟弟，如果有的話，是在上小學嗎？她會試圖伸手去雨裡摸濕漉漉的爬山虎葉子，可能還會告訴秦渡她小時候分不清爬山虎和壁虎。

秦渡自己小時候就分不清。

秦渡的手機螢幕不停地亮起，群裡討論相當激烈。

加拿大那個公子哥猜測：『會不會是床上征服的？』

『不是沒可能啊，』另一個人傳了個蘑菇頭貼圖，饒有趣味地道：『女人忘不了自己的第一個男人，我也忘不了我第一個女朋友嘛！話說回來誰能想到，老秦，都二十一了還是……』

秦渡：「……」

陳博濤說：『不要上升到對黑山老妖的人身攻擊。』

『可是不是嗎？』加拿大那個傻子說：『我們這撥人就剩一個處男。』

黑山老妖終於在群裡冒了泡，慢條斯理地說：『你再說一句。』

秦大公子不威懾則已，一威懾就極為可怕，令人想起他瘋狂記仇的模樣，但凡和他相處過一段時間的都被他嚇得不輕，群裡立時安靜了。

加拿大公子哥：『……』

秦渡威脅完畢，又給了顆棗，慢吞吞地道：『今晚去不了了，帳記我頭上，你們隨便喝。』

群裡那群傻子立時瘋狂感謝秦老闆，並且表態絕不會幫他省錢。

秦渡將手機關上，病房裡黑暗一片，只從狹窄窗格和樹影投進蒼白搖曳的光。

病房裡瀰漫一股辣條味，是鄧奶奶之前吃的豆棍兒，此時應該是鬆開了。秦渡坐起身，把那包辣條重新夾好。

他的星洲眼睫毛沾著淚水，乖乖地躺在窄小的病床上。兩條纖細勻稱的小腿上塗著碘酒，鼻尖還濕潤潤的，眉毛難受地皺著。

秦渡又把手機放在床頭櫃上，倒扣著不讓光影響大家睡覺，躺回了那張窄小的病床上。

許星洲年輕又美好，眉眼秀麗，像天上閃耀流淌的星辰之河，又猶如隱沒水底的月亮倒影。

於是擁有一切的年輕乞丐，動情地親吻她的眉眼。

在那晚，在風聲穿過世界時——

星辰的河流沉睡在乞丐的身側。

第十八章　擁抱一生摯愛

許星洲拿著一包新的色紙，吃驚地睜大了眼睛：「複習？」

一打厚厚的書「咚」的一聲被摜在了桌上，塵土飛揚。

秦渡拍了拍最上面那本應用統計，漫不經心地嗯了一聲。

他扛過來這一打教材其實費了不小的力氣，許星洲所在的社科類科系的課本格外厚，還正好在噩夢的大二，課本從新聞學概論到世界傳播學概論，再到通識課，還有許星洲仇恨的應用統計學——科目形形色色，一應俱全。

秦渡在那疊書上一拍道：「妳的課本我都看了。現在突擊，加上妳和老師關係好，應該不會卡妳，考個A-應該沒問題。」

許星洲：「……」

許星洲看到最上面那本四百多頁的、有配套習題集的應用統計學，下意識地往被子裡躲了躲。

「期末考是不可能去考的，」許星洲躲在被子裡：「這輩子都不可能期末考，做做選修的期末作業就算了，正式考試可以重修，還可以緩考，總之有緩考就不會去期末考試這樣。」

秦渡眉頭擰起：「妳確定？」

許星洲以為秦渡是鬧著玩，故意讓她連住院都住不舒服，於是審視了一下秦渡的表情。可是秦師兄眼睛狹長地瞇起，是個難得的正經臉。

怎麼看也不像是個在開玩笑的模樣……

他是真的想讓我去考試！許星洲那一瞬間就窒息了，這還有沒有半點人性！許星洲立刻躲進了被子裡，瑟瑟發抖地蒙住了頭。

「小師妹，」GPA四點零的惡霸憋悶地道：「緩考成績真的很低，最好還是正式考吧。」

許星洲：「……」

許星洲拽著被子大喊：「我憂鬱復發了！現在好絕望！聽不得半句讓我複習之類的鬼話，希望你尊重我——」

秦渡語氣不善，使勁拽許星洲的被子，危險道：「許星洲妳再演？」

「我還在住院呢，嗚嗚嗚……」許星洲躲在被子裡，一邊哭一邊往自己的方向拽被子，大喊道：「秦渡我要去找匡護士告你的狀！你不利於我的病情恢復，你今晚就給我滾出去……」

秦渡：「？？？」

秦渡拽被子用的力氣更大了，咄咄逼人地問：「匡護士？許星洲妳給我個解釋？」

「對！匡護士！」許星洲死死拽著被子，用哭腔說：「和師兄不一樣！匡護士妹妹是個小甜甜，人家都看不得我哭，我一哭就哄我！那天她還和我說，她看到我都想找女朋友，還說如果有我這種女朋友的話我可以說一不二……欺負都捨不得欺……」

秦渡：「……」

秦渡極度危險地道：「妳再說一遍？」

那語氣真的非常危險了，許星洲一下子就意識到自己即將大禍臨頭！

小浪蹄子求生欲熊熊燃燒：「……不過！雖然匡妹妹很可愛！可、可是我還是最喜歡師兄……」

「許星洲。」

秦渡使了蠻力，把許星洲的被子拽了下來，許星洲眼角兩滴硬擠出來的，鱷魚的眼淚，立時暴露在了陽光下。

「——匡護士，上週剛入科，來見習。」秦渡說。

他醋意滔天，簡直想把許星洲拆了。

「許星洲，妳連來見習的小護士都不放過？」

許星洲：「……」

許星洲委屈壞了。

秦渡瞇著眼睛居高臨下地看著她，許星洲身上沒個遮掩，難過地在床上蹭了蹭，小聲道：「可是匡妹妹就是很喜歡我，我又沒有刻意勾搭她。」

秦渡：「呵呵。」

許星洲眼淚都要出來了：「……師兄。」

秦渡在許星洲臉上使勁發狠一捏，道：「妳再勾三搭四試試，一下看不住妳妳就出去浪，再浪把妳腿打斷。」

許星洲被捏得超痛，可憐兮兮地問：「找師兄浪也不可以嗎？」

她還眨了眨眼睛。許星洲本就長得極其惹人喜歡，那行為就是明目張膽的美人計，秦渡十分確定，別說他了，連尋常女孩都不可能扛得住許星洲這色相。

秦渡：「……」

秦師兄瞇起眼睛：「一下不浪就難受？自己斟酌著做人。」

許星洲於是悻悻地抱住了自己的枕頭，滾到一邊去了。

醫院裡陽光溫暖燦爛，爬山虎搖出金黃光影。

于醫生幾乎不開安眠藥給許星洲，許星洲睡也睡不著，乾脆摸了自己的手機去玩。

秦渡看了看許星洲。

許星洲抱著枕頭歪在床上，被他捏過的面頰還紅著，背對著秦渡、自己的大學課本刷社群軟體摸魚，顯然是不打算念書了。

秦渡漠然道：「妳自己待一下，我去見見于主任。」

許星洲也不記仇，笑咪咪地道：「嗯，我等你呀！師兄要快點回來哦。」

秦渡：「……」

許星洲說那句話時起身，黑髮後現出一截纖細如玉的、如同白鶴的脖頸。

——秦渡覺得小師妹甜得過分，像盛夏潤紅的李子。

他幾乎想讓她再對自己放個電，卻又不想助長許星洲這種蹬鼻子上臉、給陽光就燦爛的囂張氣焰，最後便不冷不淡地嗯了一聲，走了。

「咖啡？」于主任站在窗邊，抖著雀巢咖啡包，問：「還是茶？」

主任辦公室裡滿是金黃柔軟的光。窗外的向日葵向著太陽，陽光將髒兮兮的玻璃映得模糊明亮，桌子是上世紀九〇年代的，桌上還有個老保溫杯。

秦渡從牆上掛的三面錦旗上收回了目光。

他隨口道：「咖啡就好。」

于主任莞爾道：「只有即溶。您喝現磨喝習慣了，大概不會太喜歡這個味道。」

于主任說著將咖啡包裝撕開，泡了一杯咖啡給秦渡。

這個年輕人帶著一種頤指氣使的味道，顯然天生就是被眾星捧月地圍著的人。于主任見過被寵愛的孩子，但這年輕人顯然和那些被家人寵愛的孩子不是同個次元的。

——他是被世界所寵愛的那種人。

于主任將那小紙杯遞給他，寒暄道：「今天天氣真好啊，秦先生。」

秦渡接過咖啡，禮貌道：「是，陽光很好，連著晴了很久。」

「沒錯，」于主任祥和地說：「讓人都懷疑是不是上海了……我在上海待了許多年，五月末也都潮乎乎的，不太好捱。」

他笑了笑，又問：「秦先生，患者狀態怎麼樣？」

秦渡：「昨晚發作了一次，睡醒之後狀態就好了很多。」

「——患者康復得很快。」于主任坦白道：「我前幾天還看到她和我們科小護士打成一片，跟著新來的小護士一起去樓上封閉病房區探險，被我攔下來了。」

秦渡：「……」

得了，都有人證實了。秦渡施施然記了仇，對於主任說：「對不起，給您添了這麼多麻煩。」

「關於，她的病情。」于典海醫生終於開口切入正題。

秦渡點了點頭，示意他說。

于主任：「——正如您所知道的，憂鬱症的病因並不明確，有家族遺傳性的，也有內分泌失調性的，但是許星洲患者的情況是這樣的：她沒有家族史，卻有極為明確的外因。」

秦渡瞇起眼睛：「嗯。」

「——不幸的童年，」于主任道：「父母的不管不問，早逝的監護人……她的童年創傷非常深刻，所以我認為她的發病是應激性的。並且，其中，有一個心結。」

秦渡一愣：「心結？」

「對的——心結。說實話，你沒發現嗎？」于典海點了點他面前的病歷本。

「她的情緒有一個爆發的點。」

「而那個點，因為那些創傷——她永遠跨不過去。」

關於那個會導致許星洲情緒爆發的點，于醫生其實有一點線索，可是其實知道的也不多。

他和許星洲談過不少次話，精神科醫生的談話和外行人不同，許星洲在談話中對著自己的主治醫師吐露了很多，她不敢對外人說的、黑暗的、可怕的情緒。

于主任說完，望向那個年輕人。

那個年輕人一手拿著紙杯，摸著下巴，彷彿在思考著什麼。

陽光鍍在青年的鼻梁上，他長相極為凌厲而英俊，衣著不凡。

放在三個月以前，于醫生根本連想都不敢想，這種人會為一個女孩做到這種地步。這個青年從許星洲入院以來幾乎就睡在醫院裡，而且他住的甚至都不是單人病房，世中集團董事長的獨子和一個妄想症老太太與焦慮症高中生住在一起，每天晚上擠著逼仄的病床。

于典海行醫多年，這件事幾乎超出了他的認知底線。

那實在是，稱得上一往情深了。

「您……」秦渡猶豫道：「您知道什麼嗎？」

于典海那一瞬間想起，他的病人談到她第二次發病時的模樣。

——那是五六年前的事情了。

她那時候極度的絕望，幾乎被自己的情緒徹底壓垮，被迫休學一年，連見到人都覺得恐懼，光是嘗試自殺就嘗試了三次——她發作時極其擅長偽裝自己，天生又非常聰明，其中兩次差點就成功了。

「我承受不了，」十九歲的病人哽咽道：「那時候我在世界上就是個孤家寡人，我承受不了第二次被拋棄了。」

「人要剖開自己的心是很難的。」

許星洲看著于典海，哭得上氣不接下氣。

「……我不想被拋棄了。」

于典海瞇起眼睛，重新打量了一下這個年輕的、二十一歲的青年。

這青年腕上那塊錶就值主任醫師一年的薪水加獎金——這世上真正能炫富的人往往低調得很，尤其是秦渡還是他們圈子裡做事最穩重的一個人。秦大公子還在讀書，開的車應該是在他家車裡挑的最普通的一款，而那款最普通的奧迪A8，于典海去年才買下來。

這種人，平時到底會面對什麼誘惑呢？

——他會不會辜負那個女孩全身心的依賴？

陽光溫暖，面對著那青年探究的眼神，于主任最終還是搖了搖頭。

「我不太清楚，」于典海嘆了口氣道：「秦先生，您在和她的溝通中慢慢發現吧。」

他想了想，還是輕聲說：「之前的先例證明，如果能找到她的心結，並讓她克服的話……我認為，一生不復發也是有可能的。」

秦渡點了點頭，也不再強求，捏著那個紙杯微微一晃，在陽光中將咖啡一飲而盡。

「我也不是總喝現磨。」秦渡拿著空杯子，有點不好意思地說：「我國中升學考之前經常和同學一起去門口超市買即溶，在杯裡一口氣泡四包，泡得特別濃……那時候其實成績也不太好，上課都不敢睡覺……算了。」

于典海咧嘴一笑。

秦渡又羞恥地說：「那時候年紀小，怕上不了高中，還挺努力念書的，就怕被我媽沒收手機沒收電腦沒收機車……」

于典海雙手交叉，饒有趣味地回答：「想不到還有這種事，我還以為您一直挺順的呢。」

秦渡沒聽見這句話，十分沒眼力見地回憶往昔崢嶸：「後來十八歲之後經濟獨立，隨便拿了個全國金牌，保送了。」

于典海：「……」

秦渡把紙杯扔進垃圾桶，悵然道：「謝謝款待，我真的挺喜歡即溶咖啡。」

于典海：「……？等等？」

于典海行醫二十餘年，手裡經手過無數的病人。

他大學時的，其他方向的同學已經見慣了生死。內外婦兒腫瘤神外——這些科室彷彿是把生生死死當成一件每日都會出現的常事來面對。

這些科室的醫生被醫鬧折磨，被生死掌控，熟悉黃色的屍袋，熟悉面對遺體時肅穆的鞠躬動作。這些醫生與病人與病人家屬打交道時，病人及其家屬的情緒猶如刀刃一般外露，或是痛苦絕望，或是冷漠冷情。

在精神科很少見到生死，可是卻並不比他們缺少絕望。

這裡的患者所面對的是一個漫長的、關於拋棄和不理解的人際關係。

他們永遠處在一個潛移默化的、被拋棄的狀態之中。

——真的不想哄了，明明身上沒有毛病啊，他是不是只是在磨我？有家屬臨走時說。

——他還是我所認識的那個人嗎？有女孩迷茫地問，此後她再也沒來過。

「矯情」，「和他待在一起我也要瘋了」……明明這些患者的苦痛不比任何人少，可是他們還是被時間以一個十分和緩的速度拋棄在了世界之外。

于典海看到許星洲坐在外面的草坪上時，是下午的兩點鐘。

「在做什麼呀？」于典海靠過去，溫和地問，「外面這麼熱，怎麼不進屋待著？」

那病人是個和他女兒歲數相仿的女孩。

十九歲，是個如花一般的年紀，生得非常好看，笑起來有種絕望又輝煌的青春感。入院以來來探視的都是同學，她的室友來得非常頻繁，可是更頻繁的是一個上市公司董事長的兒子。

她的父母從來沒來過。

他們怎麼忍心呢，于典海有時看到她會很悵然，明明是個這麼可愛的孩子。

許星洲眉眼彎彎地回答：「于主任，我在等我師兄。」

——果然。

「進屋等嘛。」于典海勸道：「妳師兄看到妳曬黑了還要嘮叨妳。」

許星洲想了想，燦爛地笑道：「可是他挺喜歡我等他回來的！放心啦，他和我說，他兩點多就回來啦。」

于典海就不再勸。

于主任回自己辦公室待著。他的辦公室灰濛濛的窗戶能看見那片草坪，外面大葉冬青綻開花朵，梧桐蔭涼如蓋，許星洲坐在草坪上，風一吹，金黃蒲公英散了漫天。

他那天下午很忙，晚上大概也會走得晚，他先是例行查房，又是被叫上去會診，F大附院有個很棘手的病例，一群德高望重的老醫生都聚在一起，于主任在會診的間隙，又好奇地往下看了一眼。

那時候已經下午三點了，天氣還挺熱的。

許星洲還是孤零零地坐在長凳上，她穿著人字拖和小短褲，看起來有一點可憐。

……說起來，于主任想，之前通知過秦公子，下週就可以出院了。

既然可以出院了，鬆懈片刻也是正常的。

于主任會診和二科與他死活不對頭的邢主任吵了個不可開交，互相侮辱了一通學術水準和近期發表的期刊，最終于主任以一篇SCI二區期刊對戰一堆中文核心期刊完勝，得意洋洋地下了樓。

那時候已經四點多了，于主任回了辦公室，又忍不住朝外看了一眼——看看太子爺來了沒有，他家女朋友是不是還在外面。

——答案是，沒來。

許星洲還是坐在外面，盤著腿坐在長凳上，一頭長髮披在腦後。

匡護士蹺班陪著她，世間現出一絲璀璨的紅色，匡護士似乎還去買了零食，陪她一起等那個說好會在兩點時來的男人。兩個人笑笑鬧鬧的。

于主任突然想起自己，在三十年前，他們的學生時代，那時候有沒有讓自己的妻子這樣等過呢？

于主任走出辦公室時，那個帶教老師正在到處找人，于主任沒如實告訴她，說那個來見習的匡護士又蹺了班。

「沒見到。」于主任駕輕就熟地撒謊：「匡護士？與許去檔案科學習了吧。」

讓匡護士多陪小女生坐一下得了，于主任心想。

畢竟一個那樣的小女生等一個爽約的男人，該有多難過。

五點時，太子爺還沒來。

病房區裡開始配給晚飯。匡護士很有自知之明地回來幫忙，于主任出門時匡護士正在帶教老師面前跪著認錯。

于主任拿了飯卡去員工餐廳打飯，在去餐廳的路上又有點惦記小病人有沒有飯吃，準備過去看看：如果她一個人坐在那裡的話，就順便帶去員工餐廳餵一頓。

這位太子爺怎麼能還不來呢？

于主任又覺得氣憤，從許星洲等他到現在，都過去三個多小時了，太陽都要落山了。

他推開住院大樓的大門。

門外陽光金紅，雲層火燒火燎，猶如燃燒的睡蓮。

小病人還是坐在外面，只不過現在是坐在樹蔭裡。隔壁病房那個狂躁民謠歌手在手舞足蹈，那個焦慮障礙的高中生頭上頂了一片樹葉，不知在演什麼。于主任看了一下，稍微放心了一點。

他吃完飯回來時，許星洲抱著把吉他，身邊已經圍了一大圈人。

那群人裡有和她同病房的鄧奶奶，有拿著橡皮球的二十四號床，有隔壁病房的一大家子，病人家屬也聚在那裡，還有少許剛吃完飯的年輕醫護，將她簇擁在最中間。

夕陽西下，萬物燃燒，小病人抱著吉他彈曲子，彈的是張衛健的〈身體健康〉。

于主任對這首歌熟悉得很，不如說每個從ＳＡＲＳ年代走來的每個醫務工作者都聽過這首歌。是張衛健為那個年代唱的——病人在病床上聽著落下淚來，醫生護士們在醫院走廊裡聽著這首歌絕望地哭出聲，而于主任在Ｆ大讀書時的上鋪的哥們兒，就永遠停留在了那個年代。

「我不要做弱質病人，」女孩一邊彈吉他一邊唱道：「變成負累你不幸，誰想有病，厭惡呻吟……」

于主任眼眶發紅。

「我只想身體健康。」

那粵語帶著夕陽與濃烈的浪漫，像是在水底燃燒的火焰。

「——要活到過百歲不需拐杖都可跟你相擁。」

她唱道。

許星洲患者非常成功的路演，在六點半時被強行結束了。

那時天黑濛濛，醫護人員根本負不起哪個病人走丟的責任，便連許星洲和雞姐姐這個騷動源頭都一起踹了回去。

于主任晚上還有學生的論文要改，為了抵禦睡意，去護理站倒熱水泡咖啡。科室裡那幾個夜間值班的研究生看了他猶如耗子見了狐狸，一動都不敢動，並且瑟瑟發抖地收起了《絕地求生》。

《絕地求生》有什麼好藏的，于主任覺得好笑，誰當研究生還不摸個魚了？

然後他看見許星洲抱著自己的黑熊玩具，坐在護理站。

「還在等人？」于主任說：「回去看電視吧，妳追的電視劇不是要結局了嗎？」

許星洲搖了搖頭，道：「師兄剛剛和我說，他被抓到崇明去了，不知道什麼時候才能回來。」

于主任：「……」

于主任對發生了什麼，心生了然。

——這麼多年，發生在這裡的，淡漠又絕望的疏離，他已經見過太多了。

畢竟是那樣一個天之驕子。

「他都被抓到那麼遠的地方了。」于主任不忍心挑明，勸道：「別等了，回去玩吧。妳都等了他這麼久了。」

許星洲搖了搖頭。

「妳一開始說，師兄看到妳等他會很開心，」于主任仍勸孩子似的勸她：「可是他現在看到妳等他等到這麼晚，絕對會發火的。妳師兄脾氣這麼壞，妳打算氣死他嗎？」

許星洲還是搖了搖頭。

于典海：「……」

小病人認真地道：「于主任，我現在不是為了讓他高興而等他了。」

于典海微微一怔。

「于主任……」許星洲喃喃道：「師兄他跑到那麼遠，也不回我的訊息……萬一出事了怎麼辦呢？」

許星洲說：「他開車開得那麼猛，路上出了車禍怎麼辦？」

「如果被綁架了呢？」許星洲難過地說：「如果像小說裡一樣，有人想要他的命該怎麼辦呀？」

——如果是妳的師兄不那麼重視妳了，如果他有了別的東西，妳打算怎麼辦？

可是他不忍心，于主任見慣了這種鈍刀子割肉，這個十九歲的女孩脆弱得可怕。

「所以……」

許星洲坐在護理站外的小凳子上，病房區燈光並不太好，昏昏暗暗的，她一手拽著自己的那隻破熊，認真地開口。

「我現在等他，是因為我怕他出事。」

八點半時，病房區準時熄了燈。

許星洲這段日子表現不錯，病情穩定，積極配合治療，加上大家都喜歡她，她也離出院不遠了，所以被允許和值班護士一起在護理站等人。

于主任出辦公室上廁所時，許星洲孤零零地趴在護理站裡。

……果不其然。于主任不忍地想。

她在等待一個能依賴、會把她視為必需之物的人。可是在她的師兄所面對的那些誘惑面前，她應該是搆不上「必需之物」的門檻的。

病房區安靜得連一根針掉在地上的聲音都聽得見，于主任聽見許星洲難受得喘氣，像是要哭了。

八點半沒來，今晚應該就不會來。

畢竟大家都是八點半睡覺，他就算來了，也只是蹭個不太舒服的床鋪而已。

于典海捫心自問，哪怕是在自己與自己的愛人熱戀期，如果他被抓到崇明，到醫院熄燈時都歸期未定，他也會在事情結束後回自己家睡覺。

回醫院太麻煩了。

他又回去幫學生改論文，改到十一點二十多。

四十七的歲數已經不好熬夜了，天天巴不得跟自己的病人同個作息呢。于主任睏得要死，索性收了電腦回家，把包往肩上一背，出門時，許星洲已經把椅子搬到了病房區門口，探頭往外看。

于典海：「別等了，回去睡覺吧，不早了。」

許星洲眼眶紅紅的。

「我……」許星洲沙啞地喃喃道：「我再等一下，十二點就回去睡。」

于典海：「別等了，小女孩，越等越難過。他不會來的。」

——他不會來的，于典海想。

最好是從現在開始放棄幻想。

他以前可能是個二十四孝好男友，天天陪床，但是他這樣的人總會有膩煩的一天——他可能是把照顧病人這件事當成遊戲玩，也可能只是享受感動自己的過程，可是時間長了，這種擁有全世界的男人總會膩煩這種遊戲。

許星洲搖了搖頭。

不願意回去，于典海也沒得勸，只得推門要走。

可是下一秒，他聽見了引擎的轟鳴聲。

接著車門一開一關，一串屬於男人的步伐響起，許星洲大概聽慣了這種聲音，難受地揉了揉自己病人服的下擺。

黑夜之中，外面的走廊昏暗地亮著緊急通道的綠燈，那步伐幾乎是跑著衝了過來。

于典海抬起頭，病房區玻璃門咕咚一聲開了。

——半夜十一點半，那個公子哥滿頭是汗地衝進病房區。

他渾身狼狽至極，衣服都皺皺巴巴的，進門看到他的小師妹黑咕隆咚地坐在凳子上，先是一怔。

下一秒，他緊緊地把許星洲抱在了懷裡。

「妳怎麼還沒睡……」他抱著女孩子，沙著嗓子開口：「這麼晚了，妳先上床啊，笨嗎？」

許星洲帶著幾不可察的哭腔，抱著他說：「可是我擔心……」

于典海打斷了他們，有些神奇地問：「秦先生，您居然會現在回來？」

——我還以為這麼晚了，您今晚就不會回來了呢。

于主任被打臉，有點不太好意思，最終也沒把後半句話說出來。

「回來了。」

黑暗中，秦渡低啞地回答：「……我怕她睡不好。」

于主任注意到，那太子爺的姿態絕望又深情，幾乎稱得上是在擁抱一生的摯愛。

夜深露重，繁星在枝頭生長。

許星洲抱著秦渡蹭了蹭，以額頭抵在他的脖頸處，那是個極其親昵的姿態。病房區門口穿過呼呼的風聲。

「你去哪了？」許星洲摟著秦渡的脖子，不滿地道：「我還以為你不要我了呢。」

秦渡哂笑道：「膽大包天，妳還敢查我的崗？」

許星洲：「我還敢掐你呢。」

秦渡伸手在許星洲臉上使勁一捏，道：「實習公司那邊臨時有事，把我叫過去了。我本來就是去拿資料，結果那邊事發突然，讓我一路開車過去，工地現場的事故處理完了之後才開車回來。」

許星洲不滿地哼唧了一聲。

「沒傳訊息，是因為我的手機掉進水裡了，開不了機。」秦渡埋在許星洲頭髮絲裡，「借了別人的手機傳訊息給妳……」

他身上有一股淡淡的汗和泥味。

許星洲抱住了他的肩膀，又問：「你沒碰別人吧？」

秦渡：「碰了我還敢抱妳？」

「再說了，」秦渡好笑道：「只有妳會抱今天被潑了一身泥水的人吧。」

他真的被潑了一身的泥水，頭髮裡都有些泥沙。許星洲笑了起來，但是死活不鬆手。

病房區漆黑而暗淡，唯一明亮的便是窗外月亮。

師兄在門口俯身抱住許星洲，片刻後把那女孩牢牢抱了起來，動情地聞著她髮間的柑橘花香氣。

「行了，」青年在她髮間吻了吻：「回去睡覺？」

許星洲笑了起來，用力點了點頭。

於是他抱著許星洲，穿過幽深昏暗的走廊。

窗上的爬山虎在風中簌簌作響，走廊貼著醫護風采照片，每個病房都緊閉著門，裡面是熟睡的男人和女人們。

許星洲趴在秦渡的肩上，往他身後看。

秦渡的身上有點髒，不知道今天發生了什麼。

可是，許星洲覺得他是踩著星星走來的。

然而溫馨的情景只持續了片刻。

病房中，深夜十一點五十七分。

月光皎潔，猶如潮汐一般穿過爬山虎，落在許星洲的床上。小破熊被秦渡強行發配陪護床，另外兩個病人睡得如豬一般甜。

秦渡瞇起眼睛，危險地道：「許星洲，妳什麼意思？」

許星洲氣喘吁吁地說：「別……別！你睡下面。」

秦渡冰冷地說：「想得美，我他媽大老遠回來還得睡陪護床？」

然後他將外套一脫，強行要鑽上病床，然而許星洲當機立斷，蹬了他一記窩心腳。

這他媽腳都用上了。

秦渡有點懷疑人生，簡直以為自己惹人討厭，可是許星洲剛剛抱著他的樣子，怎麼想也沒有任何要發脾氣的模樣。

「師兄，」許星洲難以啟齒地說：「睡一張床倒是沒事，我也不是非得你去睡陪護床。不對，不如說我也挺喜歡抱著你睡的。但是——」

秦渡大概也累得不行，打了個哈欠，問：「嗯？」

「但是，」許星洲說：「你去洗個澡再來。」

秦渡：「……」

秦渡想起這裡的公共衛浴，吃癟地說：「可……」

「我知道只有公共衛浴。」許星洲小聲道：「我也知道你不願意進去洗澡，裡面連熱水都沒有，只有漏水的冷水水龍頭，所以你睡陪護床吧。」

秦渡自幼嬌生慣養，連大學宿舍四人寢室都睡不得，看到了醫院的洗澡條件就發怵，以往都是去上課時順便回家洗澡的。

許星洲直白地總結：「師兄，抱抱可以，睡在一起不行。」

秦渡：「……」

那女孩話裡的嫌棄，簡直都要溢出來了。

許星洲攻擊完他，立刻一捲被子，抱著小黑躺在了床上——並且伸出一隻腳示意秦渡趕緊去睡陪護床，別把大家吵醒了。

秦渡在床邊站了一下，正當許星洲以為他要睡陪護床，就聽見他拉開了櫃子。

他在櫃子裡翻出了換洗衣服和毛巾，又取了許星洲平時洗手用的肥皂，輕手輕腳地走了出去。

許星洲微微愣住了。

她躺在床上發了一下呆，看著窗外明亮的月亮和漆黑的樹藤。

外面的公共衛浴裡傳來嘩嘩放水的聲音，而鄧奶奶吃了安眠藥，正甜蜜地打著鼾。她聽見樹葉摩挲的聲音，細微的、護士的腳步。

溫柔風聲浸潤長夜。

不知過了多久，病房的門吱呀一開，秦渡以毛巾擦著短髮，推門而入。

他已經沖過澡了，套著短褲背心，渾身都是許星洲那塊肥皂的味道——連頭髮都是用肥皂洗的。接著他爬上了許星洲窄窄的病床，掀開她的涼被。

許星洲迷迷糊糊地道：「……師兄。」

秦渡困倦地嗯了一聲，將小師妹摟在了懷裡，說：「……我洗過了。現在很乾淨。」

於是許星洲翻過身，柔軟地抱住了他。

小女孩的抱抱又軟又嬌，鼻尖還都是她髮間柑橘花的味道。

秦渡被撓得心裡發癢。

「師兄。」許星洲還乖乖地問：「你今天怎麼了呀？怎麼回來得這麼晚？」

秦渡愜意地瞇起眼睛：「……嗯？也沒什麼。去公司的時候他們說崇明那邊的工地出了點事，我得去，也正好整個組裡只有我有車，就開車帶他們過去了。」

「哎？什麼事啊？」

許星洲第一次聽秦渡談論他家那個公司，迷茫地睜開了眼睛。

秦渡模糊地回答：「……能有什麼事，就是工人的那些糾紛……家裡那攤子事而已。現在要去實習了，我爸就交給我，讓我去練練手——結果大概是我穿得最正式，有人以為我是管事的，對著我就是兜頭一盆髒水……」

秦渡又說：「好在沒動手。」

許星洲一愣，敏銳地問：「師兄你不是管事……的嗎？」

他這種人，去了肯定是頤指氣使的。

許星洲想了一下，又有些莫名地問：「現場還有比你級別更高的？」

秦渡：「……」

秦渡把許星洲的腦袋往懷裡一摁，冷漠道：「呵呵。」

許星洲睜開眼睛的那一瞬間，看到的第一樣東西，是如同蘋果一般金黃鮮脆的陽光，和靠在她身邊的秦渡。

秦渡一手拿著自己的大學課本，坐在燦爛的暖陽中，結實腰身為許星洲擋住大半光線，那明明應該是個色氣十足的場景，適合擁抱適合接吻適合羞羞羞，可是師兄此時，只是一手牽著許星洲細細的手指頭。

許星洲看著秦渡和自己交握的手指：「……」

別說在被子裡偷偷摸自己的胸了——起床時秦渡寧可牽手都不抱抱。不對，別說牽手了，這還只是勾著手指頭呢。

這是什麼？這是對許星洲個人魅力的毫不掩飾的羞辱。

秦渡心虛地問：「醒了？」

許星洲難過地說：「……呃？嗯……醒了。」

秦渡：「……」

「醒了就去洗漱，」秦渡甚至還不動聲色地放開了她：「現在人應該還不多，我再看一下書，等等再去。」

許星洲點了點頭，順從地下床去拿自己的漱口杯，趿上拖鞋走了兩步，卻又覺得十分在意。

她心塞開口：「那個……」

秦渡挑起眉頭，示意她說。

許星洲其實想問是不是我的胸太平了你看不上，還想問是不是你對這方面的事情都不太行，但是她最終覺得第一個問題屬於自取其辱，第二個問題屬於當面找碴，容易被記仇的秦渡記在小本本上慢慢折磨——哪個問題問出來，都送命。

許星洲打死都不想聽「說實話許星洲抱著妳時我覺得我是個 gay」，更不想被秦渡記小本本，立刻理智地閉了嘴。

許星洲顫抖道：「沒、沒事。」

於是秦渡摸了摸自己通紅的耳朵，在金黃的、如同脆蘋果的陽光中，把臉別了過去。

——「陽光，猶如金黃的蘋果般降臨於世」。

這句話是許星洲小時候從《哈利波特》裡看來的，她對這句話印象極其深刻。她小時候就是哈利波特的粉絲，至今記得這句話後面跟著的情節：是十九年後的九又四分之三月臺。也就是說，那「蘋果般的陽光」其實是分界了十八歲的哈利與三十七歲的哈利的一句話，代表著十九年的跨度。

他媽的。

我看著長大的哈利，孩子都一長串了。

我呢？好不容易有了男朋友，男朋友還有問題……

全副武裝應該會有效果的，許星洲有一絲悲壯地想：大不了自己多拚拚命。

秦渡曾經對那個叫雞姐姐的民謠歌手的存在極為憤怒：許星洲和雞姐姐關係好得過頭，兩人只要狀態還行就湊在一起嘀嘀咕咕，一開始時甚至令秦渡以為自己被個白毛酒吧駐唱綠了。

媽的不就是一頭白毛——跟誰他媽沒染過似的，秦渡當時惡狠狠地想。他連白藍漸層都漂過，秦渡吃醋時簡直想把許星洲的額頭彈崩，還想把酒吧駐唱趕走。

結果他正準備去把許星洲拽過來，教育一頓男女有別時，聽見了許星洲和雞姐姐以姐妹相稱。

秦渡：「……？？？」

結果秦渡的迷惘還沒散盡呢，他又看見了雞姐姐的前任來探病。

雞姐姐的前任長得相當不錯，衣品也好，緊身上衣包著呼之欲出的胸部，一看就覺得是個相當受歡迎的類型，舉手投足間氣質十足，溫柔又體貼。

唯獨一點，就是雞姐姐的前任個子和秦渡一樣高，健身教練，是個八塊腹肌的肌肉男。

後來，秦渡撞見許星洲和他坐在一起擦口紅，姐妹坐在一起挑二〇一七春夏彩妝，又坐在一起聊今年的上海時裝週……再後來秦渡聽見雞姐姐直言不諱「我要是敢再騷一點我就搶妳的裙子穿……」

弄了半天是同性交友嗎？！

秦渡不摻和了。

秦渡早上拿著漱口杯去洗漱時，正好看見許星洲披著秦渡的外套，和雞姐姐頭對頭地嘀咕著什麼。

秦渡：「……？」

他湊過去聽了聽，聽到那兩人支離破碎的交談聲──

許星洲拿著牙刷叨叨咕咕，秦渡只能聽見風裡傳來的瑣碎句子：「……不行……我覺得……今天早上……懷疑不行……男人……」

秦渡：「……？」

什麼不行？秦渡一頭霧水，他們買了什麼保養品嗎？

「……不可能吧？」雞姐姐拔高了聲音：「不是個挺好的身材嗎！」

身材？

什麼身材？他們在討論健身？

許星洲拚命捂雞娘娘的嘴，壓著聲音說：「你不許這麼大聲！他也有自尊的！」

雞娘娘：「自尊……我跟妳說，還是分手最簡單……」

秦渡莫名其妙，什麼自尊不自尊分手不分手的？

他拿著自己的漱口杯和洗面乳男士保養品去洗臉刷牙，許星洲和雞姐姐在護理站外面頭對頭地繼續討論著什麼不行和身材的話題，秦渡懶得關心。

早晨陽光很好，公共衛浴裡一排水龍頭，灑進明媚陽光。

秦渡去時，偌大的洗手間只有他一個人。

他放著歌刷牙，一邊計畫自己今天要做什麼。

星洲早上有一次rTMS治療，他得陪著到治療結束，她下午大概會因為頭暈而睡覺，他下午再去買個新手機，學校有一科考試，還得再去公司刷個臉。

其實，秦渡對接手他家這份產業缺乏興趣。

他家裡搞的那些東西——那些房地產啊建築啊之類的，在他看來其實沒什麼意思。但是不可否認的是，這種產業真的非常適合積累基層經驗：而基層的經驗，作為秦渡這種天生的管理層而言，他真的極其稀缺。

秦渡甚至為這次實習專門騰出了一個暑假的時間，看看這兩三個月能不能弄出些新鮮的東西。

——他不缺錢，也不缺謀生的能力。

秦渡對著牆，漫不經心地思考。

可他還沒思考完，許星洲大概是被雞娘娘嫌棄，悻悻地鑽進了洗手間……雞娘娘身處食物鏈頂端，應該是把許星洲訓了一頓。

他們到底在爭論什麼？

「師兄！」許星洲扒著男廁所的門悲憤地對裡面宣誓：「無論你怎麼樣！我都對你不離——」

「——許星洲，」秦渡窒息地說：「我在尿尿。」

一陣尷尬的沉默。

許星洲滿臉通紅地說：「對、對不起。」

然後她立刻拔腿逃了。

第十九章　最奢侈的東西

當天下午。

病房裡熱浪撲面，鄧奶奶不想開空調，整個病房都又熱又悶，高中生去外面繼續打遊戲，許星洲床頭還堆著一打厚厚的課本，外面的世界花兒開得姹紫嫣紅，萬物蒼翠。

鄧奶奶突然問：「妳是不是也要死了？」

許星洲：「……」

「您說點人話吧，」許星洲躺在床上，捂著發疼的頭道：「我現在不太舒服，很想吐……」

鄧奶奶說：「不如來聊聊男人？」

許星洲：「……」

許星洲懶得理會，她困倦地在床上滾了滾，摸起了自己的手機。

在醫院睡覺並不舒服。

在這裡隨時會有人喊叫起來，或是慘叫或是扭打成一片，許星洲自我感覺自己如果被吵醒的話，她的心情還是極為不受控——藥物和電擊只能讓她的情緒變成模糊的一片雲，卻很難讓她的心情真正好轉起來。

許星洲仍懼怕情緒的深淵。

儘管那深淵已經不像從前那麼可怕，會把許星洲活脫脫地剝離出去，控制她自殺，化成幻聽在她耳畔不斷喃喃她最害怕的句子，但是這深淵仍存在，許星洲仍覺得它張著血盆大口。

她就不太敢睡，於是從旁邊摸起了手機，但是她摸起來，才覺得手感不對，這個似乎是秦渡的。

他手機進了水，今天就沒帶走，說是下午去買個新的——許星洲捫心自問自己手機進水的第一反應應該是拿吹風機吹乾，秦渡第一反應則是去買個新的。

許星洲：「……」

許星洲仇恨地咬了咬被子，想了想自己僅存的那一毛兩分錢，又想了想自己泡湯的實習，悲憤地心想我也想當有錢人。

她按了按開關，那手機居然奇蹟般恢復了生命，重新開機——歡迎使用的畫面之後，那些積壓了一整夜的訊息如潮水般湧來。

有人約秦渡出去浪，還有他實習上的一些訊息。許星洲把通訊軟體往下滑了滑，發現于主任又想和他約談。

許星洲：「……？」

他們又要約談什麼呢？前幾天不是約談過嗎？

明明都要出院了。

她有點好奇，卻又不敢知道他們究竟在談什麼，便忍住了沒翻。那手機狀態還算正常，許星洲對著螢幕模模糊糊地想了一下，突然想起秦師兄曾經刪過自己的簡訊。

……看他曾經傳給自己的簡訊，應該不算侵犯隱私。

許星洲想著，點開了秦渡手機的搜索框，搜索了自己的名字。

午後陽光燦爛，抖落一地粉蝶般的陽光。

許星洲想起秦渡曾經告訴過她：存手機聯絡人時一定要存本名，不能用特殊的稱呼，否則萬一手機丟了，後果會非常嚴重——並且他以此為理由，逼著自己把秦會長三個大字改成了秦渡兩個大字。

事實上，許星洲粗略地翻了一下，秦渡的聯絡人確實也是如此，頂多在本名的基礎上加個備註地點，清一色的畢XX和財務XX，北京XX上海XX。秦師兄的通訊軟體也是這樣存的，一長串下去全是人名，所以許星洲非常確定，他存的就是「許星洲」三個字。

許星洲把自己名字的三個大字輸入進去，滿懷期待地看著螢幕。

接著，發現，沒有對應聯絡人。

許星洲：「……」

一片空白？不能吧？

許星洲從小到大名字被寫錯過很多次，最後一個「洲」字簡直沒有人寫對過，從周到州舟宙晝——錯別字一應俱全。許星洲感覺有點受打擊，又把洲字改成了「州」，重新搜索。

——還是沒有。

許星洲：「？？？」

她又病急亂投醫地搜了搜浪字，浪也沒有她，就幾個叫韓什麼浪、林浪什麼的人，好像是秦渡高中時數學省隊的隊友。

該不會沒存吧？

可能是秦渡那次生氣，把自己的通訊軟體和手機號碼都封鎖了之後就沒再存過了……許星洲有點想哭，鼻尖都酸了，點開撥號畫面，把自己的手機號碼一個個認真地摁了進去。

130xxxx356。

許星洲剛輸完，下面便跳出備註——

『我家星洲』。

不是說好了只存本名的嗎，許星洲臉紅了。

盛夏燦爛的陽光落在床單上，許星洲拿著秦渡的手機臉紅了一下，心想誰是你家的呀，如果你被綁架了他們可是會打電話給我的，秦渡可真是個磨人精……

但是，又覺得有點開心。

許星洲紅著耳朵搜了搜秦字開頭，跳出一串他的本家親屬，秦長洲也在其列，但是全都是本名——許星洲連秦渡爸爸的名字都認不出來，更不用提他從不出現在公眾視線中的媽媽了。

放眼秦渡的整個手機，「我家」的人，也只有一個而已。

而秦師兄，從沒對她提過半個字。

許星洲開心地往床上一栽，嘰哩咕嚕地抱著破熊打滾，只覺得心裡花兒都開了，窗外的向日葵葉子在風裡揮了揮，像是在幫許星洲遮陽光。

許星洲腦袋暈乎乎，她在自己額頭上使勁一拍，讓自己清醒一些，接著她點開了自己的簡訊框——

手機那一瞬間，黑屏了。

許星洲：「？？？」

許星洲難以置信地看著秦渡的手機，死活不相信那堆簡訊從此離自己遠去了，她又不信邪地長按開機鍵——這次螢幕一亮，蘋果標誌出現的瞬間，螢幕變成了亂七八糟的彩色條帶。

下一秒，手機發出唠唠兩聲，喇叭孔裡流出兩滴黃水，關機了。

許星洲：「……」

許星洲顫抖著將手機放回了床頭櫃。

鄧奶奶：「小朋友，怎麼了？怎麼有股怪味？」

許星洲說：「手機自爆了。」

鄧奶奶大惑不解：「又不是三星，蘋果也會爆嗎？」

許星洲：「真的是自爆，不是我動的手。」

今年到底還要背上多少債務……

為什麼認識秦渡之後總在賠他錢……話說他應該不會讓自己賠吧，畢竟都是他家星洲了——但是許星洲想起秦渡的壞蛋模樣，又覺得以秦渡的惡趣味來說，也不是沒有可能……

這個世界什麼時候才能對手無縛雞之力的大二少女好一點啊！

嗚嗚泡湯的實習……

許星洲埋在被子裡，悶聲哀號。

說起來那個簡訊，秦渡當時，到底說了什麼呢？

許星洲抱著熊望著窗外明媚的陽光，只覺得這些簡訊，和秦渡承諾好的回應可能都已經墜進了忘川。

墜進去就墜進去好了，許星洲想。

——至少他現在還是我的。這種細枝末節的東西，他忘了就忘了吧。

這消費主義的世界上，奢侈品實在是太多了。

許星洲知道花曉老師背來上課的鴕鳥皮鉑金包就是二十五萬，berkin，幾乎是許星洲畢業後的理想年薪的兩倍——同樣她也知道秦渡的那輛跑車是一個天文數字，這幾乎是世間對奢侈品的所有定義。

擁有二十五萬的包很奢侈，擁有一輛那樣的超跑也是，有人認為買房困難，所以房子也是奢侈品，有人覺得追星很貴，黃牛票和讓人操心的官方，有人覺得吃煎餅果子加個雞蛋都算奢侈——總之，這世上昂貴的東西無數。

那些東西都是有明碼標價的。

許星洲認為，這世上最奢侈的，還是擁有一個「人」。

其實人們大多無法意識到這一點。

因為大多數人從出生的瞬間就擁有「父母」這種連死了都不會離開自己的存在，他們長大後就算無法擁有自己的配偶，也會擁有自己的孩子——他們身上的親情是如此緊密，以至於他們一生都無法發現，自己已經有了這世上最奢侈的東西。

✧

下午四點，雞姐姐坐在許星洲床上，兩個人百無聊賴地用 iPad 看電視劇。

雞姐姐突然問道：「妹妹，快出院了是吧？」

許星洲一怔，點了點頭。

她的確是快出院了。

——許星洲的病情已經好轉了不少，自殺傾向已近乎緩解，而他們醫院的床位本來就相當緊張。像許星洲這種病情的患者樂天得近乎狂躁，前幾天有別科研究生來探班，看到許星洲在大樓外抱著吉他路演，進來就誇：「你們的狂躁患者社交能力很好啊！怎麼干預的？」一片沉默後，他們科的護士尷尬地道：「……那個十二號床啊？她是憂鬱症進來的。」

于醫生最近正在準備把許星洲打包丟出去。

只不過出院不代表病情緩解，只代表病情已經得到了最基本的控制，許星洲回去還是要繼續堅持吃藥才行。

病房裡一片安靜，只有落在床單上的昏黃夕陽和 iPad 上嘰嘰喳喳的電視劇聲，鄧奶奶被抓出去談話了，許星洲看了看錶，秦渡還得過好幾個小時才能回來。

雞姐姐問：「電視劇看不下去？」

許星洲點了點頭，說：「我在想事情。」

「……妳說說看。」雞姐姐將 iPad 蓋下：「與許說出來就有答案了呢。」

許星洲沉默了一下。

「你說……」許星洲小聲道：「雞姐姐，人想要擁有另外一個人，是不是挺困難的？」

雞姐姐擰起眉毛：「妳說的是什麼樣的擁有？」

許星洲聞言不好意思地撓了撓腦袋。

「就……」許星洲羞恥地說：「那種，不離不棄的程度吧……哎呀這四個字說出來的瞬間我就覺得沒戲，雞姐姐你當我沒說。」

雞姐姐沒有回答。

許星洲誠實地說：「……雞姐姐，出院了之後，我應該會挺想你的。」

雞姐姐也笑了笑道：「姐姐也會想妳，姐姐喜歡妳這樣的孩子。」

許星洲嗯了一聲，只覺得想落下淚來。

雞姐姐是出不了院的。

他既往有藥物依賴史，加上他的狂躁是器質性的，昨天白天還和她一起玩了一下午，兩個人像兩個小學生一樣玩扮家家酒，到了晚上，他就被捆了起來，起因甚至只是一小包藥。

我不想吃藥，昨晚的雞姐姐嘶吼道，我只是情緒高漲，情緒高漲都有錯嗎？你們為什麼不信我呢？

我父母不喜歡我是同性戀，雞姐姐絕望吼道，可是這有錯嗎？

他高中時曾經被自己父母綁到江西，在一個戒網癮治療同性戀的機構裡度過了三個月——他父母那時試圖矯正他的性向，從許多人處打聽了這個寶貝地方。那裡和被曝光的臨沂市第四人民醫院也沒兩樣，甚至更為誇張。

雞姐姐說，在那裡要四點起床，背弟子規以正視聽，背不對便是拳打腳踢。

他們鼓勵互相揭發想逃跑的人，發生過極其惡劣的、針對性向的、羞辱性體罰，學生被逼著喝煙灰水。

那裡體罰極為嚴重，雞姐姐這種驢屎脾氣、特立獨行的人在那裡可沒少挨揍。他說他被揍瘋了，是應激性的，誰打他他就咬誰，後來不打他他也咬人，再後來發展到在那裡半夜尖叫。而在那種機構裡尋釁滋事便會被打個半死——雞姐姐那時幾乎被打死，他父母見到他時他腦筋都不正常了。

寧折不彎，雞姐姐談起那時候的事時，對許星洲這樣說：當然不是說姐姐的性取向，姐姐的性取向都彎成九寨溝了。

那天晚上，許星洲聽著雞姐姐近乎癲狂而偏執地重複：我是個同性戀，可是這有錯嗎？有錯嗎？

——可是他們不理解，他們將我遺棄在這世上。

被捆住的他，每個字都彷彿帶著血。

過了一下，他又說：「姐姐彈個曲子給妳聽吧。」

「姐姐大學學的還是音樂呢……」雞姐姐漫不經心地說：「只是沒念完就退學了，念不下去，精神狀態不行。」

許星洲紅著眼眶點了點頭。

雞姐姐又笑道：「怎麼了？」

他起身走了。

許星洲盤著腿坐在床上，抽了紙巾擦擦眼淚。片刻後雞姐姐取了自己的吉他回來，在許星洲床上坐下了。

日薄西山，金紅光芒鍍在那人的漂染白髮上。

雞姐姐一撥琴弦，琴聲猶如金水般流瀉而出，那是正經科班出身的、有過天分的琴聲，和許星洲這種半路出家的完全不同。

許星洲一聽前奏就覺得極為熟悉。

這首歌叫〈These days〉，她在電臺聽過，調子青春熱烈，可是他以木吉他一彈，居然有一種感傷的苦楚。

「I hope someday we will sit down together……」

那個人沙啞而顫抖唱道：「And laugh with each other, about these days, these days……」

我希望我們有一天圍爐就坐，與彼此大笑談起，我們這段過往的日子。

——過往的日子。

那個渾身傷痛的狂躁患者，一個不被理解的男人，一個大學因為發病而退學的人，那個酒吧駐唱的民謠歌手。

他坐在許星洲床上，用生澀到近乎新手的指法，為她彈吉他。

他指法黏連而模糊，那是他吃治療狂躁症的藥的副作用：那雙手猶如帕金森似的，不住發著抖。

其實唱的也不好聽，畢竟昨天晚上剛剛嘶吼過，此時音色渾濁嘶啞，加上他本身偏陰柔的聲線，實在是稱不上享受，可是許星洲聽得眼眶通紅，幾乎落下淚來。

「——哎，」雞姐姐手指一收道：「我不想彈的，現在手抖彈了丟臉。結果妳都要走了，等以後好了，姐姐再彈一次給妳聽，別哭了啊。」

許星洲用紙巾擦著眼淚，抽抽搭搭地說：「……還、還姐姐呢？你明明對自己的性別又沒有認知障礙……」

雞姐姐將吉他往身後一背，嫵媚笑道：「不想叫姐姐還能叫娘娘啊，雞娘娘，皇后娘娘，選擇還是很多的。」

許星洲也破涕為笑：「雞姐姐，你這麼妖，好歹給我們女孩子留點活路啊？」

雞姐姐說：「這可不行。」

「姐姐我都這麼多年了，」雞姐姐說：「矯正也矯正不了，改不掉，打也不可能打得服帖，又香又硬，追求潮流，最喜歡的就是Gucci，就這麼堅持做一個美妝騷0。」

許星洲一邊笑一邊擦眼淚。

雞姐姐驕傲地說：「——這就是老娘。」

他說著在自己的吉他上點了點。

那吉他上貼滿了花花綠綠的貼紙，猶如他在過去的歲月中，沒被磨滅甚至還張揚至妖嬈的個性。

「覺得沒活路，」雞姐姐高傲又矜貴地道：「妳就多努力一點，做個妖嬈女孩啊？關我們美妝騷0什麼事哦，姐姐可不會對妳負責的。」

許星洲終於忍不住被逗得哈哈大笑。

——那個男人是用這種方式，宣告自己活著。

像是颳過灰燼的狂風，又如同荒山上燃起的烈焰，他叛逆又驕傲，不折不彎。

秦渡回來時，已經快六點了。

他進來時外面漁舟唱晚燈火黃昏，手裡還拎著個白手提袋。許星洲注意到，是于主任送他到了病房門口——兩個人應該是已經談過話了。

不知道談話內容是什麼。

許星洲心虛地瞄了瞄床旁桌上他的壞手機，心裡祈禱師兄可千萬別來索賠。是真的賠不起，可能會賴帳，許星洲想想都覺得人生崩塌，暑期實習都沒著落呢。

秦渡從白紙袋裡摸出個禮品盒，丟給許星洲。

許星洲接住那個盒子，一愣：「哎？」

盒子是薄荷綠色，小小的一個，綁著銀色緞帶，一看就價格不菲。

「——買給妳的，」秦渡漫不經心道：「把妳綁牢一點。我的舊手機呢？」

許星洲斬釘截鐵：「自爆了。」

秦渡：「……」

許星洲怕秦渡追問，抱著盒子比劃了一下，說：「它真的是一個非常沒用的手機！我就是碰了碰它，然後它就吱吱嘎嘎的死掉了。臨走前還吐了兩口血，非常嚇人。」

秦渡瞇起眼睛：「妳給我弄壞了是不是？」

許星洲：「……」

許星洲忍痛，把秦渡丟過來的盒子又推了回去，說：「賠、賠你。」

秦渡：「……」

女孩說話時，病房裡空空蕩蕩，只有火紅夕陽，而他的女孩其實還有點衣冠不整。她的病人服極其寬鬆，卻能顯出鎖骨和細柔腰肢。許星洲還輕微往前含著身子，那真的是個相當勾人的打扮，秦渡對她這模樣沒有半點抵抗力。

秦渡想起每天早晨許星洲還喜歡在他懷裡蹭來蹭去——這還是多人病房，小女孩睡得凌凌亂亂的，秦渡簡直要被活活磨死。

——這位太子爺，這輩子，都沒做過那麼破廉恥的事。

「就賠這個？」

秦渡新仇舊恨湧上心頭，瞇起眼睛。

許星洲剛準備大放厥詞，就突然天旋地轉——那盒子中滾出一串亮亮的、銀白的玩意兒，落在許星洲枕邊，而她還沒反應過來，就被牢牢摁在了床上。

許星洲被他摁著，可憐兮兮地蒼蠅搓手：「師兄兄……」

這他媽，秦渡憤怒地想——這小混蛋，居然已經在他懷裡賴著睡了一個多月了。

許星洲卻還渾然不覺，可憐兮兮地搓著爪子說：「小師妹沒有錢了。」

「親親師兄，賒個帳，好不好嘛？」

許星洲又搓了搓手。

那時風聲吹過黃昏，許星洲被師兄摁在病床的枕頭裡，病人服鬆鬆垮垮，露出一片細緻鎖骨。

那地方，秦渡連碰都沒碰過。

——他不敢碰。

許星洲對他而言，意味著某種極其美好而脆弱的東西，秦渡把她奉得高高在上。

他不敢伸手碰觸，卻又總想玷汙。

許星洲似乎又說了什麼，秦渡卻沒聽見。

他想起他把許星洲從大雨裡撈回來的那天，又想起無數個早晨，許星洲在他懷裡沒個安分時，卻又要睜開眼睛，極其軟糯地喊他「師兄」，還要趴在他胸口，睡意朦朧地蹭一蹭。

這個小混蛋天天在外面勾搭女孩子，靠的就是這小模樣嗎。

那時候，秦渡簡直覺得自己做不得人。

可如今這小混蛋眼裡都是自己，秦渡在她的虹膜中看見自己的倒影，十九歲的女孩子柔柔軟軟的對他笑，像某種柔嫩的、細長的太陽花。

於是，秦渡動情地低頭親吻她。

病房裡夕陽無限，秦渡能明顯地感受到她的呼吸和溫暖的體溫。

他想起和許星洲初遇的夜晚，混沌的霓虹燈，和其中唯一一個燃燒的人。

他想起第六教學大樓前青青的小桃子，印著星星月亮的雨傘，外灘邊傾盆的大雨，春天臉面的理學教學大樓。

他想起那些即將到來的和曾經來過的詩意，太陽之下紅裙飛揚的女孩。

許星洲被吻得幾乎喘不過氣，艱難地推了推秦渡的胸口。

可秦渡的力氣不容反抗，他正帶著幾乎要將許星洲拆開吞下去的意味與她接吻。

這裡又他媽的沒有旁人……不，哪怕有旁人又怎麼了？這就是他的人，秦渡亂七八糟地想。他的人，就應該揉進骨髓裡，碎進他的靈魂之中。

秦渡幾乎發了瘋，抱起來沒個輕重，她難受得微微發抖，應該是他把許星洲弄得有點疼了。

下一秒，他睜開眼睛，看見小師妹疼得水濛濛的雙眼。

「師、師兄……」

女孩說。

「讓我用這個還帳，」許星洲又乖又甜地，眨著水濛濛的眼睛勾引他：「也可以喲。」

然後許星洲乖乖伸出了手，抱住了秦渡的脖子。

十分鐘後。

許星洲痛苦地摸了摸自己的胸，自言自語：「……真、真的這麼小嗎？」

日落西山紅勝火，鐵窗將光影切出稜角，許星洲坐在病床上，形象半點不剩，腦袋像個雞窩，耳根紅紅，背對著門，不知道在做什麼。

秦渡洗了手回來，皺著眉頭問：「嘀咕什麼呢？什麼小不小的？」

許星洲：「……」

許星洲正在滿懷希望地摸自己胸，她摸完左邊摸右邊，怎麼都覺得，不存在任何短時間豐胸的可能性……

說起來這種東西好像都靠遺傳吧……是不是沒戲了……嗚嗚人生居然還可以被這樣嫌棄嗎……

許星洲摸了片刻，又參考了下自己的家族遺傳，判斷自己成為大胸女孩的希望已經徹底破滅，只覺得自己還是得從別的地方找補。

嗚嗚，許星洲寬麵條淚地想，生活好艱難啊。

秦渡走到枕邊，將那個銀色的圓環撿了起來，攥在了手心。

接著，他慵懶地對許星洲說：「──伸手。」

於是許星洲立刻又笑了起來，對著師兄伸出左手。

她的左手乾乾淨淨，平整皮膚下是跳動的青色狹窄的靜脈，手腕纖細，指尖緋紅，猶如染滿春花的丹櫻。

秦渡散漫地說：「不是這隻手，另一隻。」

許星洲突然怔住了。

「另……」她小聲道：「喔，另一隻啊。」

火紅的光落在她的病人服上。女孩子踟躕了一下，終於難堪地伸出了右手。

──她右手手腕上有一道猙獰外翻的舊傷，那是一道經年的老傷口，甚至還有被反覆割開的痕跡，八道縫合線。許星洲曾經用一串她旅遊時買的小珠子遮擋──可是入院之前太過顛沛，那串小珠子早已不知所蹤。

那道傷口，接觸到陽光都燒得發疼。

那是許星洲曾經被深淵打敗的鐵證。

是十四歲那年，小許星洲用牙膏管鋸開的傷口。她在人生最低谷時連痛哭的力氣都沒有，耳邊就是讓自己去死的幻聽，懷裡抱著奶奶的骨灰盒。

沒有人需要她。

她十四歲那年讀過一次《小王子》，印象最深的地方就是──以為自己擁有世界上唯一的那一朵玫瑰的小王子，路過地球上沙漠之中的玫瑰花園時，看見了數以千萬計的玫瑰。

那時他感到迷惑。因為他養在玻璃罩之中的玫瑰曾經告訴他，她是宇宙之中唯一的那朵花——他感到迷惑，可是他只花了很短的時間，就重新站在了那一簇玫瑰之前。

你們很美，但你們是空虛的，小王子大聲說，沒有人會為你們去死。

「我的那朵玫瑰，過路人可能會認為她和你們是一樣的，可是她對我而言獨一無二。」他說。

「因為她是屬於我的玫瑰。」

可是，許星洲就在那一簇數以千萬計的玫瑰之中。

沒有人需要，無人馴養。她自由又落魄，茫然又絕望。

面前的秦渡怎麼看也不像小王子，他就是個騎馬路過的年輕公爵，身上世俗又惡劣——不單純，倔強，心理年齡恐怕早就突破了四十歲，是個廣義和狹義上的老狗比。

他握住了許星洲的右手，將那個手鐲不容拒絕地推了上去。

「我買了寬的，」老狗比閒散地道：「可能重是重了點，但是比妳以前用的那串珠子像樣多了。」

那是一串開口寬手鐲，鉑金月亮嵌著金星星，做工極其精緻，分量卻不太重，不壓人，將許星洲手腕上的那條傷口遮掩得一點都不剩。

秦渡看了看，評價道：「還行，我眼光不錯。」

許星洲說：「……」

「──不喜歡的話我再去買給妳。」秦渡說著伸手在許星洲頭上摸了摸，哂道。

許星洲眼淚都要出來了。

盒子裡還躺著證書，秦渡買的東西絕對和便宜兩個字沒有半點關係。

許星洲想過秦渡會送什麼東西給自己，她想過情侶對戒，也想過被彈額頭，她覺得秦渡是相當喜歡宣誓自己主權的人──他們這批人就是這樣，什麼都應該是他們的。

可是許星洲唯獨沒想過，他送的第一樣東西，是用來遮住她手腕上醜陋的創傷的。

「妳不喜歡露著，」秦渡道：「露出來就過意不去，我倒是覺得沒事。我覺得這樣都能活著是值得驕傲的。」

「妳覺得妳是被打敗了。」

「但是我覺得呢，」秦渡耐心地抽了紙巾幫許星洲擦眼淚：「這是勛章。它證明妳生命力頑強得很。妳說，誰能做出這種事？」

從兩次──三次自殺中倖存。

明明在那樣的地方生活，卻還是頑強地掙脫了泥濘，出現在了秦渡的面前。

「我送妳這個，」秦渡笑著道：「不是因為這個傷口很恥辱，想讓妳遮住，怕妳丟我的臉。」

「是不想小師妹總被問，妳怎麼割過腕啊？」

「這種問題太討厭，」秦師兄道：「不想妳被問。」

夕日沉入樓宇之間，最後一絲火紅的光都消失殆盡。城市的鋼筋水泥之間，夜幕降臨之時，霓虹次第亮起，萬家燈火，蒲公英溫柔生長。

許星洲終於忍不住，跪坐在床上，嚎啕大哭。

她哭得幾乎肝腸寸斷，像個在景點走丟的小女孩，站在人群中，哭著想牽住人的手。

秦渡把大哭的許星洲笨拙地摟在了懷裡。

「哭什麼哭，我第一次正經送妳首飾呢，」他親暱地蹭了蹭許星洲的鼻尖：「多戴戴，就當我把妳捆牢了。」

許星洲出院的那天，天還有點潮。

秦渡收拾東西收拾起來簡直是個廢物。

許星洲十分確定他這輩子都沒收拾過行李，他連行李箱都不會收拾，最多會往行李箱裡裝襪子裝洗漱包，在他背著許星洲將她的衣服團成一坨塞進了行李箱後，許星洲終於把雞姐叫了過來，看著秦渡，讓他別亂動。

秦渡：「……」

「師兄你以後可怎麼辦？」許星洲嘲諷他：「以後如果出差你就這樣收拾行李？GPA四點零有個屁用啊——」

她師兄跟鴨嘴獸似的嘴硬，還嗆她：「妳們女人怎麼這麼雞毛蒜皮啊，東西能裝進去不就行了？」

秦渡：「有錢人出去談生意，衣服都是去了買新的，妳懂什麼。」

許星洲：「……」

許星洲終於沒話說了。

秦渡將許星洲大包小包的行李提了起來，她在這裡住了三週，東西實在是不少，許星洲只拎了兩個裝瓶瓶罐罐的小袋子，剩下的全都是秦渡提著。

片刻後，許星洲惡毒地說：「辣雞。」

秦渡：「……」

然後許星洲從他手裡搶了兩個大袋子，和病房裡其他兩個人道了別。

高中生笑咪咪地揮了揮手道：「姐姐再見！」

許星洲也笑了起來：「再見！希望明年升學考之後我能在F大迎你的新。」

高中生笑的更開心了：「我是想去J大的，姐姐妳忘了嗎？」

許星洲：「……」

許星洲還沒來得及勸，秦渡就扛著一大堆行李，冷冷道：「J大除了gay屁都沒有，除了膜蛤[3]什麼都不會，本質渣男無疑。我校雖然無用但是自由，T大好歹還能同舟共濟……至於你，你愛去哪去哪。」

高中生：「……」

秦渡又道：「呵呵。」

然後一個人拖著行李，先去外面的車裡了。

許星洲：「……」

許星洲對這位小屁孩，無計可施。

她又對鄧奶奶笑了笑道：「奶奶，我走了。」

鄧奶奶正在床上看《不一樣的卡梅拉》圖畫書，從鼻子裡嗯了一聲。

「出去之後好好和妳對象過日子吧，」鄧奶奶隨口道：「蠻不錯的小夥子，雖然不太會疼人，但是對妳挺好。」

許星洲莞爾道：「脾氣挺壞的。」

「脾氣壞，」鄧奶奶抬起頭看向許星洲：「可是對妳沒脾氣，妳沒發現嗎？」

許星洲瞬間臉紅了。

鄧奶奶又翻了一頁圖畫書，說：「他對外人又壞又毒，唯獨對妳一點脾氣都沒有，死要

3 膜蛤，是對曾任中共中央總書記的第三代領導集體核心江澤民進行模仿惡搞的網路迷因，「膜」字取「膜拜」之意，而「蛤」則源於江澤民常佩戴一副蛤蟆鏡及認為江澤民的長相貌似蛤蟆的觀點。

面子。」

許星洲面紅耳赤：「哎……」

「就是——」鄧奶奶又評價：「年輕人的毛病，愛裝，妳等著瞧。」

許星洲耳朵都紅了，簡直就想立刻逃離現場，她知道秦渡好，卻不想知道別人眼裡秦渡有多好。但是她沒逃，忍不住想問鄧奶奶那個困擾她許久的問題。

許星洲：「奶奶。」

鄧奶奶嗯了一聲，把圖畫書放下了。

「我就是想問……」許星洲好奇地道：「您為什麼總要說死不死的呢？不是都活的好好的嗎？」

鄧奶奶想了一下，又把圖畫書拿了起來。

「我見不到了，」鄧奶奶漫不經心地說：「對我來說就是死了。」

「我都活了這麼多年了，這兩者對我來說，實在沒什麼分別。」

外面霧氣瀰漫，滿是陽光和他們在化學課上學過的廷得耳效應。

秦渡已經幫許星洲走完了出院流程，全程不用她插手。他那輛奧迪停在住院大樓門口，後座塞滿了許星洲的行李和大包小包。

許星洲穿著小紅裙子和小高跟鞋，笑咪咪地拉開了前面的車門。

秦渡板著臉：「笑什麼笑，進來坐下。」

許星洲立刻鑽了進來，秦渡伸手揉了揉她的頭。

「你凶我，」許星洲威脅道：「我剛出院你就不愛我了……小心我哭給……」

哭給你看四個字還沒說完，秦渡就變戲法一般，變出了一束向日葵。

「出院快樂。」秦渡忍笑把花塞給她，道：「凶妳幹嘛。」

許星洲終於不說話了，抱著那束向日葵和繡球，笑得眼睛都彎彎的。

「中午吃什麼？」秦渡揉著許星洲的長髮，像是揉著小動物的毛，愜意地道：「想吃什麼菜，我訂給妳吃，我們回家吃。」

許星洲笑咪咪地道：「我都可以呀！師兄帶我吃的，都喜歡。」

她腦袋還被揉得翹著呆毛，眼睛彎彎像月牙，說出來的話也甜得不像樣子，抱著那束向日葵，眉眼亮亮的，秦渡簡直覺得自己又被掐住了命門。

「那隨便……」他沙啞地道：「隨便吃點吧，我們先回家。」

許星洲點了點頭，抱著花兒，習慣性地將腦袋磕在了窗上。

秦渡那一瞬間才發現，他有多麼想念他的小師妹的這個動作。

他第一次開車載她時，許星洲就像個小孩子一樣，呆呆地用腦袋抵著玻璃，後來每次她都會這麼做，有時候是發呆，有時候是和他吵一架。

可是她復發之後，就再也沒坐過秦渡的副駕了。

他開著車，許星洲安靜地閉著眼睛，腦袋抵著窗戶玻璃。

他們離開宛平南路，那些熟悉的景色漸漸離他們遠去，許星洲虹膜映著外面的景色，半天嘆息道：「……月季沒有了，開完了。」

秦渡：「明年還有。」

「不行的話我買給妳，」秦渡開著車，漫不經心地道：「買花還不簡單？想要什麼顏色就買什麼顏色。」

許星洲點了點頭，打了個哈欠，用戴著小手鐲的手揉了揉眼睛，睡了過去。

她實在是太愛撒嬌了，而且是一種熟悉了才會現出的嬌柔模樣，尋常人見不到，這模樣獨屬於秦渡，秦渡思及至此，簡直想不出任何詞語來形容她。

「許星洲。」他說。

女孩迷迷糊糊地嗯了一聲。

「好好睡一覺。」秦渡啞著嗓子告訴她：「妳做的那些往我心頭釘釘子的事，我只是……只是不和妳算帳而已。」

公寓的一樓，大理石映著明亮燈光，居然還有點飯店的味道。

秦渡按了電梯，許星洲好奇地看了一下大理石，好半天踢掉了小高跟，赤腳在地上踩了踩。

秦渡以電梯卡戳她，嫌棄道：「許星洲妳髒死算了。」

許星洲爭辯：「我回去會洗腳的！」

過了一下，許星洲又好奇地搶過秦渡的電梯卡，看了看，感慨道：「我以前都沒注意過，居然有電梯卡哦。」

「嗯，這邊管理比較嚴格……」秦渡漫不經心道：「明天去辦一張給妳。」

辦電梯卡，基本應該就是……點了頭，願意和自己同居了。

她想到這裡，臉就有點紅。

許星洲想，我身上連半兩能讓他惦記的肉都沒有，他居然還願意扶貧，和我同居……

師兄人真好啊，許星洲由衷地感慨。

電梯叮一聲到了，秦渡牽起許星洲的手，帶著她走進了電梯。

秦渡刷完卡，突然疑道：「說起來師兄上次沒辦卡給妳吧？小師妹，妳怎麼跑掉的？」

許星洲愣了愣。

秦渡瞇起眼睛：「是有人幫妳？」

「我……」許星洲艱難地道：「我好像是自己走下去的。」

她其實已經有點記不太清了。

那時候她發病的狀態極為嚴重，連思維都非常木僵，只記得按了電梯後電梯遲遲不來，卻又恐懼被突然回來的秦渡發現，就走了樓梯。

整整三十層樓。

許星洲一邊向下爬一邊想從樓梯間的窗戶跳出去，卻又極為害怕讓秦渡知道，一邊又理智地覺得如果死了人就算凶宅，晦氣，萬不能做這種事。

許星洲剛要說話，秦渡就緊緊抱住了她。

那個擁抱帶著一種難言的柔情和酸澀，許星洲幾乎都要被抱哭了，電梯往上升。她那一剎那，終於意識到了，自己究竟對秦渡做了什麼。

電梯到了三十樓，許星洲眼眶都紅了。

「師、師兄……」許星洲乖乖地說：「我以後……」

我以後不會這樣啦。她想說。

可是柔情，就持續到了那一刻。

因為秦渡下一秒就開了口：「對了，妳辦緩考手續了嗎？」

許星洲：「……」

秦渡皺著眉頭道：「我是不是忘了和妳說？緩考要在學期第十七週之前申請，附上醫院診斷證明，否則就不允許申請了——妳申請了沒有？」

許星洲立刻呆住了：「什、什麼？」

電梯叮一聲到了三十樓，秦渡將呆若木雞的許星洲拽了出去。

「妳周圍沒人申請緩考過？」秦渡莫名其妙地問：「怎麼這個都得我提醒嗎？」

許星洲顫抖道：「不、不是去了就能考嗎？跟著補考的一起考，成績如實記載……？」

秦渡拎著大包行李，開了指紋鎖，一邊開門一邊道：「怎麼能一樣，妳入學的時候連指南手冊都沒看過？」

「緩考要求：在第十七週之前，下載緩考申請表填寫，要有院長簽名和任課老師簽名，」秦渡頭疼地說：「妳別告訴我妳沒填，沒找人簽名。」

許星洲：「……」

許星洲出院後的中午，本來高高興興快快樂樂開開心心，打算跟著師兄蹭吃蹭喝過個資本主義的生活，晚上還想計畫看看能不能把師兄推倒——然而，世界崩塌，只需要一句話。

許星洲顫抖道：「我……我沒有。」

秦渡：「……」

秦渡幸災樂禍道：「厲害。恭喜師妹喜提期末考試。」

「啊啊啊啊啊！」

慘叫劃破午後寂靜。

客廳漆黑的大理石地磚有種極致的無機質感，許星洲赤著腳踩在上面，絕望地、無頭蒼蠅似的轉了好幾個圈。

秦渡坐在吧檯旁邊。

他親手磨了杯黑咖啡，面前電腦亮著，顯示著作業的畫面。他今天穿得極其性冷淡，一身的黑白，個高腿長，赤腳踩在地上。

許星洲窒息地道：「媽、媽的……下一科考試在下週五？可是今天週六了啊……」

秦渡毫無波動：「我不是讓妳早點複習？連資料都幫妳列印出來了。」

許星洲把自己的一打課本攤開，幾乎落下淚來。

「我想回去住院，」許星洲悲傷地說：「你可不可以幫我找找關係？」

秦渡面無表情地說：「已經有人懷疑妳是狂躁了。」

許星洲：「……」

他戴上眼鏡肝論文，片刻後，又問許星洲道：「妳還不開始複習？」

許星洲下一科就要考應用統計，淚水都要噴出來了，心裡也知道自己如果再不看書就要完蛋，只得乖乖拿了書，坐在了秦渡對面。

秦渡正在做期末作業，還有點不緊不慢的——這個人浪歸浪，狗歸狗，做的一切事情卻挑不出半點錯：他下週和許星洲一樣，也是考試週，可是他把時間分配得恰到好處，上課也認真，現在沒有半點著急複習的模樣。

許星洲：「……」

許星洲又受到了來自人生贏家的暴擊。

曾經升學考估分能估到六百五的學生們其實天生骨子裡都帶著點傲氣，雖然許星洲入學之後已經被摩擦了一波，如今只有一點僥倖——那一點僥倖，終於也被秦渡擠壓得一點都不剩，許星洲只覺得自己是個標準學渣。

秦渡把自己的咖啡推給她，道：「提提神吧。」

許星洲斬釘截鐵地說：「不用。我精神得很。」

溫暖的陽光潑灑在他們中間，黃玫瑰被映得透明。

許星洲翻開應用統計，搶了秦渡的螢光筆和圓珠筆，十幾分鐘把第一章看完了。

第一章按照宇宙通用規律，主要出名詞解釋和簡答——如果有的話。第二章也並不難，介紹了幾種特異曲線，其餘就是高中數學學的基本知識，變異數、中位數、離散程度、調和平均數、截尾平均數。

許星洲升學考數學一百四，線性代數最差的也是B，簡直覺得自己不存在任何學不會的可能性，得意地哼唧了一下筆。

然後，許星洲翻開了第三章。

十分鐘後，許星洲如遭雷劈。

一個學期沒聽課，這都是什麼玩意兒，這什麼呢？這課程怎麼辦？

秦渡那頭傳來嗒嗒敲鍵盤的聲音——他的姿勢相當閒散，突然冒出一句：「小師妹，妳是不是被妳應統老師列入了關注名單？」

許星洲：「……」

秦渡說：「開學沒多久呢，上課就引起騷亂，抄著書毆打來旁聽的師兄。」

許星洲額頭上爆出青筋。

秦渡又慢條斯理地說：「老師讓妳起來回答問題妳還什麼都不會，全靠我口算救妳。」

許星洲憤怒道：「不是你欺負我嗎！」

秦渡咄咄逼人：「上統計課的時候是妳揍了我還是我揍了妳？」

許星洲：「……」

「那個老教授看起來挺嚴格，平時成績應該會卡妳一下，」秦渡火上澆油道：「再加上妳出勤率還不高，上課不回答問題，早就已經在待被當名單裡待著了，別人考六十分及格，妳得考七十五。」

許星洲氣得拿筆丟他。

秦渡樂呵道：「妳不信？」

許星洲直覺覺得自己現在嗆不過秦渡，直接拿起筆開始做題，對著例題寫了個假設H0之後……過了片刻，秦渡又挑釁地問：「妳會不會啊？」

許星洲氣急敗壞：「我還能學不會嗎！」

學不學得會呢？

許星洲是典型的形象思維。

形象思維一般對應作家和畫家——是一種思考時往往有對應的實物的思維方式，這種思維方式在他們的行業內其實非常吃香，無論是寫稿子還是做剪輯，都是非常受歡迎的。而許星洲的幻想和跳脫的思維就來源於這裡。

舉個例子來說，許星洲小時候理解一加一等於二，並不是理解算式內在的邏輯，而是理解一根胡蘿蔔再加一根胡蘿蔔就會有兩根。

這種思維擅長寫作、繪畫和設計，但是——統計這種需要抽象思維的學科，要是讓許星洲學的話，她就會立刻完蛋。

下午五點半，夕陽落在黃玫瑰上。

空氣中一股佛手柑香氣，香薰機冒著雪白的煙霧。

秦渡聚精會神地看著螢幕，敲下小論文的最後一個句號，打了個哈欠，去拿自己裝了現磨黑咖啡的馬克杯——馬克杯沒了。

他抬起頭一看，許星洲正對著課本打哈欠。

她將秦渡那杯黑咖啡喝了一大半，杯沿上還有一點咖啡漬，此時睏得不住地點頭，計算紙上畫得亂七八糟，解題步驟全部推翻也沒寫出新的，大概還睡了個午覺，正在百無聊賴地玩手機。

秦渡將咖啡杯撈了回來，問：「下午看了多少？」

許星洲誠實地說：「看了兩集電視劇，國產劇好雷啊。」

許星洲又小聲道：「……師兄，你能不能……講解題目給我聽？」

秦渡等這一刻像是等了很久，帶著種「我早就知道」的欠扁味道，站起了身。

「應用統計，」秦渡故意使壞地說：「這種非必修課都是送分的，這還是經濟學院開的統計呢，小師妹。」

許星洲滿懷期待地望著他。

秦渡問：「讓我講解給妳聽？」

秦渡靠在許星洲身邊，在她臉上捏了捏，又低頭看那道例題。

落日餘暉之中，許星洲眉眼柔軟，帶著絲祈求，拽住了秦渡的衣角。

男朋友數學那麼厲害，拿了三年國家獎學金，許星洲想，別人要這樣的男朋友還沒有呢，資源一定要合理利用才行。

「師兄……」許星洲狗腿地說：「你幫我講講嘛，我是真的不會，給你親親，講講嘛。」

許星洲人生其實被講過很多次題。

她數學本來就是短板，高三時請家教也只請過數學的，因此非常依賴別人。

高中時林邵凡幫她講過，然而講過幾次之後許星洲就不太願意找他了——林邵凡相當聰明，做數學特別喜歡跳步驟，講解只講框架，聽他講解等於沒聽，而且還有一種找 Ph.D 講解的感覺——明明公式就可以解決的東西，他就喜歡用微積分，講完之後本來會的地方都變得雲裡霧裡。

程雁講解倒是樸實很多，有種腳踏實地的學霸感，每個步驟都有理有據，並沒有什麼特別之處，許星洲高中時特別依賴她。

秦師兄講解的方式，和上面這兩個人，完全不一樣。

林邵凡還有拿不準的時候，可秦渡什麼都會。

學工科的歧視學社科人文的，學理科的歧視學工科的，其中屹立於頂端的學科就是數學。

學數學的本來就已經是學科歧視鏈頂端，秦渡甚至還是那頂端中的小尖尖，他講起「送分的應用統計」和「一看就知道是送分給你們的水課」時遊刃有餘，而且，他講解的框架程度，甚至比林邵凡都厲害多了。

「這題？」秦渡賣弄地道：「這題妳真的不會？不就是課本例題的變形？讓妳在這裡分析一下這組資料……」

許星洲一個學期都沒聽課，四捨五入已經兩個學期沒學過數學了，秦渡講得她眼冒金星。

許星洲眼花繚亂：「我……」

「妳看看——」秦渡握住許星洲拿筆的手，在計算紙上寫了兩行步驟，甚至還直接跳過三個等號後的運算，直接口算出了答案。

秦渡字寫得不好看，看起來像某種刀刃一般——看起來還有點像小學生，卻極為堅硬而充滿稜角。

「這不就算出來了嗎？」他說。

接著秦渡指著卷子上他口算出的P值，又直接默寫了卡方檢定臨界值表格的a=0.05、v=3時水準，兩個數字兩相比較，三下五除二，直接在此基礎上拒絕了假設H0。

許星洲：「……？」

許星洲：「？？？？」

剛剛那短短半分鐘內發生了什麼？題呢題去哪了？這是什麼？紙上是什麼神祕符號？我在哪裡我在做什麼？

秦渡壓低聲音問：「小師妹明白了沒有？有什麼問題？」

許星洲：「……」

許星洲悲憤地心想，你一道題半分鐘講完，我他媽明白個屁股啊！

這個和高中時暑假作業答案上的步驟略有什麼兩樣！媽的他是不是在炫技啊！

燈光溫暖，夜風習習。

客廳的吧檯旁，秦渡的電腦扣著，幾本課本疊在一起，風吹得紙張翻動。

秦渡戴著眼鏡坐在許星洲身邊——他穿著件白長袖，挽起一截袖子，露出結實的、鍛鍊得恰到好處的手臂，有種學術而騷氣的氣質。

秦渡沉穩道：「怎麼？哪裡不明白，我跟妳講講。」

許星洲說：「你講……講慢點……」

秦渡賣弄地轉著筆道：「已經很慢了啊。我做題沒這麼慢過。給妳我的參考書看看？題都這麼簡單了。」

許星洲看著他，突然想起動物世界裡曾經解說過，雄孔雀一邊開屏一邊求偶的樣子。求偶就算了。

平時騷氣一點，說忍也就忍了，看上他的時候他也不是什麼好東西，不騷才怪了呢。問題是，這是生死攸關的時候。

許星洲氣得想掐他，卻又看在喜歡他的分上決定再給他一次機會，忍辱吞聲道：「能不能……再講一遍？」

秦師兄愜意地說：「沒聽懂？」

他翹起二郎腿，然後又湊過去在許星洲面頰上微微一蹭，欠揍地問：「我講得好還是妳高中同學講得好？」

他就是來騷的。

許星洲：「……」

許星洲說：「林邵凡講得好。」

許星洲出院第一天，住在秦渡的家裡，極其沒有禮貌地把秦渡關在了門外。

她一個人窩在客房裡面。

秦渡又在外面敲了敲門，憋憋屈屈地喊了一聲小師妹。

可是許星洲已經被他講的題氣到了——屁事炫技，居然還在和林邵凡攀比，小屁孩得過分，簡直欠打。

她坐在窗邊做了一下題，程雁傳了老師最後一堂課講的重點給她，只不過那重點不一定會考。許星洲一邊做一邊覺得自己真是個倒楣蛋。

過了一下，她的手機叮地一亮。

許星洲好奇地看了看，發現是秦渡傳的訊息：『小師妹，該吃藥了。』

抗憂鬱的藥物用藥必須規範，秦渡把吃藥的時間設了鬧鐘，許星洲沒回他的訊息，去自己的袋子裡摸了藥，按分量吃了。

一邊吃藥一邊複習期末考試，許星洲還是覺得自己真的很倒楣。

過了一下，螢幕又是一亮，是秦渡傳的照片。

她點開那張圖。

那是一張白紙，上有秦渡醜醜的字，背景是他臥室裡的桌子——他勤勤懇懇地把練習題的解題步驟寫了一遍，連假設檢驗都沒偷工減料，還用螢光筆把重點標注了。

許星洲：「……」

過了一下，秦渡又傳來一張，這次他把今天他炫技的題從頭到尾全部重新解了一遍，標注了重點題型。

許星洲還是沒回。

她那時候有點鬧小彆扭的意思，秦渡對她囂張太久了，有時候還有點色厲內荏的，許星洲雖然也不計較，但是有點怕自己太好哄了。

——太好哄了。

只要秦渡抱抱她，哪怕只是出現在她面前——就像她在公園路演那次一樣，許星洲都有點控制不住自己。那些讓她生氣的事情，她轉眼就忘了。

許星洲把手機放了回去。

接著，秦渡又傳了一堆自己標的重點給她，他都是對著自己的課本拍的，高深又神祕，有一些許星洲都沒學過，過了一下他又憋憋屈屈地傳訊息：『這是我當時考試的時候覺得重要的地方。』

他過了一下，又可憐兮兮地補充：『是我當時考的數理統計……妳參考一下。』

許星洲晾著他，自己對著檯燈做習題。

大概十一點多時，秦渡又對許星洲說：『我睡了，妳不要太晚。』

然後又過了十分鐘，顯然沒睡著的秦渡又求饒似的補充：『我以後再也不做這種事了，保證！明早去買你們南區學生餐廳的生煎包給妳。』

許星洲看了一下螢幕，更生氣了。

誰想吃那裡的生煎包啊！這個梗還能不能過去了！

許星洲覺得有點睏了。

燈在許星洲的頭頂熒熒亮著，暖黃地沿著紙張流淌下去，許星洲手腕上還扣著秦渡送她的小手環，卻仍能隱約看到下面凹凸不平且猙獰的，毛蟲般可怖的傷口。

許星洲一到晚上，自己一個人待著時，就有些害怕。

深夜是個很難獨處的時間，螢幕不再亮了之後許星洲就覺得難受，甚至喘不過氣，她把燈關了，拽著被子爬上床。

許星洲的症狀已經好了很多，卻沒有好完全。

原本她在醫院時，幾乎是秦渡天天晚上抱著睡才能睡得著。今晚許星洲和他小吵了一架又換了個地方，再加上許星洲幾乎從來沒在客臥裡睡著過——許星洲此時難受得額頭沁出冷汗，鼻尖發酸，片刻後看了看錶，十二點多。

秦渡多半已經睡著了。

她揉了揉鼻尖。

去吧，許星洲告訴自己，盡量別吵醒他。

於是許星洲赤著腳下床。

外面雨霧呼呼地吹著窗戶，壁燈映著牆上的掛畫和麋鹿角般的衣服掛鉤，許星洲擦了擦眼淚，拖著被子，朝秦渡睡的臥室走了過去。

他應該睡了吧。

許星洲只覺得自己的世界在不受控地變灰。她想起自己逃離這所房子的那一天，又想起秦渡不在時，自己和安眠藥度過的那些白晝，想起他和自己的父母。

那瞬間，連踩在腳下的地毯都變成了即將把她吸進去的沼澤。

許星洲眼眶通紅，拚命告訴自己要堅強，不能被自己的暗示打敗。

——還有，那麼多事情等待她去做。

許星洲還沒活到八十歲，也沒能擁有一顆星星，沒能去月球，沒能吃到世界上所有好吃的東西——她沒能看到師兄的簡訊，他所承諾的回應也還沒有兌現。

許星洲淚眼朦朧地站在了秦渡的臥室門前。

她看不太清東西，淚水模糊了雙眼，接著瞎子一樣伸手去推門。

——沒推到。

許星洲微微一怔，風呼呼地朝裡灌，臥室裡黑咕隆咚，可是門開著。

像他當時承諾的那樣。

許星洲那一瞬間意識到，哪怕是在這樣的晚上，秦渡都是把門開著睡的——

他沒有關門。

風吹過女孩的小腿，深夜溫柔而濕潤——那瞬間世界顏色歸位，她看見暖黃的燈，牆上高級而灰敗的顏色，秦渡在門前貼的小貼紙。

許星洲說不出是感動還是想哭，可是卻因此鎮定了下來。

深淵止步，勇者臨於惡龍的城堡之前，許星洲擦了擦眼淚，推門走了進去。

臥室裡黑咕隆咚，秦渡睡在大床中間，她看見秦渡結實的上身，接著小心翼翼地爬上他的床，生怕把秦渡弄醒了。

剛剛嗆過他一頓，現在又睡不著了要來爬他的床，許星洲覺得自己有點厚顏無恥。

但是，許星洲又告訴自己，只是睡他的床而已，又不是要占他便宜。

她小心翼翼爬了上去，拉開一點秦渡的被子，秦渡在一旁發出熟睡的、勻長深重的呼吸聲。

許星洲喟嘆一聲，躺進了被窩。

秦渡的被窩裡面涼涼的，還有股他身上特有的味道，令人有種難言的安心。

許星洲放鬆地吁氣，乖乖在他身邊躺好——秦渡連動都沒動。

「秦渡……」許星洲嘀咕道：「我可不是在占你便宜哦。」

然後許星洲小心翼翼地去摸秦渡的手，想和他手拉著手睡覺。

秦渡的手溫溫熱熱的，手心乾燥，指節修長，中指上長著筆繭，許星洲捏著熟睡的師兄的指頭微微掰開，剛準備讓他擺中二動作，世界就猛地天旋地轉。

「……嗚啊！」

許星洲嚇得一個顫抖，秦渡把她牢牢抱在了懷裡，愜意地在她脖頸間一嗅。

「以為我睡了？」

秦渡沙啞地道。

他的姿態極具侵略性，將許星洲摁在床單上，眼睛狹長，閃著猶如捕獵者的光。

「——我等妳呢。」

他說。

那一剎那許星洲覺得猶如深夜停泊姑蘇的客船，又像是十萬大山之中的春藤繞樹。

江水滔滔而來，冷雨裹挾著風，穿過萬里長空千仞冰雪，在冰冷的長夜之中，秦渡將面孔埋在了她的脖頸處，滾燙熾熱地呼吸著。

「終於等到了……」他沙啞地道：「我沒妳也睡不著。」

第二十章 等和他吵架時

上午九點半，F大理科圖書館。

陽光明媚的好天氣，期末季的理圖相當擁擠，門口就全是人，簡直稱得上人聲鼎沸。許星洲打了個哈欠，秦渡單肩背著兩個包，一個自己的一個許星洲的，帶著許星洲穿過人潮。

許星洲打了個哈欠，揉了揉布滿血絲的眼睛。

晨光之中，大三師兄瞇起眼睛：「怎麼了？想睡覺？昨晚想哪個野男人了？」

許星洲：「……」

昨晚也推倒師兄失敗的許星洲，絕望地說：「我想著，我要是有橋本X奈的胸……」

但是橋本X奈的胸好像也沒比我大多少……就是差別待遇……許星洲越想越覺得心塞。

秦渡連聽都不聽，伸手在許星洲後腦勺上一拍，把許星洲拍得差點滾出十里地，接著在門口柵欄處一刷學生證，把她帶了進去。

F大的理科圖書館比文科圖書館新得多，還是落地大玻璃窗——許星洲只在大一年少無知的時候擠過期末月的文圖，差點被擠得嘔吐，六點半就得等著圖書館開門。九點半的理圖已經人來人往了，一樓大廳裡就有人在拿著文獻討論。

「昨天晚上我看 Advanced Material 那篇新文獻很有意思……」

「……OLED 的熱潮都快過去了吧？現在就是跨科系吃香，我們導師近年有想做應用生物的意思，你不如去借本分子生物學……」

許星洲聽得雲裡霧裡，只覺得理工科的世界好可怕啊，不知道他們在說什麼，為什麼做材料的還要去學生物，材料科學不是工程的嗎……瑟瑟發抖。她頭髮還被秦渡拍得翹著兩根呆毛，看起來亂糟糟的，任由秦渡拉著她的手上了樓。

許星洲按下那兩根呆毛：「已經這麼晚了，我們還是去找空教室……」

秦渡說：「張博和他女朋友來得早，我讓他們占位子。」

許星洲：「？」

秦渡又笑了笑，解釋道：「——張博是我學弟，妳見過的。」

許星洲怎麼想都想不起這個人，秦渡親暱地揉了揉她的頭髮。

「就是……」他溫和地道：「我搶妳傘那天，和我一起的那個男生，是我導師帶的學生。」

自習室中陽光明媚，大玻璃窗裡透進金黃的光。

一排排寬闊書桌上擺滿水杯和各色捲角課本，有人甚至提著保溫壺來，對著電腦不住地打哈欠。

秦渡背著自己的和許星洲的包，閒散地走了進去，窗邊坐著一個穿著格子短袖襯衫的人和一個戴著眼鏡的、胖胖的女孩，秦渡在穿格子襯衫的人肩上拍了拍。

那個叫張博的人，在轉過頭看到許星洲的瞬間，驚得差點從椅子上掉了下去。

許星洲：「……？」

張博連桌子上的水杯都碰掉了，手忙腳亂將地上的紙筆歸攏，手指發抖地指著許星洲，又指著秦渡。

張博顫抖著摸眼鏡，一邊摸一邊道：「……這、這都……可以……？」

許星洲試探道：「你、你好……？」

秦渡危險地一瞇眼睛：「指什麼指？想被罵了是吧？」

張博立刻將手壓在了屁股底下。

許星洲頗為好奇秦渡平時到底都是怎麼蹂躪學弟的，怎麼才能把好端端的一個青年嚇成這樣，更好奇他為什麼看到自己一副那麼驚訝的表情。而那個女孩友好地和許星洲說了一句「學姐好」，就把她用來占座的積體電路製程設計課本和水杯收了起來。

這是物理學院的嗎……許星洲覺得自己實在是格格不入。

「開始複習吧，」秦渡把書包放在桌上，閒散地說：「有什麼不會的問我。」

張博絕對是個二十四孝好男友。

她對面坐著的女孩──張博的女朋友，戴著眼鏡，面目一團和氣，像個胖胖的小麵團，和他有一點夫妻相。張博沒過多久就隔著電腦傳紙條給她，問她想吃點什麼。

女孩子把紙條傳了回去，張博就殷勤地出去幫她買，十幾分鐘之後提著飲料和小點心回來，張博把零食分了分，許星洲看著他們就覺得挺羨慕的。

秦渡不吃零食，坐在許星洲身邊，拿著木枝鉛筆在她的計算紙上寫寫畫畫，許星洲啃著小麻薯，一邊羨慕地看著那對非常有夫妻相的情侶。

對面女孩子小聲說：「天啊好難啊！我覺得我這科要完蛋了……」

張博小聲安慰道：「沒事，茜茜我幫妳補習，不會被當的……」

許星洲咬著麻薯，心裡想你看看人家。

「看什麼？」秦渡眉頭皺著：「我講解給妳聽呢，應統打算被當？」

許星洲心裡彆彆扭扭的：「被當一科就被當……」

秦渡眼睛一瞇，道：「許星洲，妳敢被當，我就把妳腿打斷。」

許星洲：「……」

張博小聲勸道：「學長，被當又不是什麼大不了……」

「敢替我慣人了是吧？」秦渡冷冷地說：「你別以為我不知道你們這撥人想什麼。」

張博立刻閉上了嘴。

秦渡伸手捏了捏許星洲的小耳垂，示意她看自己的計算紙，然後壓低了聲音把題講了一遍。許星洲流著寬麵條淚聽他講解，那邊情侶頭對頭咬耳朵，自己這邊有一個被當就會把腿打斷的師兄……真是人比人比死人。

秦渡：「怎麼了？累了？」

他說著伸手摸了摸許星洲的額頭。

許星洲：「……」

「好好看書，」秦渡漫不經心地說：「我還沒幫人輔導過這麼簡單的科目呢。」

許星洲就覺得，有點生氣。

許星洲真的是有銳氣的。

她本來就是個資優生，而且所在省份本來就是地獄難度的升學考，她高三的那一年又要和自己的情緒鬥爭，又不能落下課業，再加上她在高中時也是出名的放浪不羈：全校師生幾乎都知道許星洲的名字——從週一升旗儀式的例行通報批評名單中。

可就算是這樣，沒人敢對她的課業說半個不字。

好就是好，文組前十就是文組前十。

在秦渡昨晚找過一次死之後，他今天講解講得特別詳盡，勢必要把這個學科跟許星洲講會講透，可是他似乎真的控制不住自己話音裡透露出的對這個學科的嫌棄……

好像世界上沒有比這個學科簡單的東西了似的。

可是，許星洲是真的覺得挺難的。

秦渡問：「……明白沒有？」

許星洲心塞地道：「所以這種題幹不是說了是這種……什麼鬼樣本了嗎？為什麼還要用單樣本t檢驗？」

秦渡：「……」

許星洲是真的搞不明白，也覺得確實不好理解，但是秦渡挫敗地嘆了口氣。

許星洲：「……」

許星洲委屈得要哭了。

好想我家雁雁啊，許星洲委屈巴巴地想，如果是雁雁就不會嫌棄我，就算知道我一個學期沒聽講也會耐心講解給我聽，我幹嘛要招惹數學系直男來講給我聽，題還沒講完我就氣死了。

好端端的前資優生怎麼能淪落到這地步。

許星洲不會和喜歡的人吵架，囁嚅著道：「我……我先去上個廁所。」

秦渡沉默了一下，嗯了一聲，沒有抬起頭，示意她去。

許星洲立刻逃離了現場。

外面天有點陰，只餘幾縷溫柔的淡薄陽光，映著窗外被風吹得橫七豎八的梧桐。

張博說：「學長你……」

秦渡面色不太好看，片刻後嘆了口氣，垂下了頭顱。

那個叫茜茜的小胖妞看了一下，說：「我也去上廁所。」

然後拿了桌上的紙巾，把桌子留給那對腦子不太好使的學長弟，走了。

一點多時，圖書館外颳起了大風。

中午時分，雲霧虯結起來，於天空擰成一團，彷彿醞釀著傾盆大雨。

許星洲自然不想上廁所，她在二樓走廊遊蕩了一下，靠在欄杆上俯視一樓來來往往的人。

許星洲心裡知道，秦渡是對她好的。

畢竟真的關心一個人不是事事順著她，秦渡深明這一點。在他什麼都無所謂的欠揍外表下，其實是非常成熟而優秀的人，他不想許星洲被當，想讓她有個好成績，可是許星洲卻十分羨慕平凡而溫暖的張博和茜茜。

講個題都能講成這樣。

許星洲眼眶發紅，揉了揉眼眶，周圍有人拿著校園卡去吃飯。她心裡賭氣地想我等等就要去找我家雁雁，再不濟找李青青也行，真的不行的話還能發郵件問老師……

「許同學？」身後傳來一個陌生的聲音：「許同學，聊聊嗎？」

許星洲一愣，回頭一看，茜茜站在她的身後。

茜茜面容一團和氣，自帶三分笑模樣，和許星洲一起靠在了欄杆上。

許星洲丟臉地擦了擦眼淚。

「真的哭了啊……」

茜茜好笑地抽了紙巾，遞給她。

許星洲慌張地道了聲謝，接過紙巾擦了擦眼角，茜茜笑咪咪地問：「女孩子為什麼要和男朋友計較啊。」

許星洲：「……」

「張博……」茜茜道：「剛和我談戀愛的時候，也是個傻子。」

許星洲一愣。

茜茜說：「他大一的時候，跟著秦學長去丘成桐競賽之前，和我一起自習，我拉他去吃飯他都不會去的。」

「說浪費時間，」茜茜道：「讓我自己去吃飯，我當時等他等到很晚，到學生餐廳的時候也沒剩幾個菜了，我就一個人坐在學生餐廳吃殘羹冷炙……」

許星洲：「……都不容易。」

「後來我和他說我餓，」茜茜不好意思地撓了撓頭：「我自習就是容易餓嘛，一用腦子肚子就空得特別快……再後來，張博就知道中間要出去買零食給我，也慢慢知道我喜歡吃什麼，知道哪裡有了什麼網紅店我特別想去吃，他就會排很長時間的隊買給我。」

許星洲眼眶紅紅地道：「……他上心。」

茜茜：「秦學長更上心。」

「說真的，數學學不好就是學不好，」茜茜莞爾道：「我數學也是短板，我覺得我這個學期的線代就要死於非命，要不然我才不會和張博這種學習狂約自習呢——他晚上送我回宿舍之後還要去自習室通宵的，和他在一起自習超焦慮。」

許星洲：「……」

許星洲頓時有種被戳穿的羞恥感。

「可是，秦學長入學以來的成績妳也知道的。」

茜茜又想了想，好笑道：「秦渡學長在丘成桐大學生數學競賽的成績，連張博這種神經病都念念不忘……要不然他怎麼能連著拿到第二年的國家獎學金？」

「——因為沒有爭議，」茜茜認真地說：「如果不給，就像黑幕了。」

許星洲耳根微微發紅：「……嗯、嗯……」

茜茜笑道：「——可是學長願意講解給妳聽。」

「張博他們遇上不會的，」茜茜道：「想拿去和秦學長討論，他如果覺得沒有價值的話，都是直接甩運算步驟的，如果遇上講過還不會的問題就直接羞辱，嘴特別毒，要多氣人就有多氣人，我猜這個妳見識過。」

許星洲：「……」

許星洲破涕為笑，鼻涕泡都要笑出來了：「見識過。」

「他就是個混蛋。是男是女，在他眼裡都是蘿蔔白菜，沒什麼區別。我認識他也有兩年了——他連半個曖昧對象都沒有過，也沒有過有好感的人。」

「可能妳現在感受不出來，妳覺得他又狗又不會疼人，沒事都會嗆妳兩句，講個題都能氣到妳想用水杯砸他矢狀縫。」

「可是秦學長從來沒對女孩子這麼好過。」

許星洲微微怔住了。

茜茜笑道：「同學，第一次談戀愛的男人都是這樣的。」

「張博這種天生缺根筋的笨蛋也好，」茜茜說：「應該是人生第一次動心的秦學長也罷，管他們智商有沒有一百八十五呢。反正都笨得要命，不會疼人。可是他喜歡妳的心也是真的。」

許星洲哈哈大笑。

茜茜也和她相對而笑，外面淅淅瀝瀝地下起小雨，梧桐更兼細雨，點點滴滴淋淋漓漓。

許星洲突然道：「他之前排半個小時的隊，買豬扒包給一個臨床的小學妹。」

茜茜一愣：「哈？有這個學妹嗎？」

許星洲又委屈巴巴地說：「——然後他的豬扒包沒送出去，小學妹不在宿舍。他退而求其次把豬扒包送到我們寢室……還不讓我吃，把我的豬扒包搶走了。」

茜茜：「……」

許星洲一說就委屈：「他搶走了！真的搶走了！豬扒包……就因為我不願意用橋本X奈

的聲音叫他師兄……而且他打電話給那個學妹也超級溫柔，打電話給我就嗆我……」

茜茜好一陣子都沒說話，然後突然開了口：「我作為一個過來人，個人建議妳——」

「現在先別去問。」

茜茜眼中湧動著搞事的光芒：「等和他吵架的時候，再吵這個小學妹的問題——」

「一定，特別，精彩。」

許星洲聞言，微微一怔。

茜茜又笑道：「進去看看秦學長吧。」

「他們很聰明沒錯，」茜茜認真地說：「可也是真的很笨。我相信他是真的不明白我們為什麼需要講得這麼細，卻也是真的……」

茜茜嘆了口氣，搓了搓手指，說：「……也是真的，第一次這麼耐心地講解。」

許星洲知道茜茜下一句想說什麼。

——也是他第一次這麼耐心地對待一個人。

那個天之驕子，那個生而銳利的青年。從小被眾星捧月地捧著，占盡了好風好水，有種令人難以置信的聰明，世界為他開啟。

許星洲心裡明白，自己只是個有點小聰明的普通人。

許星洲不會過目不忘，天性思維跳脫，看見一道數學題要思考半天才能理解，別說秦渡有點嫌棄的張博，恐怕連面前的茜茜都有著比她更強的數學能力。

「順便說一下，」茜茜笑道：「秦學長去年拿了兩個金一個銀，分別是微積分的、幾何與拓撲的和統計與應用數學的……最後還把獎盃帶回來了。」

丘成桐大學生數學競賽的賽制有點像是《哈利波特》中三強爭霸賽，榮譽也有點像高中時的班級錦旗，每年一度賽事，唯一的獎盃由獲得唯一金獎的學校輪流保管，是一種至高無上的榮譽。

許星洲嚇了一跳：「他履歷怎麼可以這麼可怕……」

茜茜開玩笑道：「可怕吧？妳怎麼撿到這種男朋友的啊？哪個胡同撿的，我也去遛遛。」

許星洲認真思索了很久，回答道：「……不是我撿他的，是他把我從垃圾堆裡撿回去的，第六教學大樓那裡。所以都是靠命。」

茜茜聞言哈哈大笑，許星洲也笑了起來，拿了紙擤了擤鼻涕，外面的雨水落在大玻璃窗上，猶如沖刷世界底部灰燼的暴雨。

茜茜突然道：「他搶了妳豬扒包之後，到處求爺爺告奶奶，問怎麼哄女生的事妳知道嗎？」

許星洲一呆：「哎？」

「他買了一大堆東西。」

茜茜說：「是張博替他打聽的，他到處問女孩子喜歡吃什麼，最後買了兩大袋不是？」

許星洲：「哎……是啊！」

茜茜使壞地問：「那是我出的主意。好吃嗎？」

許星洲忍俊不禁，又去廁所洗了洗臉，把哭過的痕跡洗了，又用紙巾擦乾淨，回了自習室。

昏昏天雨，自習室裡的光昏暗了不少，中午去吃飯的人也走了七七八八，只有零星幾個人還在，秦渡就是其中一個。

暗白的光鍍在秦渡的身上，許星洲回來時張博和茜茜已經手牽手去吃飯了，那位數學科學學院的學神孤零零坐在窗邊，低著頭，在小師妹的「水課」應統課本上，慢慢劃重點。

許星洲偷偷從後面襲擊了他。

她手上還都是水，一把握住了秦渡的後脖頸。她手上都是水，涼涼的，秦渡被激得一個哆嗦，回過頭準備嗆人，就看到了許星洲將手背在背後，若無其事的模樣。

秦渡：「……」

許星洲笑咪咪地問：「師兄，眼眶怎麼紅紅的呀？」

秦渡欲蓋彌彰道：「沒什麼，妳坐下吧。」

許星洲拖著凳子，挨在了秦渡身邊。

秦渡問：「怎麼去了這麼久？」

「嗯？茜茜在廁所和我聊天。」許星洲笑咪咪地說：「她拚命跟我誇你，說我有你這種特殊待遇很幸運。師兄，你真的把獎盃捧回來了？」

可憐。

秦渡嗤地笑道：「今年沒了，被P大帶回去了。」

然後秦渡又伸出手指在許星洲的眼角揉了揉，不太爽利地問：「哭過？」

許星洲臉上只要哭過就特別明顯，此時眼尾眼梢都是紅色，連耳朵都紅了，看起來有點可憐。

可是她張嘴就騙人：「別動我，是眼影。」

秦渡：「……」

秦渡又使勁在她眼尾搓了搓，瞇起眼睛：「眼影品質挺好啊，搓都搓不掉。」

許星洲繼續騙直男：「你不懂，要用卸妝液。」

秦渡眼睛危險地一瞇，手下使勁一捏：「許星洲，妳他媽當我傻子呢？」

許星洲：「……」

「妳騙我多少次了？」秦渡瞇起眼睛時，有種極其危險的感覺：「因為是法學院大二所以叫鄭三，師兄我最喜歡妳了，師兄我沒有出去勾搭女孩子？今天非得逼著我和妳算總帳是吧？」

許星洲嚇了一跳，立刻裝哭：「嗚嗚……」

「還裝哭？」秦渡恨鐵不成鋼地用筆一敲許星洲的腦袋：「妳他媽說實話，是不是被我講解講哭了？」

許星洲呆了呆。

許星洲安靜了一下，終於囁嚅著、誠實地點了點頭。

秦渡：「……」

秦渡這次，沉默了很久。

許星洲耳根都紅了，半天栽在了桌上。

「對……」許星洲丟臉又難過地說：「對不起……我聽不懂。你對我生氣也是正、正常的，可是我就是……就是有點彆扭……」

許星洲說那句話時，只覺得又羞恥又難受，耳尖通紅。

她覺得自己折磨了自己的師兄。

「許星洲……」秦渡沙啞道：「我……我他媽哪裡捨得妳……」

許星洲一聽他的語氣，登時眼淚都要出來了，愧疚地、求饒般地道：「對、對不起嗚嗚——」

殺雞焉用牛刀，一門統計也用不上這種大神，許星洲現在就想背著書包逃回文圖，尋找程雁的身影，程雁雖然也沒怎麼聽，但是最基本的題肯定都會的。

秦渡卻突然說：「許星洲，妳再信我一次。」

許星洲一愣，小聲道：「別吧，我還是別折磨你了……」

「——再信一次，」秦渡保證似的道：「我把妳的課本重新看了一遍，不把妳教到九十以上算我廢物。」

許星洲扭捏地說：「別了吧……」

他居然都發這種毒誓了，許星洲實在是不敢真的把他變成廢物……讓這位大神幫她輔導這種「水課」太過刺激，她的目標不過也就是八十五分以上好拽一拽GPA，秦渡卻衝著九十去了。

但是秦渡說：「妳信不信？」

許星洲：「……」

「妳男朋友，」秦渡慢條斯理地道：「這輩子還沒什麼做不到的事，妳等著瞧。」

許星洲做完傳播學概論的習題，睏得打了個哈欠。

外面仍在下雨，秦渡在一旁複習他自己的科目，許星洲也得分一點時間給別的課程。

秦渡第三次撿起許星洲的應統課本，這次居然教得像模像樣——像他這種人做題就是瘋狂跳步驟，講解也是，他覺得很多步驟跳過是理所當然的，就像他能口算五位數與七位數和根號下某數字乘積的近似值一樣。

許星洲需要認真思索一下為什麼要拒絕H1才能給出結果，秦渡立刻就能寫出答案。

他這次，沒省略任何一個他覺得理所當然的部分。

然後，許星洲發現，秦渡真的是邏輯清晰、解題步驟乾淨果斷，講解特別清楚。

除了有時候喜歡嗆她兩句「我怎麼就沒妳這麼多破事」之外，簡直是個模範的老師。

許星洲做完傳播學概論的習題，總算覺得回到了自己的主場，心情特別好，就撕了一張便利貼，寫了一張紙條給秦渡，貼在了他的書上。

秦渡拿起來一看，上面寫著一句：「秦總，暑假可以去打工嗎？」

秦渡：「……」

秦渡在上面寫了句話，貼在許星洲的腦門上。

許星洲把紙條拿下來一看，秦渡寫道：「秦個屁總。妳記不記得妳房租沒交？」

許星洲笑得眼睛都彎了。

還真沒交，許星洲想。

許星洲其實還有點擔心秦渡會不高興她出去兼職的，畢竟連普通人家的男朋友都不會喜歡自家女朋友出去打工，有些人甚至還會覺得那是自己無能的表現——而秦渡又是這種人設。

因為，如果他拒絕的話，許星洲覺得自己會和他吵一架。

許星洲堅定地認為自己那點可憐兮兮的財政不能受秦渡的影響。她本身也不算缺錢，父親雖然不愛她卻也不虧待，許星洲打工純粹是為了自己攢小金庫外加好玩而已。

雖然許星洲嘴上喊想當他這種有錢人，可是他如果真的要逼許星洲當金絲雀闊太太，許星洲絕對反抗得跟一九二一年的老上海老北平似的。

她相當喜歡和人打交道的工作，暑假做過大型活動志工，也去便利商店做過收銀員，收銀員薪水不高，但是許星洲拿到薪水後就出去旅遊了。

她今年暑假實習泡湯，但總還能有點別的安排。

秦渡：「想去做什麼兼職？」

許星洲想了想道：「……圖書館吧，我今年不想做太累的。」

秦渡痛快道：「行，圖書館就圖書館，妳去吧，去打工賺我的房租。」

許星洲笑了起來。

——秦渡不會干涉自己。

他們對面的張博在和茜茜計畫暑假去哪裡玩，茜茜似乎是打算先回浙江老家，張博也得先回去一趟。張博家在江蘇，小情侶分離在即，卻約好了暑假一起去麗江。

兼職有收入之後，如果邀請秦渡一起出去旅遊，他應該也會去的。

許星洲還是很羨慕秦渡的這對學弟學妹，張博人特別優柔寡斷，極其軟弱可欺，他似乎說了什麼不太討喜的話，茜茜掐了他的大腿內側一把，他嗷嗷告饒。

……她是不是靠打張博，才把張博教育成這樣的？許星洲頭上莫名冒出個問號。

難道男人就像孩子，不打不成器？

許星洲思考著這個問題，無意識地伸手摸了摸秦渡的大腿內側。

秦渡：「……」

許星洲隔著布捏了捏那塊嫩肉，只覺得分量不像肥肉，好像挺結實，不好下狠手掐，只得又拍了拍，鬆了手。

被摸了大腿的老狗比在許星洲頭上啪嘰一彈：「亂摸什麼？真當我是妳的人了？」

許星洲又覺得好氣哦。

老狗比說話是真的不好聽，這張狗嘴注定吐不出象牙，怎麼不會和自家學弟學學呢？

下午五點多，許星洲餓了。

吃飯對許星洲而言算得上頭等大事，秦渡寬宏大量地點頭，表示可以散了。

張博和茜茜說要去南區學生餐廳吃，秦渡背上許星洲的包，又裝上了自己的電腦和課本，外面天色頗暗，雨聲隔著玻璃，模模糊糊地穿林打葉。

許星洲不好意思地說：「我背著吧，也不重。」

秦渡把包背在自己肩上，不讓她經手。

茜茜一邊收拾包一邊痛苦地道：「一天的自習已經過去了，可是我還是什麼都不會啊！線代怎麼會這麼難……聽說我們院還特別愛當這個……」

張博安慰道：「當不了的啦，當了也沒事，當了哥也喜歡妳。」

許星洲聽得十分羨慕，扯了扯秦渡的衣角，踮起腳偷偷地和他賣萌：「如果我被當，師兄你會打我嗎？」

秦渡：「……」

許星洲撒嬌似地道：「師兄你雖然嘴上很凶，說要把我腿打斷，其實我如果被當的話，你還是很心疼我的對不對？」

秦渡眯起眼睛看著許星洲，說：「……許星洲。」

許星洲賣乖地眨了眨眼睛。

秦渡道：「妳放心——」

「我和妳保證的，都會做到。」

秦渡拍了拍許星洲的頭，背上了兩個大書包。

許星洲：「……」

許星洲推倒師兄失敗，美色勸服也失敗，甚至連撒嬌都失敗了。她不僅失敗，還收穫了一句「妳被當的話我保證打斷妳的腿」，整個人頓時都有點懷疑人生。

他居然對我的撒嬌不為所動，許星洲悲傷地捏了捏自己的臉，又覺得自己也不難看呀，不至於打動不了秦師兄。

然而秦渡渾然不覺，握住十分心塞的許星洲的手，拽著她下樓了。

從理圖出來後，許星洲才意識到今天的雨有多大。

季夏驟雨傾盆，天地間茫茫一片黑。

昏暗天穹滾著悶雷，古老圖書館簷下飛流如注。青翠法桐被颳得東倒西歪，學生們躲在簷下打電話給室友或同學，讓他們送傘來救命。

上午還豔陽高照呢，六月的天孩子的臉，到了傍晚居然就大雨傾盆了……誰能想到呢，許星洲又覺得自己有點倒楣，秦渡的車還停在華言樓那邊呢。

茜茜摸了摸肚子，小聲道：「張博，我好餓啊。」

張博將手裡抱著的外套一抖，可靠地說：「這還不簡單嗎，走啊！」

然後他對許星洲和秦渡揮了揮手，將外套蒙在自己和茜茜的頭頂，茜茜胸前抱著書包，兩個人頂著同一件薄外套，噠噠地衝進了茫茫大雨之中。

黑暗之中，路燈啪地亮起，大雨嘩嘩濺在了許星洲的腳踝上。

許星洲有些羨慕地看著那對小情侶，他們披著外套，那外套遮不住兩個人，因此張博和茜茜顯然都暴露在傾盆大雨之中——可是他們一點都不介意，在雨裡一邊跑一邊笑著討論晚上吃什麼。

他們吃飯，而許星洲今天來自習，基本就是吃了一天他們兩個人的狗糧。

與此同時，秦渡會做什麼？

答案是，他會搶傘。

許星洲想到這個，就覺得慦。

許星洲也學著茜茜，可憐兮兮地說：「師兄我好餓……」

秦渡說：「在下雨。」

許星洲有點難過地心想：我知道啊，可是我也想和你披著同一件外套在雨裡跑，一起去學生餐廳吃也好去外面吃也好，你也和你學弟學一學嘛。

對我溫柔一點，偶爾也吃一吃我的撒嬌，雖然不允許我被當，但是也不能動不動就要打斷我的狗腿……

其實，許星洲知道，這是在無理取鬧。

秦渡不想她被當是對的，不吃她的撒嬌也不是什麼多糟糕的事情。

可是許星洲的人生從來都沒有這樣的親密關係——因此將滿懷的溫情和對愛情的期待，都放在了秦渡身上。

「還不知道什麼時候才能停呢，」許星洲又星星眼地道：「師兄，我們也冒雨跑回去吧，好不好？」

秦渡看了許星洲一眼。

然後他勉強地說：「行吧。」

他從書包裡摸出自己的外套，許星洲頓時樂滋滋地問：「我們也披著跑？」

秦渡奇怪地道：「啊？外套就這麼大，兩個人怎麼披？」

那件薄外套是他早上隨手拿的訓練連帽外套，秦渡早上說自習室的空調會冷，隨手塞了進來，結果一整天也沒用上。那件外套看起來也不是很能擋雨的樣子……

許星洲頓時有一點小心塞，想起他連她的傘都搶，更不用說這外套還是他的呢，絕對和自己一點關係都沒有，已經打算頂著自己的書包跑了。

暴雨傾盆，秦渡抖了抖外套，把許星洲裹在了外套裡面。

許星洲頓時感動壞了：「師兄——」

「自己拽緊點。」他說。

下一秒，秦渡將被裹緊的許星洲，公主抱了起來。

許星洲：「！！！」

圖書館門口人來人往，來借書還書自習的人從男女老師到同學，稱得上形形色色絡繹不絕。

他們那一瞬間，簡直是人群的焦點。

秦渡將女孩小心抱著，令她趴在自己的肩上，許星洲反應過來後就開始哈哈大笑，抱住秦渡的脖子，跑進了漆黑的大雨和繡球花之中。

校區裡劍蘭和雲朵般的繡球，秦渡身上清冽的沐浴露味道。

在盛夏傾盆的大雨之中，隆隆的、如同雷鳴一般的聲音。

——這一切美好的東西，盡數包裹著她。

那件訓練外套絲毫不擋雨，沒多久雨水便淋透了許星洲的後背，可是秦渡連那件訓練外套都沒有，一頭捲髮淋得透濕。

許星洲就在秦渡的懷裡，裹在他的外套中，抱著他的脖子，連心臟都與他咫尺相隔。

他不吃自己的美人計也沒關係了，許星洲在雨中迷戀地蹭了蹭師兄的脖子，小小地、舒服地喟嘆了一口氣。

秦渡和許星洲到家時，都被淋成了落湯雞。

門廳漆黑，秦渡頭髮濕漉漉的，眉眼掛著水，許星洲看著他笑個沒完。

雖然是秦渡一路將她抱著跑了回來，可是她其實也沒比秦渡好多少，一頭長髮濕淋淋黏在自己的衣服上，笑咪咪的，身上還套著秦渡的外套。

「師兄，」許星洲笑咪咪地說：「我做飯給你吃好不好呀？」

外面仍下著雨。許星洲開開心心地開了燈，將身上秦渡的外套脫了，踢了鞋子赤腳上樓，似乎是要去換衣服。

「你不知道吧，我做飯可好吃啦。」許星洲笑咪咪地說，「你還沒吃過對不對？」

她一邊說，一邊鑽進了秦渡的房間。女孩渾身濕著，紅裙子貼著纖細的腿和腰肢，寬鬆的白襯衫此時裹著胸腹，衣服下透出深色的肩帶。

秦渡那一瞬間，呼吸都有些發燙。

以前秦渡有朋友告訴過他，同居就是這麼回事——兩個人沒遮沒掩的，生活空間高度重合。

許星洲鑽進秦渡的房間換衣服，她的寬鬆T恤和家居服都在秦渡房裡。

而秦渡靠在門口看著自己的那扇門——他的星洲的防範意識並非真的差得過分，至少知道把門關上，片刻後他聽見嘩嘩的水流聲，顯然是她拿了衣服之後去洗澡了。

秦渡呼吸滾熱，眼眶都燒了起來。

他摸了支菸去陽臺抽，外面雨下個沒完，許星洲毫無防備心地在浴室沖澡——那還是秦渡的浴室。

秦渡：「……」

秦渡靠了一聲，將菸點了，煩躁地靠在露臺旁抽菸。

過了一下，他門鈴一響，秦渡叼著菸去開門，門外站著陳博濤。

外面的燈灑了進來，陳博濤提著堆吃的：「多久沒見了？」

秦渡咬著菸道：「一兩個星期吧，這麼想我？」

然後秦渡讓陳博濤進來，陳博濤看秦渡咬著菸也犯了饞，剛取了一根也要抽，秦渡一腳就踹在了他的腿彎上。

「要抽去陽臺。」秦渡不爽地道：「我的房子裡從五月一號那天開始就沒有二手菸了。」

陳博濤：「……」

陳博濤難以置信地道：「你瘋了吧？！還二手菸？五月一號？你他媽……」

秦渡絲毫不鳥他，甚至身體力行地將自己的菸摁滅了，又開窗通風，外面濕漉漉的夜雨和風湧了進來，黑夜中窗簾呼呼作響，將菸味散得一乾二淨。

秦渡指了指樓上，說：「注意點形象。」

陳博濤：「……」

樓上傳來隱約的水聲，陳博濤曖昧地看了秦渡一眼。

秦渡漫不經心道：「哥沒碰過。」

陳博濤：「……」

陳博濤心想，真的厲害。

接著兩個老朋友在客廳坐好，秦渡遙控了電視，將遊戲手把遞給陳博濤，陳博濤接過手把，兩人坐在客廳玩了一把《決勝時刻》。

漆黑的客廳裡，螢幕上亮起一片刀光劍影。

他們從小就經常湊在一起打遊戲，有時候肖然也會加入。他們玩過很多種類的遊戲，小肖然喜歡收集精靈寶可夢，小秦渡和小陳博濤則經常玩這種操作類的遊戲，《決勝時刻》是秦渡的長項，幾乎每次都將陳博濤摁在地上摩擦。

秦渡一邊擺弄著手把，突然道：「……老陳，單身真好啊。」

陳博濤也道：「誰說不是呢，單身就是自由。」

「臥室也是自己一個人的，」秦渡哂道：「浴室也是自己的，自習也不用講解給人聽，一個人獨來獨往，晚上連床都是自己的，媽的——說來你也許不信，小混蛋天天晚上夜襲我。」

陳博濤難以置信地朝後一退：「天天夜襲？？這也他媽太不是人了吧？」

秦渡撓了撓下頜，盤腿坐在沙發上：「她還真能幹出來。」

陳博濤沉默了一下，問：「……老秦，早上可還行？」

秦渡：「……」

陳博濤又說：「我記得，你十幾歲的時候不是和我說過，你經常晨……」

秦渡羞恥地說：「閉嘴吧，話這麼多幹嘛？」

於是他們兩個人又安靜地打遊戲。

《決勝時刻》的畫面已經好了許多，科技進步，他們小時候第一次玩，秦渡就被第一代遊戲精緻的畫面震懾得不輕。

陳博濤突然揶揄地問：「老秦，你說，人幹什麼非得談戀愛呢？對生活有什麼不滿意的？」

樓上伸手看不清五指的黑暗中，仍在嘩嘩地放水，秦渡嗤地一笑，沒回答。

陳博濤安靜了一下，又聊家常似的：「……你上次把胡家那個誰？那個以前跟你去飆車的，揍得鼻青臉腫，他爸氣得不輕。」

秦渡眼皮都不動一下：「我打輕了。」

「打輕了？他縫了好幾針好嗎。」陳博濤莫名其妙地道：「你好端端的，幹嘛非得打他？」

秦渡說：「他當著許星洲的面，談包一個她那樣的大學生要多少錢。」

陳博濤：「……」

秦渡看著螢幕，漫不經心道：「……老陳，你看，單身真的挺好。」

「——可以在客廳裡抽菸，不用天天早上被小混蛋磨醒，自習的時候也只需要顧著自己就行了，不用為了一個人牽腸掛肚的，怕她受了欺負。沒有軟肋，渾身都是鎧甲，週末跟著你們出去玩。」

「可是——」

秦渡一邊擺弄著手把，瞳孔裡映著電視裡在藍天劃過的飛機。

「好又怎麼樣？沒有許星洲。」

他說完，順手將手把丟了。

電視螢幕黑了，任務失敗。

陳博濤那一瞬間意識到，秦渡根本沒在玩，他只是在等樓上的女孩出來。

客廳裡僅剩的那點菸味被風吹得一乾二淨，秦渡倒了塊口香糖嚼著，沖淡嘴裡的那點菸味，又試圖遞一塊給陳博濤，結果慘遭拒絕。

陳博濤：「你都沒什麼菸味……還吃呢？」

秦渡嚼著口香糖，得意地說：「等等她要親親的，你渡哥從來不讓她聞菸味。」

陳博濤：「……」

陳博濤頓時有點後悔，為什麼今晚要來找秦渡喝酒。

樓上唏噓一聲響，浴室門被推開了，許星洲洗完了澡，揉著還有點濕淋淋的頭髮走了出來。她見到陳博濤笑了笑，跑下了樓梯。

「陳哥好。」許星洲笑咪咪地說：「好久不見啦。」

那天晚上，陳博濤是來找秦渡喝酒的。

他似乎只是孤獨，就像汪曾祺[4]的摯友在雪天帶著酒餚來拜訪一般——他就這樣帶著酒帶著下酒菜，還帶了一點小禮物給許星洲：一本原文的《瘋狂的快樂著》，接著和秦渡在飯廳將門一關，嘀嘀咕咕地喝起了酒。

許星洲沒有打擾他們，一個人坐在客廳啃原文的書籍。

外面雨聲如詩又如訴，許星洲在雨聲和昏暗的燈光中看了一下書，又想起陳博濤帶的是茅臺，擔心他們那點下酒菜不夠，會喝壞胃，就起身去了廚房。

許星洲很會餵自己。

4 汪曾祺，中國當代作家、散文家、劇作家。以短篇小說、散文和樣板戲聞名。

從小她的奶奶就經常教她做飯，像是怕自己走了之後會餓著自己的寶貝孫女，許星洲從小就被奶奶摁在廚房裡學做一堆湖北菜——她從冰箱裡找了些許牛肉，在火上燉了。

飯廳裡傳來兩個青年壓低了聲音的交談，許星洲聽見了一點，又好像沒有聽見。

他們應該是在談論他們的人生吧。

許星洲想。

她坐在廚房裡聽著雨聲看書，鍋裡的牛肉被八角和醬汁煨著，咕嘟咕嘟地冒著孤獨的泡泡。

過了一下，秦渡拉開了飯廳的門，吃驚地看見了許星洲。

許星洲揮了揮手，對他笑了起來。

「怎麼在這？」秦渡面頰有些發紅，似乎酒也有點上頭了，就這樣蹲下來與許星洲對視。

許星洲揉了揉眼睛，迷糊道：「怕你們東西不夠吃……」

秦渡和許星洲親了親，道：「那我幫妳……」

昏暗的燈光中，青年的唇上還帶著一點淡淡的酒氣。

許星洲被親得面頰發紅，秦渡只是白酒上頭，看起來像是有點醉了。他又在許星洲額頭上小心地吻了吻，乖乖地等在旁邊打下手。

許星洲莞爾道：「這個……只要等著燉好就行了。」

秦渡執意道：「那不行，妳再炒一個，我幫妳打下手。」

許星洲：「……」

真無理取鬧啊。

許星洲覺得自己應該寵寵他，就去炒蛋給師兄。

秦渡在旁邊幫她打下手，有點黏著她不撒手的意思，非得貼著許星洲不行，過了一下，成功地把雞蛋和青椒連著蛋殼一起，扔進了鍋裡。

許星洲：「……」

秦渡大怒：「我靠！」

然後秦渡就要伸手去鍋裡撈。

許星洲被這種自殺式做菜法嚇了一跳，嚇得拉住了秦渡的手，秦渡就得寸進尺地親她抱她，陳博濤似乎是聽見外面騷亂的聲音，出來一看。

——許星洲臉都紅透了，燈光暖黃，廚房裡牛肉咕嘟響，秦渡借酒裝瘋。

剛剛在裡面還是個清醒的好人，說話做事都條理分明，現在就在耍流氓的邊緣試探，一斤白酒的酒量喝了兩盅就開始裝醉欺負自家女孩。

「妳為什麼不親我？」借酒裝瘋的秦渡把女孩抵在料理臺轉角，燈光昏暗，又痞又俊，有點誘哄地道：「妳親親師兄啊。」

陳博濤：「……」

許星洲看到陳博濤也在，登時羞恥得幾乎要上吊。

陳博濤：「老秦，別鬧人家。」

秦渡裝瘋裝個沒完：「關你屁——」

陳博濤實在是看不下去，直接將秦渡拽走了。

許星洲又一個人坐在廚房裡，一邊看書一邊等牛肉。

過了一下，她手機鬧鐘響了，提醒她去吃藥。

許星洲去拿了藥，又倒了杯溫水，對著窗外的冷雨一口悶下。

飯廳裡的兩個人似乎開始喝悶酒了，不再說話。許星洲想起她奶奶以前也喝醉過，甚至還經常約了好姐妹一起喝，許星洲想起那時候年紀還小，經常和喝醉酒的老奶奶們一起跳舞，扭屁股扭腰，她奶奶還會鼓掌說「洲洲跳得真好」，如今那個愛她的老人已經離她而去多年了。

許星洲看著手裡的藥瓶。

世間那些那麼愛她的人，最終都離她而去了。

——還會復發嗎？

在鋪天蓋地的雨水中，在世間如今她所擁有的，唯一溫暖的港灣裡，許星洲這樣質問自己。

也許會吧，許星洲說——不對，肯定會復發的。

許星洲仰頭望著玻璃外的雨滴，下雨的夜裡雨滴映著燈，像是玻璃上瘋狂生長的彗星。

眼前的幸福多半是短暫的，他們猶如流星匯聚時璀璨的光，可是平面上兩直線有且只有一個交點，許星洲想不出她和秦渡的未來在哪裡，卻知道他現在非常愛她。

可是，愛都是有時效的。

每個旅行都有終點，這場迷戀也會落幕。

就像山谷將止於廣袤平原，月季花期終止於盛夏，時間開始並停止在宇宙質點唯一的爆炸和坍縮。

這一切，在許星洲看來，是總會結束的盛宴。

秦渡說不定哪一天會發現他和許星洲不適合，說不定會遇上更門當戶對的女孩子，指不定還會遇到來自他父母的阻撓。來自華中小城的、家境平凡的許星洲，連心智都算不得健全的許星洲……和他實在算不上合適。

可是——許星洲窩在角落裡擦了擦淚水。

她的淚水裡映著萬千的世界、闌珊燈火和窗外芸芸眾生，許星洲看見雲層和它背後廣闊孤獨的宇宙，她聽見呼呼的風聲。

無論秦渡最後會不會離她遠去，許星洲想，他在當下，都愛著自己。

那些溫暖的愛意，無論將來發生什麼，都能支撐著那個病弱的許星洲前行。

令她探索世界，看見人生角角落落的遺落花朵，令她活到八十歲牙齒掉光——儘管殘缺不全，但那是連物理定義都無法扭轉的力量。

復發也好，分手也罷，無論是什麼，許星洲都不再脆弱。

許星洲擦了擦眼角的淚水，朝飯廳看了過去。

兩位男同胞其實沒喝太多。

秦渡簡直再清醒不過了，在廚房只是借酒耍流氓，陳博濤也不可能在他家裡當著他家女朋友的面把秦渡灌得爛醉，秦渡喝了四盅，剛剛填了個牙縫——倒是吃了不少下酒菜。

陳博濤就不一樣了，喝得比秦渡多，面色煞白，說話語序都有點顛三倒四的。

秦渡扯著陳博濤，幫他叫了個代駕，和許星洲粗粗打了聲招呼，說要送一送陳博濤。

許星洲應了，秦渡就拽著陳博濤下了樓。

陳博濤醉眼朦朧地問：「……談、談戀愛真的有這麼好嗎？」

秦渡：「……」

「媽的……」陳博濤痛苦道：「她說、說談就談……不是說要遊戲花叢嗎……」

秦渡中肯地道：「按肖然的性格，對這段感情不會認真的，只有你和她較真。老陳。」

陳博濤痛苦地說：「我不明白，談戀愛到底有什麼、什麼好的……」

秦渡想了想，終於中肯地說道：「這我就沒辦法安慰你了，老陳你跟我說有什麼意義呢？我是不會為單身站街的，這戀愛我不可能不談啊。」

陳博濤：「……」

陳博濤衷心說：「操你媽，老狗比東西，我走了。」

秦渡也不惱，刷卡將陳博濤帶了出來，把他拖到他的車邊，陪他等代駕。

外面淋淋漓漓地下著雨，繡球花怒放，秦渡撐著許星洲那把小花傘，老陳則扶著自己水淋淋的車，半天突然帶著一絲揶揄的醉意，問：「老秦，你真的不打算碰你的小女朋友啊？」

「……」

「星洲年紀太小。」秦渡一揉鼻梁，帶著一絲難耐地道：「……才十九歲呢，隨便動一下都覺得挺要命的，不太捨得，等過了二十再說吧。」

陳博濤：「……」

陳博濤：「……還真他媽有你的風格。」

「說實話，我之前就覺得你不會下手，」陳博濤說：「就算同居都能忍著，但是我先跟你說好。」

秦渡眉峰一挑，漠然地嗯了一聲。

「你看看我的前車之鑒……」陳博濤醉意朦朧地道：「……想這麼多幹嘛？還是先圈牢吧。」

第二十一章　價值二十萬

兩大老爺們走後過了一下，許星洲放下書，去收拾碗筷。

飯廳沒什麼東西，就是秦渡和陳博濤兩個人喝的酒和吃剩的下酒菜，許星洲掂了掂酒瓶，裡面還剩一大半，倒是桌上的牛肉和炒蛋被吃得精光。

許星洲好奇地看了看盤子，發現好像連湯汁都被刮乾淨了。

他們這麼餓嗎？

可是不是吃過晚飯了嗎？難道是陳博濤沒吃？許星洲看著兩個盤子有點迷茫，剛將碗碟疊起來，秦渡就推門回來了。

許星洲笑咪咪：「師兄——」

秦渡看了許星洲一眼，隨口應了聲，將雨傘的水一抖，走進了客廳裡。

許星洲笑道：「師兄，喝醉了沒有呀？我幫你煮了醒酒湯。」

爐上醒酒湯微微冒著泡，秦渡沒說話，只是目光沉暗地看著她。

「牛肉是不是很好吃嘛？」許星洲笑咪咪地道：「我看到你們都吃完了，好吃的話師兄我下次還做給你吃！是以前我奶奶教我的配方……」

秦渡：「是我吃完的。」

許星洲一怔，秦渡隨手將門關了。

「陳博濤想吃，」秦渡將門呯噠一聲落了鎖：「我沒允許。」

許星洲微微一愣：「哎？」

秦渡耍流氓般伸手道：「來抱我。」

許星洲沒反應過來，詫異地啊了一聲，接著秦渡直接走了上來。

那女孩穿著寬鬆的薄紅T恤，小小一隻，對著秦渡彷彿從來沒有半點防範意識，小腿又細又白，可是在那天晚上秦渡走上前時——她似乎終於感受到了危險的來臨，下意識地後退了一步。

秦渡嘲道：「許星洲，妳不是鑽我懷抱很積極嗎？」

許星洲囁嚅地說：「可是你看、看起來不對勁，是不是真的喝多了呀……」

秦渡一把捉住了許星洲，捏著她的脖頸，逼迫她仰起纖細的下巴。女孩幾乎是立刻就被嚇到了，被秦渡捉著重重吻了兩下。

秦渡粗魯地揉捏她的細腰。

——先圈牢再說。

秦渡被陳博濤那句話燒得不行，那句話令他充滿了征服欲。

是啊，怎麼能不圈牢，難道以後要為他人做嫁衣裳？

看著許星洲去找別的男人，還是看著她去勾搭別的女孩？這問題都不需要回答。

他的星洲太甜了，生得柔嫩又漂亮，偏偏還皮，尤其熱愛投懷送抱。秦渡摀住許星洲，問：「我疼不疼妳？」

許星洲有點害怕地、乖順地點了點頭。

「我不做到最後……」他在許星洲唇上親了親，帶著絲溫柔地道：「所以妳乖點。」

許星洲一呆：「真的？」

許星洲眼睛裡映著秦渡的面孔，那是個專心又柔情的模樣——秦渡那一剎那心裡軟得一塌糊塗，簡直想把許星洲按在懷裡，不讓她冒出頭去。

真的，他想，妳這麼漂亮，師兄怎麼捨得現在碰妳？

「可、可是……」許星洲紅著面孔，不好意思地說：「師兄，不行就算了吧，我不勉強的。」

秦渡：「……」

儘管許星洲那話都囂張到了這個分上，秦渡還是沒做到最後。

可是，許星洲幾乎以為自己要被弄死了。

——先圈牢再說。

夜雨糊在窗戶上，滿室靜謐。

溫柔的小夜燈亮起，秦渡伸手摸了摸睡在旁邊的許星洲的面頰，她眼睫毛還濕潤潤的，帶著些許被蹂躪出的淚水，秦渡忍不住，低下頭在她眼睛上親了親。

這樣，應該也算圈牢了。秦渡想。

十九歲，其實真的不是個多小的年紀。

秦渡十九歲時——也就是兩年前，就幾乎已經自立。確切來說，他從十四五歲時，就沒再把自己當孩子看待過。

十九歲時秦渡周圍的人該開苞的都開了苞，老實一些的人和自己的女友偷嘗禁果，那些天生的混球或是包了嫩模或是搞了什麼主播，極少數的還有和小明星開上車的，秦渡是唯一的異類。

他連碰都沒碰過。

秦渡的十九歲，已經相當成熟並經濟獨立，和如今都相差無幾，按他自己的話說，就是個「惡臭有錢的成年人」。

可是十九歲的許星洲，在他眼中，卻是個乾淨的年輕女孩。

他把 iPad 放下，關上燈，黑夜終於降臨。被欺負了大半個晚上的許星洲在睡夢中感應到了黑暗，也感應到了秦渡終於躺下，便乖乖地依偎進了秦渡的懷裡。

秦渡嗤地一笑，在許星洲頭髮上摸了摸，問：「不怕我欺負妳了？」

許星洲搖了搖頭，緊緊地抱住了他。秦渡親昵地把許星洲抱進懷裡，在她唇上溫柔地一吻，許星洲微微睜開眼睛，確定是秦渡之後又把面孔埋在了他的頸間。

秦渡那一剎那，生出一種奇怪的感覺。

——彷彿許星洲是在害怕，自己會把秦渡這個人弄丟一般。

她怎麼會有這樣的想法呢？秦渡奇怪地想。

六月上海，黃梅細雨。

許星洲坐在光線敞亮的文圖裡，對面是程雁和她如山一樣厚的課本——李青青抱著書帶著小馬札出去了，說是要出去背兩章新聞學。

程雁好奇地問：「妳昨晚沒睡好？」

許星洲沒回答，打了個哈欠，砰地栽在了課本裡。

「他不是人。」許星洲趴在自己的課本裡，困倦地說：「早上七點半就把我搖起來了，說再不複習就要被當，我說我不想去，他就嚇唬我說距離下一科考試還有四天。」

程雁：「……」

程雁說：「他對妳很寬容了，我叫妳起床的話我會告訴妳還有七十六個小時。」

「……」

許星洲痛苦地將頭砰地栽進書裡，拿兩邊書頁包住了自己的腦袋。

「秦學長今天沒跟妳一起來嗎？」程雁對著那一包書發問：「我今天怎麼沒見到他？」

許星洲發現十六開的課本包不住自己腦袋，又去拽自己的書包，將腦袋塞進了書包裡——一邊逃避世界一邊悶悶地道：「他公司有點事，今天白天不能折磨我了，他對我表達了最深切的慰問和如果我應統被當他就會打斷我的腿的決心，然後把我送來和妳一起自習。」

程雁由衷嘆道：「妳別說，他真是個好男人。」

許星洲氣憤地大喊：「他好個屁股！」

文圖和理圖不同，文圖的自習室裡說話交談的人多得多，許星洲仍埋在書包裡，甚至還把拉鍊拉上了。

片刻後在一片嘈雜的聲音之中，那團書包悶悶地道：「……雁雁，我不開心。」

程雁一愣：「嗯？」

程雁和許星洲撐著傘，在校園裡行走。

許星洲紮了個簡單的馬尾辮，緊緊跟著程雁的步伐，初夏的雨水連綿，枯黃的法國梧桐葉落在地上，順著流水卡在了下水道沿。

程雁突然道：「……洲洲，妳在不開心什麼？」

許星洲沉默了一下。

她看著自己的手，說：「……雁雁，我從很久以前就開始——早到我和他在一起之前，就覺得，我和他不可能走到最後。」

程雁：「……」

「一開始，是覺得我喜歡他這件事，特別不自量力，」許星洲眼眶微微發紅地道：「覺得秦師兄不可能看上我。他要什麼樣的人沒有呢？」

許星洲又伸手去接外面的雨水。

「後來我又覺得……」許星洲眨了眨眼睛：「他對我不認真，逗弄我就像逗弄一個好玩的東西一樣，我太害怕這樣的事情了。」

「……我那時候覺得只要對我認真就行了，能不能走到最後無所謂，我告訴我自己，我能接受分手，但是我不能接受玩笑。」

許星洲揉了揉眼眶，小聲道：「——就是，別把我隨隨便便丟下。」

程雁微微動容地喚道：「……星洲。」

「雁雁，我太害怕了，」許星洲哽咽道：「我怕他對我不認真，更怕他發現我是個很糟糕的人之後就會開始糊弄我，想和我分手……妳知道的，談戀愛三個字能有多堅固呢？我害怕到，他和我表白，我第一反應都是拒絕。」

程雁低聲說：「……嗯。」

「再後來我發現，」許星洲眼眶通紅：「他好像……真的很愛我啊。」

「我想逃離世界的時候，是秦師兄滿世界地找我。」

「因為我沒辦法一個人睡覺，他從此再也沒關過臥室門。從此無論多晚、發生了什麼，都會回來陪我。他把吃了安眠藥的我背出宿舍，還陪我在醫院裡住著。大半夜裡我嫌他髒……雁雁妳知道他有多嬌生慣養嗎？他原本洗頭都要用溫度計固定四十度的水溫，因為我嫌他，他就去公廁沖涼，就為了回來陪我睡覺。」

路邊的劍蘭指向天空，雨水沿著葉脈傾瀉而下。

許星洲說：「……可是，我總是覺得，他和我是走不到最後的。」

「家庭……」許星洲撓了撓頭，又揉了揉通紅的鼻尖，說：「還有現實。我總想問自己，他會願意為了我爭取嗎？」

程雁動容道：「粥寶妳不能這麼想……」

程雁生怕許星洲又不開心，試圖安慰，可是還沒安慰完，許星洲就說：「萬一來個什麼不得了的女配就會完蛋。」

程雁：「？？？」

許星洲凝重地道：「比如說生意夥伴啊什麼的，或者他爸爸公司要倒了必須讓他娶一個官二代白富美救場——如果這種事真的發生了，妳的粥寶比錢比不過人家，比家世更比不過，還人窮志短，給我兩千萬我就滾蛋了。」

程雁：「……」

許星洲想了想，又誠懇地說：「我覺得我說高了，捫心自問，二十萬我都滾。」分針一動，一分鐘後。

許星洲捂著被程雁揍的腦袋，淚花都要出來了。

程雁揉了揉指骨，對著指骨吹了口氣，瞇著眼睛望向許星洲。

「雁雁……」許星洲委屈地道：「我不是在故意欺騙妳的感情啊！我是真的這麼想，雁雁，妳要聽我解釋。」

程雁：「……」

程雁忍無可忍又揍了許星洲一下：「妳他媽有點出息行嗎，二十萬是什麼垃圾數額？現在拆遷每個人頭都能拿八十五萬，妳男人連拆遷戶都比不上？」

許星洲小聲道：「他真的不太值錢。」

程雁：「……」

「但是，」許星洲又說：「我毫不猶豫的原因，不是因為二十萬，而是因為他本人。」

「說實話，雁雁。」許星洲揉著自己被打疼的腦袋，嘀咕道：「他如果和我提分手的話，我不會挽留的，我甚至連條件都不會和他談……儘管我那麼喜歡他。」

程雁不忍道：「妳……」

許星洲自嘲地說：「我覺得我沒有資格。」

「從家庭上也好，人格上也罷，」許星洲嘆了口氣道：「我都沒有解決它的能力，也沒有在這件事上爭取的本錢，怎麼看都像是在自取其辱。」

程雁：「……」

許星洲強行扣題：「所以我今天心情不好。」

程雁想了一下，只覺得這個問題太現實了，許星洲這種人別看平時飄得飛起，其實在思考現實問題的角度上能吊打程雁十條街——程雁從小家庭幸福，而許星洲從小見慣人情冷暖，她不說則已，平時也並不放在心上，但是一旦分析起來，心裡那桿秤就不是程雁能解決的東西。

程雁突然道：「許星洲。」

許星洲哎了一聲。

「妳這問題。」程雁嚴謹道：「我是解決不了了，但是我可以帶妳去看看未來。」

五角場，盛夏細雨濛濛，步行街上的某飲料店門口。

許星洲撐著傘：「……」

許星洲窒息道：「程雁，妳的看未來就是這個……」

雨點刷刷落下，程雁拿著塑膠杯子揮舞道：「妳喝啊！」

「喝……」許星洲簡直要被氣死了，「妳他媽！程雁！妳就是和我過不去！」

這件事情是這樣的。

十二點多時，程雁宣稱要帶許星洲看看未來，然後花了二十分鐘寶貴的自習時間——步行——把許星洲帶到了臨近商圈，接著她們在最近的一家賣茶賣奶蓋的飲料店前停下，要了一杯六塊錢純紅茶，然後把裡面的茶包親手捅破了。

許星洲整個人都呆住了。

紅茶是超大杯，七百毫升的那種，裡面全是茶葉碎末，程雁舉著杯子說：「妳把它喝完，我會從裡面剩下的茶葉渣形狀，來判斷妳的未來到底順不順。」

許星洲：「……」

許星洲窒息地問：「傻子嗎妳？」

程雁威脅道：「我連複習都不複習了，我的應統也要被當了啊！姐姐陪妳出來窺探未來，還自掏腰包請妳喝紅茶，免費占卜——許星洲妳他媽到底喝不喝？」

和程雁做過的蠢事已經很多了。許星洲以前還和程雁一起喝醉了調戲過警衛，搶過路邊小丑的紅鼻子，霸占過嗷嗷哭的小孩子的鞦韆……此時喝個滿是茶葉渣的紅茶還不在話下。

許星洲有點羞恥地問：「只喝茶，留下茶葉渣。對不對？」

程雁點頭：「對。」

許星洲便一邊被茶葉渣嗆得咳嗽，一邊用吸管喝那杯紅茶，心裡覺得自己像個智障。

程雁還在一旁指揮，讓她一邊喝一邊轉杯子，增加茶葉渣的隨機性。

許星洲：「……」

許星洲一邊轉杯子一邊喝完七百毫升沉澱物飛揚的紅茶──喝完之後，她冷靜下來，覺得自己智商有問題，不像是個能考上大學的人。

程雁拿著那個充滿茶葉渣的杯子亂轉，一邊研究一邊道：「……妳看看！許星洲，這裡好像有個壺，這茶葉渣像個壺的形狀……」

……連程雁都考上大學了，自己也沒什麼奇怪的。

「我看到了壺。」程雁篤定地道：「粥寶。壺，代表家庭。」

許星洲呆滯了。

「這是什麼意思？」程雁莫名其妙地問：「妳要當媽了？」

許星洲：「滾蛋。」

程雁最後看出了三樣東西。

杯中茶葉渣其實非常模糊，但是她神神叨叨地、堅定地認為這就是那三樣東西：一個是代表家庭的壺，另一個是代表朋友的樹枝，最後一個是一個絞刑架樣的套索，代表試煉。

程雁看完之後，終於冷靜下來：「……是不是有點傻。」

許星洲：「知道就行了。」

兩人挫敗地坐在一起。

過了一下，程雁又拍了拍許星洲的肩膀道：「妳看，都是好東西，別操心有的沒的。」

「說不定秦學長就和妳走到最後了呢？」程雁笑咪咪地道：「再說，你們還在一起呢，別總想著以後有的沒的。」

許星洲也笑了起來，和程雁一起坐在購物廣場的長凳上。

新開的購物廣場定位明確。

上海這地方寸土寸金，目標客群裡面不包括附近大學、大專裡任何一名學生——秦渡那種除外。這購物中心的一樓地方寬闊空間敞亮，一線大牌雲集，面前 Versace 還在裝修，隔壁 Omega 店員比顧客還多，是為真正的奢侈品。

程雁幫她打氣：「再說了！就算有那種官二代白富美女配出現！許星洲妳就不能有點出息嗎？」

「我真的被妳急死了……」程雁伸手戳許星洲腦門：「二十萬是什麼鬼啊，二十萬？妳男人就值二十萬？」

一個漂亮大姐姐拎著 Prada 大紙袋經過，她踩著十公分高跟鞋，嘎達嘎達地走得搖曳生輝，許星洲看到漂亮大姐姐的烈焰紅唇，特別想上去搭訕。

好漂亮啊，許星洲羨慕地想，這才是御姐。

程雁大概只看到了錢，因為她頓時更急了。

程雁：「……」

程雁恨鐵不成鋼：「他媽的至少也得勒索個兩百萬吧！」

「妳家秦學長什麼人啊！」程雁不爽道：「妳也不看看他家裡幹嘛的？妳把他的大腿抱緊點，怎麼不能勒索個上百幾千萬的？上百幾千萬啊許星洲！一輩子富婆，一輩子都能包養小奶狗！妳這個沒出息的，二十萬？在上海連廁所都買不起……」

許星洲慢條斯理地道：「雁雁。」

程雁：「？」

許星洲安詳地說：「我不會訛詐人的。」

「二十萬都算勒索，」許星洲祥和地豎起一根手指頭，說：「秦師兄，真的不值錢。」

與此同時。

中午午休時間，秦渡趁著空檔出來買些東西。

他單手拿著自己的西裝外套和兩個小紙袋下樓，將剛刷過的黑卡裝回錢包，又將錢包放進了西裝，掏出車鑰匙，準備回實習的公司。

那小紙袋裡裝的是許星洲愛吃的蓮霧，外加買給許星洲的小禮物——應統能考到九十就是她的，考不到就得肉償，秦渡想。

肉償。

許星洲昨晚美味過了頭，秦渡西裝革履，微微扯鬆了一下領帶，沿著電扶梯走了出去。

他剛走出去兩步，就看見許星洲和程雁坐在長凳上聊天，豎著根手指頭，不知在嘀咕什麼。

「……二十萬……」他聽見許星洲說話，句子斷斷續續的：「……不值錢……」

真巧，秦渡耳尖一紅。

人生真是，處處是偶遇。

「星洲？」秦渡的心簡直都要化了，在許星洲肩上一拍：「幹嘛呢？」

回家的路上，外面雨水連綿，落在奧迪的車窗玻璃上。

許星洲低頭看著自己的手機，程雁與她一起坐在後排，秦渡坐在駕駛座上，副駕上放著兩個手提紙袋，不知買了什麼，一看就價值不菲。

程雁小小戳了一下許星洲：「妳師兄不比妳剛剛看上的白富美姐姐有錢多了……」

許星洲生怕被秦渡聽見，使勁掐了程雁一下，哪壺不開提哪壺。

好在秦渡沒聽見——他心情很好地開著車，漆黑的商務轎車駛過漫長的街道，片刻後他帶著笑意問：「怎麼不自習出來了？兩個人都複習完了？」

程雁搶先道：「沒有，許星洲現在屁都不會，可是心情不太好，我帶她出來占——」

占卜的卜字還沒說完，許星洲就拚命捂住了程雁的鳥嘴。

程雁這是看不得朋友有健全的雙腿嗎！不是說了如果應統被當秦渡會打斷自己的狗腿嗎！

秦渡眉峰一挑。

「星洲心情不好？」秦渡探究地從後視鏡看著許星洲，「可是怎麼感覺我遇上妳們的時候妳們很快樂呢？」

程雁想都不想：「因為她覺得自己不勞而獲，賺了二十萬，能在魔都買個廁所。」

許星洲：「……」

許星洲使勁掐著程雁的大腿，程雁嗷嗷叫著閉嘴了。

秦渡一邊揉著太陽穴一邊問：「不勞而獲？」

許星洲張嘴就是放屁：「我們兩個人在想中了彩券之後的事。」

秦渡探究地問：「這都能哄好？」

車駛進阜江校區，法國梧桐遮天蔽日，車窗上黏了一片枯黃的法桐葉，程雁意有所指地道：「沒哄好呢，但是被錢麻痺了。」

秦渡嘆了口氣道：「……我猜也是。」

「許星洲，」秦渡看著許星洲的眼睛道：「我從來沒見過比妳更難哄的哭包。」

接著秦渡將車一停，說自己要下車去買點東西，冒著雨衝了出去。

可是許星洲聽了那句話，耳根都紅了。

秦渡顯然是沒有生氣的，也沒有任何一點不耐煩的意思，但是許星洲那一剎那唯恐給他帶來了麻煩，生怕秦渡覺得自己破事太多。

車裡只剩許星洲和程雁兩個人，程雁在一旁玩手機，大雨穿過漫漫白晝與她的防線，許星洲難受地拽住了自己的裙角。

「粥寶，」程雁突然道：「那個茶葉，我找人幫妳讀了一下。」

許星洲糊弄地嗯了一聲。

程雁看著螢幕上的占卜結果道：「一切妳所擔心的事情——」

「都會順利解決。」

許星洲微微抬起頭。

「妳會收穫家人，」程雁看著手機念道：「說不定還有諾亞方舟上橄欖枝般的朋友，星洲，那些妳所期許的、妳所盼望的東西，都會千里迢迢地與妳相見。」

許星洲眼眶紅了，小聲道：「騙人的……騙人的吧。」

「這種東西信不得的，」許星洲帶著絲哭腔道：「哪有這麼簡單呢，雁雁。狐狸說過，如果要馴服一個人，就要冒著掉眼淚的風險……這還只是馴服而已，妳說的是我盼望了那麼多年的東西。」

程雁沙啞地說：「可是，說不定呢。」

許星洲囁嚅著說：「雁雁，我不敢相信。」

車外下著盛夏的雨。

許星洲看著車窗外F大的梧桐，突然想起她在奶奶去世後，她一個人住在老家的小院落裡，也是六月初的模樣，她也是隔著層窗戶，看著外面的雨。

那時候外面的鐵窗鏽著，花椒樹被雨水洗得翠青，向日葵垂著頭顱。

本來星洲的奶奶在她爺爺去世後，搬進了敞亮的公寓裡。可是她在決定撫養小星洲後，發現小星洲情緒太過不穩定，唯恐小星洲從樓上跳下去，又毅然搬回了那個安全而老舊的小胡同。

那時，那個院落都荒廢了。

在她的奶奶去世後，許星洲住了半年的院，出來就是深秋。客廳角落供桌上還擺著奶奶的遺像，許星洲抱著膝蓋坐在老沙發上，腳下踩著奶奶趕集買的富貴如意沙發套，在聽到門鈴後去門前開門。

那時候個子還不太高的許星洲艱難地拽開院落的大鐵門。

風雨迢迢，她父親的妻子撐著傘站在門前，提著兩個餐盒，帶來了他們新包的餛飩給她——並問了幾句關於她課業的問題，許星洲說正在複習，開學應該能跟上國三的進度，讓他們不必擔心。

那個女人笑了笑說，那就好。

那時十四歲的許星洲仰起頭，看著那個女人。

那是她名義上的養母，應該是個好母親，頭髮樸素地在腦後紮起。不施脂粉，四十多歲，面目和善。

她的養母沒有半點童話故事中後媽與皇后的刻薄。她做的事情都恰到好處，對許星洲也沒有半分坑害，不曾因為自家親生的孩子不如星洲爭氣而坑她、刁難她，相反，還因為星洲的優秀而盡她所能地幫助。

她還說，星洲，妳真的是個聰明的好孩子。

——我是個好孩子，妳也是個好人。

可是，妳不需要我。

擁有一個家人，能有一片可以使用的綠色花瓣，和被人需要這件事——實在是太難了。

十四歲的許星洲關上門的時候想。

接著她趿著人字拖穿過菜園的泥濘，抱著兩盒包好的薺菜餛飩，打開蛛網橫生的防盜門，一個人縮在了沙發上。

「——許星洲。」

有人的聲音隔著重重山水和歲月傳來。

那一剎那，小星洲和十九歲的星洲合為一體，在秦渡的車後座上，歸攏成同一個人。

許星洲一抬頭，秦渡在車窗玻璃上敲了敲，示意她把車窗放下來。

高個師兄的頭髮上都是雨珠，朦朦朧朧的貼在窗外。許星洲感到迷茫，降下車窗，下一秒一大團濕乎乎的東西就被塞進了懷裡。

那好像是個塑膠袋，裡面鼓鼓囊囊塞著紙盒和充氮氣的袋子，許星洲將它抱在了懷裡。

「我去買了點妳喜歡吃的零食給妳。」秦渡在許星洲額頭上一彈，「再不開心我就把妳腿打斷。」

許星洲愣了一下，心裡算了算自己到底有幾條腿可以打斷，接著就被自天穹落下的雨滴砸了一下眼皮。

許星洲：「……啊！」

她揉了揉眼睛。

秦渡又粗糙地在自己彈過的地方搓了搓，將手裡另外一碗東西遞進了窗戶。

「妳上次說要吃的，」秦渡將東西遞完道：「吃了開心一點。」

許星洲一呆，發現那是一碗關東煮。

裡面是黃金蟹粉包、菠菜玉子燒若干，還有北海翅、風琴串、竹筍福袋和蘿蔔蒟蒻絲。

那是秦渡第一次把她惹生氣後，許星洲在跟「秦會長」的電話裡，宣稱自己要吃並且騙了他的東西。

那時她對秦渡說的那些玩意兒，居然一樣不少，一樣不落。

她抱著那一大袋零食和關東煮，聽著秦渡打開了車門。

秦渡坐在副駕上，對許星洲道：「零食可以分，糖不可以。糖是我買給妳的，吃了開心一點。」

許星洲呆呆地看著秦渡。

秦渡說：「看什麼看。我送妳們兩個人去自習——文科圖書館是吧？」

許星洲還沒回過神，程雁應道：「是的。」

「送完妳們我午休也該結束了……」秦渡一搓自己濕漉漉的頭髮，一邊搓一邊道：「妳們可別摸魚了……好好複習吧啊。」

秦渡看了許星洲一眼，又道：「許星洲，我可沒騙妳，妳要是被當我就把妳腿打斷。」

許星洲笑了起來：「嗯！」

「晚上八點，」秦渡說：「妳如果還在自習室，和我說一聲，我來接妳。」

許星洲抱著零食袋，笑咪咪地點了點頭。

那一瞬間，秦渡覺得灰暗的天穹之下，原野之間，有一顆星星。

而那星星穿過世界，落在了他的星洲的身上。

許星洲考完最後一科期末考試，結束時，外面豔陽高照，華言樓樓梯口一片嘈雜，階梯教室灑滿陽光。

李青青的學號和許星洲的只差一位數，一邊收拾包一邊問：「粥寶，那道關於意見領袖的簡答題妳有寫嗎？」

許星洲簡直都要落下淚來了：「昨晚剛剛看過，寫了！寫了！」

李青青還沒來得及誇她，許星洲就激動得都要掉眼淚了：「我覺得我這次考得特別好！」

李青青：「行行行……」

「特別好！真的考得特別好！」許星洲涕泗橫流地重複：「別看我請了半個學期的病假沒聽課！但是妳們的星洲哥哥就是世界上最棒的人！」

李青青敷衍至極：「可以可以可以……」

許星洲大喊：「感謝世界——！」

李青青還沒反應過來，許星洲就拖著自己的帆布小包，噠噠噠地跑上前去，給任課老師一個擁抱。

李青青：「……」

程雁：「……」

任課老師剛監考完，正在收卷子突然被個學生熊抱，當即嚇了一跳，接著許星洲一溜煙，跑了。

任課老師：「……」

程雁尷尬地道：「大概是瘋了吧。」

「看起來倒是挺有活力的……」程雁嘀咕道：「我還擔心會被考試逼得憂鬱症復發……」

李青青背上書包，犯了嘀咕：「粥寶怕不是被逼成狂躁了？不是沒可能。」

程雁拿筆袋在李青青頭上一拍：「您可說點好聽的吧！」

許星洲，顯然沒有被逼成狂躁。

——她不僅沒被逼成狂躁，而且精神狀態還挺好，她的憂鬱藥到月底就能停了。她此時剛考完試特別開心，踩著小高跟鞋下樓去找秦渡，接著在西輔樓三樓樓梯間遇到了抱著高等數學A課本的數學系小學妹。

秦渡大概還沒考完試呢，許星洲笑咪咪地想。

於是許星洲又和那群小學妹笑咪咪地點頭致意。

許星洲這個人生就一身無關風花雪月的美感，脖頸瘦削又白，笑起來明麗燦爛，浪起來，實在有點犯規。

她一笑，人家大一小學妹就面紅耳赤——大一小朋友年紀輕輕的，哪見過這種妖孽啊。

其中一個膽大的小學妹小聲問：「我們……認識妳嗎？」

「——不認識。」許星洲笑咪咪地說：「不過不認識也沒關係，以後我們就認識啦，學妹們好呀，學姐是材料科學學院大二的蔡二……」

她話音未落，立刻被捏住了命運的後頸皮，拖到了旁邊。

大一小學妹：「……」

捏住材料科學學院大二學姐命運的後頸皮的，是個男模般騷雞的數學系直屬學長。

他往那一站，簡直氣場爆棚。

秦渡剛考完試，手臂下夾著大三的課本，單肩背著書包，一手在許星洲後頸上捏了捏，危險地瞇起了眼睛。

許星洲捂著被敲疼的腦袋，疼得眼淚都要出來了。

「你……」許星洲委屈地道：「你比上次更過分了！你上次只是說我是個法學院的感情騙子，這次居然要把我扭送去校安室……」

秦渡呀嗟了一下指節：「還想再來一下？」

許星洲立刻閉了嘴。

秦渡和許星洲坐在華言樓門前，陽光金黃燦爛，風吹過廣袤草坪。有學生已經考完試了，拖著行李箱嗟嗟地回家，許星洲看著他們又笑了起來，坐在臺階旁的石臺邊緣，像個孩子一樣晃了晃腿。

陽光落在他們兩個人身上，秦渡過了一下，又後悔似的，以指腹在許星洲被他敲紅的地方輕輕揉了揉。

許星洲額頭紅紅的，笑道：「師兄。」

秦渡眉毛一揚：「嗯？」

「我總覺得，」許星洲笑咪咪地說：「你越來越有人味了。」

秦渡一怔。

許星洲笑道：「以前我總覺得你什麼都不放在心上。」

秦渡：「放屁。」

「是嗎……」許星洲迷茫地說：「可是我覺得你以前都不是很開心，現在倒是天天都很高興的樣子。」

秦渡沒說話，任由金黃的光鍍在他的身上。

「不知道是不是錯覺，」許星洲笑瞇了眼睛：「但是總覺得，師兄你開始變得像我了。」

許星洲說完那句話之後，他們中間流淌過一片靜謐而喧囂的沉默。

盛夏的風吹過草坪，花圃裡的繡球搖曳，有教職員工子女哈哈大笑著在繡球花叢中鑽來鑽去，其中一個小女孩穿過雜草，笑著捏起一隻球潮蟲，放在了和她一起玩的小男孩手臂上。

小男孩一聲撕心裂肺的慘叫，哭著去找媽媽了。

秦渡終於愜意地道：「許星洲，妳罵我。」

許星洲：「……」

「我哪裡像妳？」秦渡使壞地在許星洲頭上揉了揉，笑道：「我需要補習統計嗎？考前哭著求押題的是誰？半夜連覺都不讓我睡？」

秦渡的本意是讓許星洲臉紅愧疚一下，結果不想許星洲那一瞬間，臉就白了。

秦渡眉頭一皺：「什麼事？」

許星洲發著抖道：「今……今早班級群裡好像有人說……」

「說……」許星洲顫抖道：「今天下午，出統計成績。」

秦渡難以置信道：「妳真的怕成這樣？」

許星洲捂著耳朵瑟瑟發抖，打死都不敢看，哆哆嗦嗦道：「沒、沒到九十怎麼辦……我好久沒考過九十分以上了……」

秦渡心想難道考不到九十我還能真的打斷妳的腿嗎，一邊解鎖了許星洲的手機，打開了教務處網站。

許星洲擠出兩滴鱷魚的眼淚，可憐兮兮地道：「師、師兄你看我對你毫無隱瞞……」

秦渡在許星洲頭上安撫地摸了摸：「我幫妳查。星洲，妳學號？」

許星洲哭著道：「一、一五三零零一三……」

秦渡頭疼地一邊輸入學號一邊安撫：「我又沒打算真的揍妳……哎哎……」

許星洲捂著耳朵繼續裝人間蒸發：「嗚嗚嗚我的GPA……」

秦渡安撫道：「GPA低也配得上我。」

他又問：「密碼？」

許星洲用手指塞著耳朵，但是顯然她這動作屁用都沒有，因為她緊接著就嗚嗚咽咽地道：「星洲哥哥宇宙第一帥一二三四——拼音。」

秦渡：「……」

教務處登入密碼都這樣了，秦渡特別好奇許星洲別的軟體登入密碼都是什麼智障東西。

許星洲報完密碼，立刻跑得離秦渡三公尺遠，像是生怕聽見成績，又怕聽不見。

秦渡：「……」

秦渡懶得理許星洲，乾脆俐落地點了登入，進教務處查成績了。

許星洲該出的成績已經出了，新聞學概論A-，選修課基本都在B以上，顯然是她和教授們關係不錯，加上確確實實是病假，教授們沒有計較許星洲近大半個學期的缺勤。

應用統計學考得最好。

——A，達到九十的門檻。

秦渡付出了足足五個夜晚幫許星洲補習，看到成績簡直比他自己捧丘成桐獎盃還高興，覺得自己的補習真的卓有成效，連這一塊爛木頭都被雕得有模有樣……晚上獎勵點什麼好呢？

他還沒想好，螢幕上方，就跳出了一則聊天訊息。

三一二真人激情裸聊群——

『粥寶去找她師兄了？這麼一想，我們四個人中間，最有希望過上富婆生活的其實是粥寶了對吧？』

秦渡：「……」

上市公司董事長獨子、現任世中集團最年輕的董事看到那句話，嗤地笑出了聲——心裡覺得確實應該用物質勾一勾他的星洲了。他轉過頭看了許星洲一眼，她還在逃避現實，偷偷瞄著秦渡，等自己的成績。

手裡又有這麼好的資源，秦渡看著螢幕想，不如使使壞，把她慣壞算了。

一開始那個傳訊息的，似乎是許星洲那個姓李的室友。

過了一下，似乎是程雁說：『放屁。』

『她？還一夜暴富呢，』程雁在三一二激情裸聊群裡，殘酷地說：『許星洲女士跟我明說了，她如果被脅迫必須分手，只要開二十萬就行。』

激情裸聊群裡，登時炸了。

李青青：『？？？什麼二十萬？二十萬這麼點？許星洲腦子進水了嗎這點錢在市裡買個廁所夠不夠？』

程雁對許星洲這一側發生了什麼絲毫不知情，毫不避諱地在室友群裡瘋狂嘲笑：『妳粥那天和我說她師兄不值錢哈哈哈哈哈哈哈啊哈哈哈哈妳們自己體會！』

如果有人問秦渡，你覺得自己值多少錢？

秦渡會思考一下，把自己的不動產、股票、地權和海外資產全部加一下，然後說出一個九位數的天文數字。

如果那個人轉而問秦渡，你覺得自己在許星洲眼裡值多少錢？

秦渡會說：我這麼疼她，也就無價之寶吧。

——秦師兄，世中集團董事長的獨子，成年後就是集團最年輕董事，在他們那一圈太子爺裡，秦渡都是翹楚：他的家世數一數二，財力能力俱是頂尖。

秦渡寵許星洲寵得如珠如寶，許星洲只要來蹭蹭他，就能要星星秦渡不摘月亮，要仙女座秦渡不摘獵夫座——就是平時稍微小氣了一點，帶著種槓精的意味。

然後許星洲說：不用多了，給我二十萬我就滾蛋。

她閨密看不下去，恨鐵不成鋼地讓許星洲多要點，至少分手了也得當個富婆去包養小鮮肉，結果許星洲說不行，他不值錢，多要算訛詐，二十萬就是二十萬，否則我良心不安。

秦渡看著螢幕：「……」

秦渡毫無波瀾地將未讀訊息點了。

那個激情裸聊群確實是許星洲的室友群，名字取得極其智障，但是這種智障似乎也不分男女——秦渡那群太子爺朋友還把他們的小群取名叫沿街要飯呢。許星洲的室友群刷訊息的速度相當快，秦渡點了訊息之後，許星洲決計是看不到她們討論過什麼了。

許星洲縮在旁邊，小小一團，委委屈屈地小聲問：「到、到底考了幾分呀？」

秦渡將手機螢幕鎖了，將手機遞還給了她。

秦渡說：「A——過九十了，算妳命大。」

許星洲振臂歡呼！

「我看看——」許星洲笑咪咪地道：「哇！新聞學也有A-！這個學期真的賺到了……」

秦渡：「……」

許星洲看到成績就變成了快樂星球來客，天上地下都是粉紅色泡泡，拿著手機跑過來蹭了蹭師兄，眼睛彎彎地道：「師兄師兄，你想要什麼呀？小師妹都送給你。」

那句話其實還帶著點刻意的、情色意味的勾引，甜甜的，像一顆小小的星星糖。

——你要我，我也給你。她用眼睛說。

秦渡低下頭看這個恨不得趴在他懷裡不鬆手的女孩。

許星洲一頭鬆軟黑髮披在腦後，以絲巾鬆鬆束起，映著燦爛暖陽——她眉眼彎彎，是個特別乖巧的、適合親吻的模樣。

不然就他媽的辦了算了，秦渡那一瞬間發瘋地想，許星洲這他媽天天勾引自己勾引個沒完。整天住在他家裡，沒事還要用他的洗髮精，洗完澡到處亂晃，哪個男人能受得了？

華言樓外，許星洲甚至踮起腳尖，似乎要主動親他。

怎麼能這麼甜？

秦渡意亂情迷地單手握住女孩的細腰，與他的星洲抵了額頭又抵鼻尖，華言樓外繡球怒放，天穹大雁長唳，星星在天空被吹得散落。

那一剎那溫情脈脈，而正在他們要親上的時候，許星洲突然推開了他。

秦渡：「……」

許星洲開開心心地低頭摸手機，一邊摸一邊說：「剛剛想起來，我得告訴程雁我考得比她高，她肯定只有A-……」

「她當時還嘲笑我哦！說我肯定要完蛋了，」許星洲認真解釋道：「可是我考了A！我一定要把她氣得吃不下晚飯。」

秦渡舔了舔嘴唇，一摸自己的脖頸。

然後，許星洲笑咪咪地看著手機道：「師兄兄，等等再親你哦。」

「不用親了，」秦渡慢條斯理地道：「我想好要什麼了。」

許星洲一呆：「咦？」

秦渡伸手，兩指一搓，充滿惡意地道：「——房租。」

許星洲特別開心：「嗯嗯嗯沒問題！」

「多少呀？」許星洲開心地抱著手機道：「我爸爸剛剛轉錢給我，讓我暑假出去玩，不要在學校悶著……」

「不多。」

秦渡說：「一個月兩萬。」

許星洲：「……」

許星洲整個呆住：「哈？什麼？你說兩什麼？」

女孩顯然是總住在大學宿舍裡，沒在外租過房子，更不了解上海市行情——但是就算再不了解，也能明白兩萬是個天文數字。

許星洲立刻可憐兮兮地問：「師兄我是不是惹你生氣了？」

秦渡想都不想：「是。」

許星洲要哭了：「嗚嗚哪裡我改！我不是考得很好嘛！還是因為沒親你？」

「和考試沒關係，」秦渡涼颼颼地說：「妳自己用腦子好好想想吧。」

秦渡又道：「房租兩萬，市場價一個月四萬，按合租來算的，沒多要妳錢。」

許星洲：「……」

一個月四萬的房租到底是什麼神仙房子，許星洲眼前一黑，但是心裡卻也勉強能理解那個房子巨貴無比，畢竟上海市是什麼房價，秦渡住的又是哪個區的什麼社區……

「暑期兼職。」資產階級剝削者不爽地說：「還清之前給我搞明白我為什麼生氣。」

許星洲可憐兮兮地蹲在地上：「嗚嗚……」

然後，秦渡將許星洲從地上一把拽了起來。

「去吃飯了，」秦渡不耐煩地說：「好不容易訂了位，再不去就沒了。」

秦渡用的力氣相當大，捏著女孩的手腕，許星洲被拽得嗷嗷叫，委屈巴巴地說：「師兄你輕……輕一點……」

秦渡瞥了許星洲一眼。

「真的很疼，」許星洲伸出細細的前臂，又嬌氣又委屈地說：「師兄，你看，都紅了。」

她的手腕上還扣著那個閃耀的手鐲，星星鎖著月亮，在金黃的陽光下閃閃發光。

秦渡：「……」

那一截手臂猶如洪湖的荷，又白又嫩，半點紅的模樣都沒有。

秦渡逼問地看著許星洲。

女孩子扁了扁嘴，又眨了眨眼睛，彷彿在佐證自己真的很疼似的。

秦渡嘆了口氣，在許星洲手臂上微微揉了揉。

「……唉，行吧。」他說。

陽光燦爛，許星洲笑了起來，在自己的手腕上呼地一吹。

秦渡注意到，那個動作她做得自然無比，猶如在吹蒲公英一般，帶著種難言的稚氣和童心。

像是一朵在熾熱陽光下盛開的、鮮活的太陽花。

然後秦渡伸手，鬆鬆地與許星洲十指交握，帶著她走了。

許星洲總覺得，今天的師兄有點怪怪的。

他好像真的憋著股氣似的，總莫名其妙地打量自己——確切來說，秦渡從出了成績之後就有哪裡不太對勁，彈許星洲腦袋時下手也有點重，更是明確說了「妳惹我生氣了」。

下午到底發生了什麼？許星洲摸著自己的腦殼，有點丈二和尚摸不著頭腦。

秦渡預約了一家楓涇的私房菜，開車過去就花了近一個半小時。

私房菜在河道旁邊，是一座幾十年的江南民居，黑瓦白牆，外面刷的石灰都有些剝落了，白月季與霍山石斛掩映交錯，老闆與老闆娘極其熱情，一晚上只招待兩個人。

小窗外落日江花紅勝火，江南風景舊曾諳。

私房菜的紅燒肉晶瑩剔透，連皮都煨得柔嫩，甜而不膩口；油爆蝦的河蝦嫩得出水，咬一口紅油和汁水砰地迸出，連炒的小青菜都甜脆生嫩，許星洲從來沒有吃過這麼好吃的菜。

「太……」許星洲小聲道：「太好吃了吧。」

秦渡夾了清炒慈菇給許星洲，閒散地道：「之前老陳和肖然來吃過，都說特別好吃。結果我五月份的時候打電話訂了位，現在才剛幫我排上。」

許星洲笑了起來，問：「你居然還會等呀？」

秦渡這種人一看就是耍特權習慣了，要麼拿錢砸人，要麼拿名頭壓人——如果錢、權解決不了，他絕不執著，何況這還只是一頓小小的晚飯。

放在以前，許星洲怎麼都不敢想，他居然會為了這個位置等一個多月。

秦渡的稜角在夕陽中柔和下來。

「妳喜歡這種事。」他喝了口湯，說話時帶著一絲幾不可察的溫暖：「實際上，妳也確實挺喜歡的。」

許星洲那一瞬間生出一種感覺。

彷彿那個高高在上的、年輕的公爵，終於走進了萬千苦痛和凡人的世界。

他就這樣，前所未有地活了起來。

這是從什麼時候開始的呢？許星洲茫然地想。

這過程極其潛移默化——秦渡的身上就這麼偷偷多了一絲人味。他之前雖然面上帶著笑，卻給人一種極其高高在上而對周圍一切不屑一顧的感覺。

如今他坐在對面，夕陽落在他的稜角上，柔和得猶如春天融化的川水。

秦渡夾起一筷子慈菇，放在米飯上，往裡塞了塞。

秦渡突然開口問：「暑假打算怎麼辦？」

「啊？」許星洲的思緒被打斷，先是愣了一下，接著道：「我託以前認識的一個姐姐幫我留了個區圖書館的暑期兼職，我也好學一下語言。」

秦渡：「……也行。別找太遠的，我到時候去接妳不太方便。」

許星洲笑道：「師兄你還會來接我呀？」

秦渡沒說話。

「因為圖書館工作清閒嘛，我打算暑假好好學一下西班牙語。」許星洲笑咪咪地道：「以後說不定會用到，畢竟用的人好像比英語還多呢。」

秦渡莞爾一笑：「以後怎麼用到？」

許星洲笑得瞇起了眼睛：「出去探索世界呀。」

「拉丁美洲，美國南部，」許星洲開心地說：「再到東南亞，甚至北非，還有西班牙本土。應用這麼廣，簡直有種橫跨全世界的感覺！」

「不過師兄你放心，」許星洲甜甜地笑道：「我絕對不會因為師兄不會西班牙語就歧視你的！」

「……」

秦渡彷彿聽到了什麼他連想都沒想過的事情，叼著筷子看著許星洲。

許星洲開心地看著他。

許星洲笑道：「我會好好學，爭取當你的翻譯的，你放心。」

秦渡：「……」

秦師兄開口：「我……」

許星洲眨了眨眼睛，滿懷期待地看著他。

「……行，行吧。」秦渡忍著滿腹的不爽和吐槽道：「既然要好好學，就記得去買參考書。」

他們吃完那家私房菜出來時，已經七點多了，夕陽沉入山嶽。

仲夏夜古鎮上遊客絡繹不絕，縱橫溪河流水向東，霍山石斛黃蕊顯露，紅紙燈籠綿延流向遠方。

秦渡生氣也不難相處，而且他好像也不算太生氣，只是槓——槓得天上地下僅此一家，今日的代表作就是房租兩萬。

許星洲也不介意，她跟著秦渡，在幽暗又人聲鼎沸的長街上散步。

那實在是個非常好談情說愛的場景，燭光昏紅，紅紙燈裡的燭火曖昧溫暖，小情侶們一邊笑一邊耳鬢廝磨，有女孩捧著紅豆雙皮奶餵給自己的男朋友吃。

許星洲正打算去買個藍莓雙皮奶效仿，看看能不能把男朋友哄好，可還沒走幾步，就被蚊子叮了兩個大包。

許星洲痛苦地一邊撓小腿，一邊艱難地、單腳蹦躂著跟上秦渡的腳步：「哎呀……師兄你等等……」

秦渡又要被許星洲煩壞了，加上身價二十萬的打擊，不爽地逼問：「許星洲，誰讓妳光腿的？」

許星洲委屈地盯著他，秦渡被看得特別不自在，片刻後咳嗽了一聲，「我不是說妳不能穿……」他痛苦地解釋道：「……哎，我不是那個意思……」

許星洲抽抽鼻子說：「你這個直男癌。」

直男癌：「……」

許星洲太擅長蹬鼻子上臉了，是真的欠揍。

然而，到了晚上，天將黑不黑的時刻的水邊，蚊子能多到令人髮指，直男癌家的女朋友還特別柔嫩招蚊子，又怕癢，幾乎已經快把自己的小腿撓破了，白皙小腿被撓出了血點。

直男癌看得心疼壞了，只得去最近的小超市幫她買止癢藥膏和防蚊液。

他買完出來，許星洲正蹲在門口招貓逗狗，用包裡塞的小火腿逗弄小超市主任養的胖狸花貓，狸花貓天生愛親昵人，躺平了任由許星洲摸大白肚皮。

秦渡極其不爽：「許星洲，妳連貓都不放過？」

許星洲一呆：「咦？」

槓精直男癌把貓趕跑了，蹲在許星洲身前，在自己的指頭上擠了些許藥膏。

「——腿伸出來。」他冷冷地說。

許星洲便扶著地伸出小腿，她的小腿又白又纖細，皮膚又嫩，蚊子包被撓得破了皮。

秦渡便幫她抹藥。

路燈下映著他一截結實修長的前臂，他指節之上的刺青張揚又狂暴，動作卻有種說不出的小心與笨拙。

「……師兄，」許星洲小聲道：「你身上到底刺了什麼呀？」

秦渡說：「以後給妳看。」

——那些，秦渡的張揚驕傲，落寞自卑，孤獨又喧囂的夜晚和迷茫走失的人生。

他不曾給別人看過的胸前的刺青。

除了妳，妳應該接受我的一切，秦渡想。

妳應該愛現在的秦渡，也應該依賴那個被棄置荒島的、捆在黑夜中的他。

然後秦渡又低下了頭，仔細幫許星洲那些紅色的蚊子包上藥。

古鎮上，溫暖夜風如楊柳一般，拂過許星洲的脖頸，頭髮微微黏在她出汗的脖子上。黑夜之中螢火掠過江面，胖狸花貓在路燈下喵喵地舔著肉墊。

許星洲突然開口：「──師兄。」

秦渡挑起眉峰，望著許星洲。

許星洲笑咪咪地、像小芝麻糖一樣地說：「師兄，我最喜歡你啦。」

秦渡嗤地笑了。

「妳就剩張嘴會說，」秦渡嗤嗤地笑著，伸手在許星洲鼻尖一擰：「許星洲，就妳會說是吧？」

許星洲哈哈大笑，也不知道有什麼讓她這麼開心的事情。

算了，秦渡想，理解是不可能的，但是矛盾終究不能過夜。

「許星洲。」秦渡捏了捏許星洲的鼻尖，好脾氣地問：「妳再說一遍，我值多少錢？」

許星洲：「……」

許星洲失聲慘叫：「哎──？！」

許星洲都不知道自己是怎麼完蛋的。

到底是誰走漏了風聲！肯定是程雁這個大嘴巴！程雁顯然見不得朋友有一雙健全的腿，

許星洲終於明白今天發生了什麼，怪不得秦渡嗆了她一天。

秦渡又問：「我到底值多少錢？」

許星洲從震驚中走了出來，誠實地說：「既然你都知道了，我就不隱瞞你了。」

秦渡探究地看著她，許星洲斬釘截鐵地說：「我覺得，你值二十萬。」

秦渡：「……」

秦渡難以置信道：「……這個數字到底怎麼來的？妳平時不是撒謊很溜為什麼現在就不能說謊？」

許星洲眨眨眼睛：「情侶之間不應該有隱瞞。」

這他媽到底是什麼騷話，秦渡對著許星洲的額頭，就是屈指一彈。

「人話鬼話妳都說盡了？」秦渡嚴厲道：「許星洲，妳現在給我一個解釋。」

許星洲似乎有點被秦渡嚇到了。

其實秦渡本意只是嚇唬她一下，許星洲這個人有點皮，說起話來有點喜歡真假摻半，如果不震懾一下，她不可能認真地回答秦渡這個問題。

但是他看到許星洲呆呆的眼神，就後悔了。

秦渡嘆氣：「算……」

「算了」的「了」字都還沒說出來，許星洲就開了口。

「……因為，」她有點認真地說：「物質上，我認為師兄就值二十萬，多於二十萬就屬於詭詐，你又小氣，又龜毛，脾氣又壞，總喜歡欺負人，也就長得好看一點。我總覺得這個世界上只有我還要你了。給二十萬我就走人也是真的。」

秦渡失笑：「我恐嚇妳一下，妳還罵起來了？」

「可是——」

「可是，在我的心裡，」許星洲有點難過地道：「你不能用錢去衡量。」

她說完的瞬間，世界歸位。

古鎮風聲溫柔，飛蛾穿過長街，遊客行人車水馬龍。路的盡頭傳來叫賣芙蓉餅的聲音和民謠歌手的路演，男人沙啞地唱著最溫柔的情歌。

秦渡無奈地嘆了口氣，在路燈下親那個小混蛋。

「我值錢多了，」秦渡親她的眉眼，一邊親一邊問：「妳真的不曉得？」

許星洲搖了搖頭，又點了點頭。

「真的不曉得啊……」

「下次照著九位數要……」

秦渡又吻了上去。

那一瞬，盛夏的風裹挾著成團成簇的石斛花，穿過世界。

第二十二章 溫柔的姚阿姨

陽光落在許星洲的手臂上。

那光線非常熾熱，圖書館窗明几淨，許星洲被曬得打了個哈欠，跟著帶她來的那個姐姐穿梭在區圖書館之中。

這個學姐，還是許星洲在大一迎新的時候認識的。

那時候還是兩年前的驕陽九月，剛從虹橋火車站風塵僕僕趕來這座國際化大都市的許星洲還紮著樸素的馬尾，周圍學生被家長帶著穿過擁擠的人潮和志工去報到。

許星洲甚至連那些家庭說的話都聽不懂。有從新疆來的學生，又有人來自青海，五湖四海的新生，家長們在正門四個大字前摟著孩子合影，大巴士載來一車車新生和他們的家長，孤零零的許星洲在門前撿到了一個被踩得破破爛爛的筆記本。

那個本子小小的，牛皮紙封面被踩得稀爛，被踩躪得慘不忍睹。

那時十七歲的許星洲將本子撿起來看了看，那是個線圈本，裡面以圓珠筆潦草地寫著大綱和詩句，畫著極其有條理的思維導圖，還有碎片般的關鍵臺詞，彷彿是個劇本的雛形。許星洲微微一愣，意識到這肯定是某個人重要的東西，便將它夾在了臂彎中。

許星洲後來到了宿舍後，打了扉頁的電話，找到的失主就是這個學姐——柳丘。

柳丘學姐是東北地區的人，戲劇社的，極其喜歡寫劇本，科系是預防醫學。預防醫學算是F大的王牌科系之一，師資力量強大、就業簡單且就業面極其廣闊，可以考編制[5]可以考研，出國也容易——她在大三時就去了醫學院所在的林峯校區，並且退掉了戲劇社。課業太過繁忙，柳丘退了社團後在貼文裡無奈地說，大家後會有期。下面的社員挽留不及，柳丘學姐就這樣離開了社團。

而許星洲後來，還斷斷續續地和她保持著聯絡。

她知道柳丘學姐大五時考編制，一次就考上了極其難考的CDC（疾病管制與預防中心），那裡待遇好，工作體面，更重要的是有一個得體的編制，她家裡很是以她為驕傲。

後來發生了什麼不得而知，可是半年後她辭職了，如今在區圖書館裡當圖書管理員。

柳丘學姐穿過社科書部時低聲教道：「星洲，妳每天下午看看藏書室有沒有遺漏的書插……」

許星洲跟在她身後小跑，一邊跑一邊點頭，柳丘學姐又道：「如果有的話就檢查一下，

5　考編制，通常指考取「事業編制」，透過公開考試，會被聘用到一個有組織編制的事業單位工作。事業單位是中華人民共和國的公共機構，包括學校、醫院、科研單位等。在錄取後，獲得事業編制的工作人員會享有相對穩定的職位和福利，但與公務員的制度和管理有所不同。

是不是書沒了，被帶走了。還有就是每個星期打電話給快逾期的人，催他們還書。」

許星洲：「嗯！」

「薪水不高，」柳丘學姐莞爾道：「勝在清閒，平時圖書出借流程也簡單。」

有人開了自習室的門，自習室裡都是念書的人，她們壓低了聲音，從走廊裡經過。

柳丘學姐又說：「……平時妳可以離我遠點，我不太喜歡靠著人，沒什麼事的話妳可以去自習室學妳的西班牙語什麼的。」

許星洲滿口答應：「好！」

許星洲帶來的小包裡塞著新買的西語入門書，柳丘學姐帶她回了前臺，在桌上點了點道：「趙姐，我帶她看完了。」

趙姐從手機裡抬起頭看了許星洲一眼，道：「看完了？」

許星洲開心地道：「看完了。」

「工作不累，」趙姐淡淡道：「所以有時間做自己的事情，柳丘就在複習重新考研。我們圖書管理員是最輕鬆的活了。」

許星洲笑著點了點頭。

本來圖書管理員是不收暑期工的。

大學生暑期兼職去做點什麼不好呢，哪怕去端盤子去當收銀員都賺得比圖書管理員多，但是碰巧這裡有個管理員剛離職了，柳丘才順勢將許星洲塞了進來。

許星洲自己都覺得自己運氣滿格，這裡離秦渡上班的地方又近，工作又清閒，可以自學西班牙語，而且還有空調。

明亮的燈光從穹頂落下，落地玻璃門外，盛夏顏色穠麗。

來自習的大人孩子往來不絕，許星洲將自己的包放在借閱臺上，她剛放下，就聽到「咚」的一聲巨響。

——那是一個相當有分量的書包，裡面都不知道裝了幾本書。

許星洲一震，只覺得這多半是個念書狂，怕不是個考研狗——可她抬起頭時，卻看見了一個長相伶俐而溫柔的小阿姨。

小阿姨看不太出年齡，笑起來有點像小孩，但是至少也有四十多歲，個子不高，戴著一副金絲眼鏡。

鼻梁和秦渡長得還有點像，都筆直而鋒利。

……哇。許星洲一愣。

實在是不怪許星洲這麼驚訝，因為一般這個年紀的人都不會念書了。

這個世界上喜歡念書的人本來就少得離譜了，連秦渡這種學神都認為念書屬於義務勞動，只要成績過得去，或者能達到自己的目的，他就絕不會在念書這件事上多花任何一點時間。何況這阿姨已經是個中年人了。

那個小阿姨禮貌地還了書，許星洲看著那一疊書，不禁肅然起敬。

——《人類學與認知挑戰》、《田野調查技術手冊》、《人類學導讀》……都是近五百頁、必須用鎖線裝訂的大部頭，名字高深莫測，裡面還夾著兩本外文的人類學叢書，顯然是她自己買的，打算帶到這邊的自習室來看的書。

英語課上那句話怎麼說的，許星洲滿懷敬意地想，you are never too old to learn。

這個阿姨好厲害啊。

中午午休時許星洲跟著柳丘去社科書庫，將書籍歸類。她剛入職，還是新手，得由柳丘帶著，而且歸類得非常緩慢。無數個架子——她一個個的都找不清楚，而且書排又多。許星洲睏得打了個哈欠，將手裡的《存在主義咖啡館》塞進了書架。

正午明亮的陽光落在了書架上，灰塵飛舞，猶如魏晉謝道韞的柳絮。

她看了手機一眼，程雁傳了一則訊息給她，問她第一天打工怎麼樣。

許星洲回覆：『還挺好的，很輕鬆。』

然後許星洲抱著第二本書，瞇著眼睛去瞄書架所在的地方。

那時，她的手機又是叮地一響，許星洲將手機拿出來一看，這次是秦渡傳來的訊息。

他問：『吃飯沒有？我午休了，帶妳去吃好吃的。』

許星洲將書抱在懷裡，在地上一蹲，笑著回覆：『沒吃，我還沒午休。』

秦渡：『那我去圖書館前面等妳，妳抓緊時間。』

許星洲傳了個沙雕[6]企鵝的貼圖給他，又去找書架了。

第二本書所在的位置不太好找，是九〇年以前的線裝書，封面搖搖欲墜，馬上就要離書出走，書脊上的編號還是那個年代手寫的，糊得一團糟，許星洲辨認了許久，才找到應該在哪個書架。

許星洲抱著那本書穿過走道，然後又在那個該被歸位的書架前，遇到了那個戴眼鏡的阿姨。

阿姨正在聚精會神地挑書。

——真的是在念書啊，許星洲特別想上去搭訕。阿姨長得也非常和善，穿著休閒，許星洲想問問她是想去搞人類學方面的研究嗎，又有點不太好意思打擾人家的全神貫注。

許星洲蹲下，將書塞了進去。

那個阿姨看到許星洲，微微一愣。

「小妹妹……」阿姨詫異道：「妳……」

許星洲抬起頭。她的頭髮在腦後紮了起來，牛仔褲和T恤，那模樣一看就是個工作人員。

那個阿姨難以置信地看著許星洲，片刻後終於意識到自己的行為不太對勁，欲蓋彌彰地

6　沙雕，是一個網絡雙關諧音梗，從中國用語「傻屌」諧音過來，也用來形容愚蠢無腦或是搞笑有趣。

將手裡的一本書遞給她，說：「……妳……能幫我把這本書放回去嗎？」

許星洲接過了書，撓了撓後腦勺：「哎？好的……」

阿姨過了一下，好像又有點不知所措地道：「小妹妹，辛苦了……？」

許星洲笑咪咪地說：「不辛苦，為大眾服務。」

然後許星洲笑了起來，踩著陽光，抱著那一疊書鑽進了另一個書架後面。

程雁回家後，似乎是真的挺無聊的。

許星洲的手機上，程雁的訊息接連不斷，她似乎找了個輔導班的兼職，第一天就開始和許星洲吐槽小孩子又皮又笨，怎麼講都講不會。許星洲無法和她感同身受，因為圖書管理員這個工作實在是太輕鬆又平靜了。

怪不得北大那位圖書管理員能讀那麼多書，成就那麼偉大浩瀚的思想……許星洲摸了摸自己的腦殼，又想起來李大釗[7]和愛因斯坦好像也當過圖書管理員。

這是個極其適合沉澱自己的崗位。

安靜，與圖書為伴。

許星洲坐在借閱臺前，梧桐在風中搖晃，斑駁金光穿過樹影落在她的西班牙語參考書

7 李大釗，中國最早的馬克思主義者之一，中國共產黨主要創始人和早期領導人之一。

上。她微微按了一下自己的圓珠筆。

柳丘學姐在旁邊複習，許星洲有點好奇地問：「學姐，妳在複習什麼呀？」

柳丘一愣，接著將書封面露給許星洲看。

——《舞臺與影響的變幻》。

許星洲：「這是……」

「考研用的書，」柳丘學姐不好意思地道：「我今年想去考戲劇。」

許星洲一怔：「跨考？」

柳丘學姐點了點頭，又低頭去複習了。

許星洲抬起頭望向窗外，想起以前柳丘學姐在CDC入職後，深夜發的貼文——她那時候大概十分無助，質問這個世界：『我到底要怎麼辦，我還這麼年輕？』

在那之後過了一段時間，柳丘學姐又發了一篇貼文，說：『我辭職了。』

再然後，她坐在了這裡。

這大概就是活著吧，許星洲在暑假午後明晃晃的陽光中想。

「小妹妹，我借書。」

一個聲音打斷了許星洲的思緒。

兩個借閱臺，許星洲這個是最偏的，可此時那一大疊書就放在了許星洲的眼皮底下。許星洲抬起頭，發現是上午有過兩面之緣的那個阿姨。

「好的！」許星洲溫暖笑道：「我們的借閱時間是……」

她一邊說一邊將圖書一本本掃了碼。這個阿姨來的頻率似乎很高，借書證上的貼膜都翹了起來，還有兩本書沒還。

阿姨似乎有點緊張地打量著許星洲。

許星洲不曉得為什麼，對她友好地笑了笑，把書理好了，遞給了阿姨。

「念書辛苦了。」許星洲甜甜地道。

阿姨結結巴巴地道：「嗯？嗯……好的。」

許星洲對這個阿姨好感度特別高，覺得阿姨身上又聰明又溫暖，而且覺得長得和秦渡有點像，忍不住就友好爆棚。

她笑著揮揮手：「阿姨，下次再見喲。」

這個阿姨探究地看著許星洲。

許星洲這才反應過來自己沒將借書證還給她，趕緊將書錄入資料庫，把借書證還給了這個「姚汝君」阿姨。

「姚汝君」。

連名字也好好聽啊，許星洲開心地想，像是個書香世家的知識分子的模樣。

這種阿姨，會擁有一個什麼樣的家庭呢？

許星洲想不透，但是又覺得這個問題和自己沒什麼關係，低下頭戴上耳機，繼續嘀嘀咕咕地念無數個基礎字母。

過了一下，許星洲擰開水杯喝水，用眼角餘光瞥見那個姚阿姨正在樓梯口偷偷瞄她——

許星洲差點被水嗆死。

圖書館四點半閉館，許星洲就可以下班溜了。

她和柳丘學姐道了別，背上包跑去ＳＩＩＺ中心等秦渡，路上又想起自己沒吃藥，便去路邊便利商店買了瓶礦泉水，把自己的藥灌了下去。

外面還挺熱的，樹影斑駁。

世中大廈——那個ＳＩＩＺ中心，離區圖書館也不太遠，不過就一站公車，步行就到了。許星洲跟著導航走，也不過在烈日下走了十幾分鐘。

許星洲本以為那中心就是個平凡的辦公大樓，結果走到跟前才發現是個Ｈ型、分Ａ、Ｂ棟的，奠基時間不超過五年的，足有四十多層的，高聳入雲的Plaza。

這個外觀設計也太騷了吧，是師兄自己操刀的嗎……許星洲忍不住腹誹。

ＳＩＩＺ中心在盛夏下午四點四十幾分的陽光下熠熠生輝，許星洲感到心情有點複雜，擦了擦額上的汗水，背著包，推開了大門。

裡面冷氣特別強，非常涼快。

六月份的上海大概是打算熱死什麼人，許星洲舒服地嘆了口氣，剛打算去找前臺小姐姐，下一秒就被門口黑衣保全攔下了。

保全瞇著眼睛道：「小妹妹，不是員工不能進。」

許星洲：「我是來找人的。」

保全：「這個可以，妳來找什麼人？」

許星洲想了一下，猶豫著回答道：「今年……新入職的實習生……？」

保全為難地說：「這個……」

許星洲笑了起來：「放心，我只是等他下班，在門口等等就好啦。不會打擾你們工作的，外面太熱了。」

保全失笑道：「好……好吧。小妹妹，前臺那裡有水，自己去裝來喝。」

「坐在沙發上等就行。」保全又友好地說：「公司五點下班，希望妳男朋友的部門沒有加班。」

許星洲的手機微微一震。

她正在前臺前的沙發上坐著複習今天背的單字，就看見秦渡傳來的訊息，他說：『抬頭。』

那時候五點十分，陽光不再那麼曬人，許星洲抬起頭，正好看見秦渡從電梯口走出來。

那青年穿著條藏青牛仔褲，捲髮蓬著，粗框眼鏡還沒摘，有種極為閒散而銳氣的、年輕智慧之感，性感得可怕。許星洲立刻將書一收，接著就被秦渡穩穩拽了起來。

「還學會等我下班了？」秦渡揉了揉許星洲：「過來親個。」

許星洲：「人這麼多，還學會當眾索吻了？」

秦渡嗤嗤笑了起來，說：「也是，師兄太為老不尊了。」

然後他與許星洲扣住手指，與他們部門的同事道別。

夕陽西下，秦渡將女孩細細的手指捉牢了，把她裝著書的包背在自己肩上，兩個人去車庫找車。

車庫裡。

「我還以為你會當上秦總呢，」許星洲笑著道：「師兄，你同事人都好好啊。」

秦渡漫不經心地找出車鑰匙，車嗶一聲開了，他說：「別看在妳面前人模人樣，背後嫉妒著呢，學數學的、學電腦的歷來沒有能在在校期間脫單的。」

許星洲哈哈大笑，問：「那師兄你呢？」

秦渡：「……」

秦渡不高興地在許星洲額頭上叭地一彈。

「第一天上班怎麼樣？」秦渡彈完心情舒暢了不少，開始關心起許星洲：「有沒有人欺負妳？」

許星洲捂著腦袋，眼冒金星地道：「還、還好……」

秦渡幫許星洲開車門，讓她鑽進去，認真道：「有人欺負妳就告訴我。」

許星洲立刻炸了：「就是你！就是你欺負──」

秦渡砰一聲將車門關了。

許星洲：「……」

許星洲氣得砰砰地拍副駕車窗，秦渡拋著鑰匙坐到駕駛座上，然後把要揍他的許星洲推開了些許。

車內一股皮革的味道，秦渡摁著許星洲的腦袋，片刻後突然問：「小師妹，妳什麼時候過生日？」

許星洲打不過他，不要臉更比不過秦師兄，簡直要氣絕身亡。

「下、下下週……」許星洲欲哭無淚道：「你問這個幹嘛，師兄你居然不知道我的生日，你知不知道換一個人現在就要把你的臉撓花……」

「七月十二號。」秦渡說。

「七月十二號，」秦渡隔著鏡片看著許星洲，又重複道：「陰曆閏五月十九，二十歲生日，我記得。」

許星洲一呆。

秦渡將眼鏡摘了，露出狹長而黑沉的雙眼。

車裡空間狹窄，車庫裡昏白落灰的光，那青年在那種光線中，以一種極具侵略性的、野獸般的眼看著那個好像有點愣住的女孩。

「我——」秦渡說著，漫不經心地揉了揉太陽穴，別開了視線。

絕不能嚇到她，秦渡告訴自己。許星洲甚至比看起來還要柔嫩，更容易受驚，尤其是這一方面，甚至連半點危險的氣味都不能讓她嗅到。

「我只是想確認下。」

秦渡耐心地、忍耐地說。

圖書館的工作，真的非常清閒。

那崗位總共只有三個人，分別是柳丘學姐、許星洲和趙姐——其中趙姐年紀最大，家裡拆了三間房子，身價千萬，在圖書館的工作純屬打發時間。而且她其實非常照顧下面的兩個學生——沒錯，學生。

柳丘學姐和許星洲在她眼裡都是大學高材生，事實上確實也是，無論哪個地區能考上F大的都是省裡前百分之一的好孩子。趙姐認為柳丘學姐懷才不遇，許星洲則是又甜又乖的小可愛，是個打暑期工都不忘念書的好孩子。

於是愛才的趙姐一人攬下了上午的所有職責，把柳丘學姐和許星洲全部踹去了自習室，讓她們好好念書。

自習室裡幾乎沒有空位了，許星洲抱著自己的課本和筆記本終於找到了一個空位坐下，一抬頭，發現自己旁邊就坐著那個她很有好感的阿姨，正在戴著眼鏡啃大部頭，一邊啃書，一邊記著筆記。

這也太令人敬佩了，許星洲看得忍不住羞辱自己：妳看人家多努力，許星洲妳這條死魚。

然後，許星洲把西班牙語外加雅思的參考書恭敬地捧了出來。

英語和西班牙語，兩個語言都是印歐語系，許星洲天生學語言又挺快，乾脆想雙管齊下：反正也不是要出國，兩個語言都是業餘興趣。

她學累了西班牙語後就做了一下雅思，做題時遇到了看不懂的閱讀，許星洲下意識去咬筆尖，一邊思索答案在哪裡，還一邊思考一邊想晚上去吃什麼的世紀問題——她幾乎是在發呆，接著，一根手指就在正解處比劃了一下。

那指甲圓潤，戴著一枚婚戒，十指纖纖不沾陽春水，卻長著很薄的筆繭。

「這個地方是paraphrase過，」那手指的主人——陌生又有點熟悉的聲音，和善地道：「不過詞彙難，看不懂非常正常。妳查查，看看是不是？」

許星洲一呆，抬起了頭。

那個姚阿姨溫和地在她的雅思參考書上點了點，說：「雅思是一門只要掌握了答題技巧就掌握了一大半的考試，小妹妹，妳顯然還不會偷懶。」

姚汝君阿姨，人特別好。

她跟許星洲講了一下雅思的答題技巧，這個阿姨思維敏捷而乾脆，雅思考過八點五的高分，雖然是多年前的紀錄——但這不妨礙許星洲在與她的交談中，發現她真的是個極其優秀的人。

姚阿姨談吐極有涵養，樂於助人，人們形容「教書育人」時都說：要給別人一杯水，自己得有一缸，而這個阿姨腹中的墨水顯然都能划船，隨便講解一下，就能令人有種醍醐灌頂之感。

不僅如此，講東西時，還有種媽媽教孩子般的耐心。

她溫柔地講了幾點答題技巧，講完之後又回去啃自己的五百頁大部頭，許星洲在她旁邊看書，只覺得和阿姨在一起時，連心情都非常平靜，效率也變得特別高。

上午的陽光普照大地。

自習室中冷氣十足，陽光曬得人昏昏欲睡，眼前都是飛揚的光塵。許星洲打了個哈欠，阿姨坐在她的身邊記筆記。

自習室裡有孩子，也有成年人，他們都在認真念書，當然也有趴在桌子上睡覺的。許星洲打第二個哈欠時就知道自己不大行了，出去在自動販賣機買了兩罐咖啡，回來時遞了一罐給阿姨。

阿姨抬起頭笑道：「謝謝。」

「是我謝謝阿姨才對，」許星洲也開心地說：「您念書好認真呀。」

阿姨笑了笑，揉了揉額頭道：「年輕的時候可不這樣，都玩著學。現在腦子有點不夠用，只能靠認真彌補了。」

許星洲笑咪咪，阿姨看著她，也笑了起來。

於是她們又坐在一起念書。

上午十點半時許星洲手機微微一震，秦渡傳來訊息提醒她吃藥。

許星洲已經幫自己吃藥這件事調了鬧鐘，可是連鬧鐘都沒有秦師兄準時——他哪怕是在跑現場，忙得要死，都記得在十點半的時候提醒許星洲，她該吃藥了。

許星洲擰開水杯，找出小藥盒，把藥倒在手心，嫻熟地一口悶了下去。

陽光落在許星洲的瞳孔之中，她似乎嫌曬一般，閉上了眼睛。

西藥苦澀，在嘴裡化開一點都不好受，許星洲用水將藥沖了下去，又拿起旁邊的筆時，發現姚阿姨有點緊張地看著她。

她吃藥的量和旁人不同，十幾粒十幾粒地吃，一看就不是尋常的傷風感冒。

而人會害怕生病的人，本身就是一件極其正常的事情。

姚阿姨說：「小妹妹，妳……」

許星洲怕這個阿姨會害怕自己——因為許星洲真的非常喜歡她。她和姚阿姨在一起時，有種令人難以置信的安心感。

因此，儘管她們萍水相逢，可許星洲仍想給她留下一個好印象。

「哎呀這個藥……」許星洲囁嚅地道：「阿姨我其實……」

姚阿姨輕聲地問：「……小妹妹，妳現在好些了嗎？」

許星洲愣住了。

在圖書館明亮的光線中，姚阿姨望著許星洲。

她好像看著一個應該被疼愛的病孩子，目光裡滿是關切，許星洲那一瞬間有點連話都說不清的感覺，結結巴巴地道：「已經好、好很多了。」

「這些藥其實……」許星洲無措地說：「我都是當糖片吃的，可以緩解我的情緒，現在基本就是小糖片了。」

姚阿姨嘆了口氣道：「……好了就好。」

然後她從隨身背的書包中摸出盒水果硬糖，遞給了許星洲。

「請妳吃點糖，」姚阿姨溫柔笑道：「我平時帶的，很好吃，小妹妹，我每次吃完心情都會變好。」

下午時，趙姐去整理入庫的圖書，便把許星洲和柳丘從自習室叫了回來，讓她們在借閱臺值班。

那時明亮璀璨的光線又落了下來，許星洲在柳丘學姐旁邊，攤開了西班牙語參考書。

柳丘學姐畢竟是公衛出身，又在CDC浸淫了大半年，職業病不是蓋的，她坐下的第一件事就是用小抹布把借閱臺擦了一遍。

許星洲想了一下，開口問：「學姐，那個姚汝君阿姨，是不是經常來呀？」

柳丘學姐愣了下道：「是。不過週末有時候不來，其他時候風雨無阻。那個阿姨人很好。妳見過了嗎？」

許星洲點點頭。

「姚阿姨很厲害的，」柳丘學姐一邊拿自己的書一邊道：「今年都四十多歲了，在準備考博。我之前有次很難受，不知道自己的決定對不對，還是她鼓勵了我。」

許星洲突然極為好奇，那個姚汝君阿姨會有一個怎樣的家庭。

究竟是怎樣的家庭，才能支撐起那樣的女人？

那一定是她的後盾和軟肋吧。

畢竟阿姨看起來那麼溫柔，有一種不諳世事卻又被浸淫已久的柔和，可又能做出這樣瘋狂而赤誠的決定，彷彿一輩子都能追隨自己想要的一切。

許星洲覺得有點羨慕，又低下頭去複習。

自學語言還是挺困難的，就算同為印歐語系。許星洲英語底子其實相當不錯，但是在學習西班牙語方面……只有個英語的底子，簡直毫無進展。

許星洲一邊頭疼地糾結為什麼西語破詞性還要分陰陽，一邊想起自己還誇下海口以後要幫秦渡當翻譯——當個屁股，許星洲一邊糾結 personas 和 gente 的區別，一邊看著課後習題發愁。

這都是什麼鳥東西……可是不學會的話，以後真的非常難辦啊……厥詞都放出去了……

許星洲頭疼地用紅筆在文法上畫了個圈圈，標了個星號，打算回去問西語系的熟人，她還沒來得及看下一個重點，一大包書又「咚」一下子，擲地有聲地落在了她面前。

許星洲：「……」

還是大部頭，裡面卻夾著一本言情小說。許星洲抬起頭，看見來借書的人正是姚阿姨。阿姨站在陽光下，她臉有點紅紅的，似乎有點羞澀，對許星洲幾不可察地打了個招呼。

許星洲笑咪咪地應了：「阿姨好。」

姚阿姨耳根仍緋紅，忍俊不禁地道：「小妹妹，妳好呀。」

許星洲眼睛笑成了小月牙，因為喜歡這個阿姨所以語氣都特別甜，拿著條碼掃描器甜甜地說：「今天也挺開心的——阿姨今天也借了好多書耶，稍微等一下喲。」

姚阿姨今天借的書不算很多，只是厚。

許星洲將書一本本掃了，突然聽到姚阿姨說：「小妹妹，妳在學西班牙語嗎？這個地方……複數的不定冠詞，在個數模糊的情況下，通常是省略的。」

「比如這個 unos，」姚阿姨指著許星洲記的筆記，耐心地教她：「在妳想表達：我不知道想要幾個西瓜時，就可以不加。」

許星洲：「嗚……嗚哇……」

許星洲心裡敬佩之情都要溢出來了，眼睛裡滿是星星：「阿姨妳還會西班牙語！」

姚阿姨不好意思道：「還行吧，十幾年前在劍橋讀書的時候，稍微旁聽過一兩節。」

居然是劍橋的學生……許星洲簡直想把姚阿姨當成新偶像來崇拜，姚阿姨又低頭看了看許星洲的參考書，將許星洲標了三角形的地方提了提。

許星洲簡直要拜在姚阿姨的石榴裙下了。

「阿姨妳太厲害了！」許星洲眼睛亮晶晶地道：「我宣布我崇拜妳！」

姚阿姨噗哧笑了出來。

「別崇拜我，」姚阿姨忍俊不禁道：「不厲害的，只會點皮毛。」

姚阿姨想了想，又溫和地說：「阿姨是跟著自己兒子學的，水準被兒子吊著打呢。」

『那個阿姨看起來明明那麼年輕。』許星洲啪嘰啪嘰傳訊息給程雁：『我還以為她兒子還很小呢，或者是頂客族也有可能，結果阿姨告訴我，她兒子都快大學畢業了。』

程雁回道：『奔五的年紀，看起來跟奔四的一樣。』

許星洲微一思索：『所以女人要好好保養。』

然後她將手機收了起來，蜷縮在沙發上。

晚上八點，秦渡在樓上換衣服，許星洲躺在沙發上刷購物軟體，想看看二十歲生日買點什麼給自己。

程雁傳來訊息：『粥寶，妳看看這件衣服怎麼樣？』

許星洲覺得還行，一邊把香薰燈加進購物車一邊回覆：『……這個土黃色不好看，玫紅還行。』

程雁哦了一聲，沒了下文。

秦渡老早就買了香薰燈，但是這位直男許久沒用，許星洲總覺得味道怪怪的——加上許星洲也不太喜歡他買的那堆精油，便又往購物車裡添了兩三瓶清淡微辛的香氛精油。

許星洲將最後一瓶檸檬香茅精油加進購物車時，購物車滿了。

許星洲：「……」

這大概就是女大學生吧，許星洲內心盤算，一個月兩千的生活費，又想出去玩又想出去浪，還想買衣服，購物車能放到失效，想買又買不起的東西堆滿了購物車……什麼時候才能工作，許星洲撓了撓頭，就聽到了秦渡走下了樓梯。

他換了件寬鬆短袖，彷彿是要下樓扔個垃圾似的，對許星洲道：「我出個門。」

許星洲趴在沙發上，笑咪咪地賣乖：「出門呀，師兄不帶我嗎？」

秦渡：「……」

「帶妳幹嘛？」秦渡走上前來，戳戳許星洲說：「場合不對，沒人帶女朋友。我朋友叫我，都好幾個月沒和他們聚聚了，我晚上回來晚的話就自己睡覺。」

許星洲：「……」

許星洲有點憋。

秦渡又伸手在她頭上揉了揉道：「都是從小玩到大的朋友，白天沒時間和他們聚，到了跟妳報平安。」

許星洲聽他的話都說到了這分上，就點了點頭。

「嗯，」許星洲乖乖地說：「我晚上睡前也會跟你說的。」

秦渡俯下身，與許星洲親昵地抵了抵鼻尖，溫柔道：「——我家星洲好乖啊。」

許星洲眨了眨有點不舒服的眼睛，想親秦師兄一下，但是秦渡似乎沒有意識到這件事，接著就拎著外套，站起了身。

他好像很急著出門。

仲夏夜風聲蕭索而空曠，客廳裡只孤零零地亮著樹枝燈，許星洲剛想送送師兄，就聽見了門口傳來啪嗒一聲關門的聲音。

——秦渡走了。

師兄到底去做什麼了呢？

許星洲告訴自己，他應該只是去看朋友了。

過了一下，許星洲覺得不開心，就從書包裡翻出白天時姚阿姨送她的糖，那是被白紙包著的、燙著金的包裝，看不清裡面的糖果是什麼顏色，也看不出是什麼味道。

許星洲覺得包裝太好看了，捨不得破壞，又把那包糖放回了包裡。

上午十點，自習室窗明几淨，陽光沿著地磚淌過。

紙味和油墨味在空中彌散，落地玻璃窗外，仍是個萬里晴空的好天。

梧桐枝葉間擠落陽光，猶如落在黑夜中的熔金，許星洲坐在窗前的長桌旁，一邊咬著筆尖一邊看小說，兩本雅思和西班牙語堆在一旁。

「星洲？」一個溫柔的聲音問：「有人嗎？」

許星洲微微一愣，回過頭一看，姚阿姨這次抱著兩本書，站在她的身邊。

許星洲簡直嚇了一跳：「沒人的……但是阿姨妳是怎麼知道……」

她捫心自問，沒有對姚阿姨介紹過自己，但是姚阿姨喊名字卻喊得特別自然，好像已經認識她很久了似的——況且許星洲是暑期兼職，連名牌都沒配下來，這名字是能從哪裡知道的呢？

難道姚阿姨認識我？許星洲奇怪地想，但是她怎麼回憶，都找不出記憶中姚阿姨的影子。

畢竟姚汝君阿姨這人實在是太有特點了，她就算一句話都不說，站在人群裡，都相當惹人注目——許星洲不可能見過她卻不認識，更不可能認不出來。

因此這個阿姨知道許星洲的名字，實在是太奇怪了。

然而，姚阿姨卻指了指她書上用油性筆寫的「許星洲」三個大字，和下面加粗描了三遍的電話號碼，溫和地詢問：「這不是妳的名字嗎？」

許星洲：「……」

許星洲包裡一塌糊塗，條理為零：高中時她有自己的課桌還好，上大學變成了流動教室，許星洲的課本不見了好幾次，每次都求爺爺告奶奶地在班群求助，後來就養成了每拿到一本課本都要加粗寫名字的習慣。

原來是從這裡知道的，許星洲立刻道：「啊，是我是我——阿姨好！」

姚阿姨落了座，溫和地道：「姚汝君。星洲妳叫我姚阿姨就ＯＫ。」

許星洲開心地點了點頭，和姚阿姨坐在了一起。

那時，許星洲其實已經和姚阿姨一起自習好幾天了。

姚阿姨好像也很喜歡這個陽光燦爛的「小朋友」，許星洲每次出去買水買點心都會帶一份給姚阿姨，姚阿姨喜歡喝美式咖啡，中午在外面吃完飯回來，還會帶一杯星巴克給許星洲。

許星洲幾乎每天中午都和秦渡一起吃飯，回來時就會看到桌上一杯細心去了冰的紅茶拿鐵。

姚阿姨會趴在桌上睡午覺，平時念書效率也特別高，許星洲簡直覺得像是另一個秦渡一般——不同之處在於秦渡是極其有目的性的效率，而姚阿姨卻不然。

她來這裡分明是為了考博士，可是複習時根本不會看任何必考課本，甚至連習題都沒有，就是每天啃不同種類的大部頭，遇到她認為重要的地方就記下筆記，甚至有時還會帶一些她列印的近年方向論文來，一邊聚精會神地看論文一邊啃許星洲買的小餅乾。

許星洲感覺，阿姨好像，比她還能吃……

許星洲將小說夾上書籤，放在旁邊，一攤開西班牙語，就想起秦渡夜夜笙歌……

許星洲：「……」

許星洲心塞地心想明明我都要過生日了呀，秦渡大概新鮮感也過了，顯然已經不打算把自己當回事——男人真的都是大豬蹄子，泡到手就不管了！許星洲不禁懷念起住院時和鄧奶奶罵男人的盛況。

簡直……無法複習，糟心哦。

許星洲挫敗地嘆了口氣，擰開水杯，有點彆扭性質的，打算在秦渡提醒自己之前就吃藥。然而下一秒姚汝君阿姨就開了口：「星洲，妳的藥應該是半個小時之後再吃。」

許星洲：「……」

姚阿姨提醒時連頭都沒抬——彷彿記住「小朋友」的服藥時間只是一件再普通不過的事，接著又低頭去忙自己的了。

秦渡也是這樣。

這兩個人居然有點像，許星洲欲哭無淚地想起秦渡連續好幾天晚上都一兩點才回家，簡直覺得自己像個棄婦。

天氣這麼好，許星洲腦袋上炸起兩根毛，好想和程雁一起去隔壁大學學生餐廳喝下午茶哦。

那一瞬間——

「星洲，」姚阿姨開口，溫暖地道：「心情不好的話，阿姨請妳喝下午茶怎麼樣呀？」

「星洲，不吃嗎？」姚阿姨溫和地道：「我聽說小女生都喜歡吃這種小蛋糕。」

許星洲本來以為姚阿姨說的請喝下午茶，頂多就是在附近買一杯飲料，或者一起去吃個鬆餅，結果姚阿姨居然是真的十分認真地請她去了一家店名是法文的、外灘旁邊的、裝潢精緻的江景餐廳。

看起來，挺貴的。

江水滔滔，窗外黃浦江波光粼粼，渡船穿過江面，東方明珠掩在一層細薄的霧裡。

許星洲道了謝，接過那個抹了奶油和果醬的司康。

「這個地方我經常來。」阿姨溫和笑道：「司康很正宗，下午茶裡的紅絲絨蛋糕也不錯，妳等等也嘗嘗。我老公在附近工作，我經常來找他。」

許星洲拿著司康笑道：「感覺好好吃的樣子呀。阿姨和叔叔一定也挺幸福的。」

姚阿姨溫和道：「也還行……過得去的家庭。」

許星洲笑咪咪地拍馬屁：「肯定不只是過得去呀。」

「阿姨妳到現在都可以好好念書，」許星洲開心地用紙巾捏著司康，對姚阿姨說：「我說實話，能做出這種決定，一定是因為有很堅實的後盾。否則在二十歲出頭的年紀，就要面對很大的壓力了。」

姚阿姨一愣：「……嗯？」

許星洲說：「我覺得，二十歲出頭就是一個脫離家庭的年紀。」

「二十歲出頭就要考慮賺錢養家的事情，」許星洲說：「要知道學費是從哪裡來的，自己管自己，以往被父母保護的壁壘被打破，自己得知道養活自己要多少錢；要明白和收瓦斯及收水電費的人要隔著防盜門，變得有顧慮，被騙過，一切的選擇都開始變得謹小慎微，在意外界的眼光。」

姚阿姨點了點頭。

許星洲莞爾道：「所以您能做出這樣瘋狂的決定，是因為您在這時候，也擁有了家庭的後盾。」

「……是，」姚阿姨不好意思地撓了撓頭：「我本身就很喜歡學一些雜七雜八的……從剛結婚的時候開始，他就很支持我，哪怕我想出國遊學，他都沒有說過半個不字。」

然後姚阿姨又說：「星洲，妳看樣子比我兒子年紀還小，怎麼好像經歷過那些事情？」

許星洲想了想，說：「……阿姨，我從小，身邊就沒有父母。」

她說著小小地啃了一口司康，葡萄乾配著堅實柔軟的、浸透奶油的麵包，簡直是幸福的味道。

「我父母離婚之後，沒有人要我，」許星洲平靜而認真地道：「所以我和奶奶一起長大，兩個人相依為命，我奶奶非常愛我。但是在我國中的時候，連我奶奶都去世了。」

姚阿姨似乎愣住了。

然後許星洲在清澄的天光之中，溫和笑道：「——我花了很久，才走出來。」

「可是我還是走出了死胡同。我在很多人的幫助下學會了怎麼讀煤氣表，學會了怎麼洗衣服，明白一個人在一個地方生活到底要花多少錢。」許星洲望著遠處滔滔的江水說。

「我不敢說我已經被現實蹂躪過。」

「可是我知道，無論是我嚮往的未來，還是阿姨妳正在前往的未來，」許星洲笑著去叉了一塊紅絲絨：「都是需要跨越現實的壁壘的。」

許星洲將紅絲絨蛋糕放在自己的盤子裡，說：「但是，阿姨，正是我們有這樣的未來可以嚮往，生活才會這麼美好。」

姚阿姨沉默了許久，道：「……妳說得對。」

然後她伸出了手，溫柔地在許星洲的額頭上輕輕揉了揉。

江風吹過粼粼長河，白鴿沿風穿長江。餐桌上的百合花盛開，許星洲被風吹起了頭髮，額間是姚阿姨溫暖柔軟的手掌，她中指的婚戒硌在女孩的髮間。

——許星洲依稀之間有種朦朧的感覺：這件事曾經發生過。

可是許星洲還沒來得及深思，姚阿姨就收回了手，溫柔笑道：「快吃吧，阿姨覺得心情不好的時候，吃甜點最有效果了。」

陽光穿破雲層，落在許星洲面前的蛋糕上。許星洲對著姚阿姨甜甜一笑，用叉子叉了一小塊，放進了嘴裡。

紅絲絨奶味香濃，入口即化。

江上水霧潮濕，許星洲剛想讚揚一下蛋糕，姚阿姨就開了口。

「星洲，」姚阿姨一邊切司康一邊揶揄道：「妳別看我老公很省心，可是都是表面光鮮。」

許星洲：「哎？」

姚阿姨促狹地道：「……我還有個不省心的兒子呢。」

姚阿姨與許星洲聊了一下午的家常。

按她的話來說，她就是完全沒有賺錢養家的壓力，所以想幹嘛就幹嘛。

「我老公啊？他在他們公司地位還挺高的，」姚阿姨笑道：「公司財務條件也好，從來不拖欠薪水，家裡條件還不錯，他又挺寵我，阿姨想做什麼都好說。」

許星洲聞言羨慕之情溢於言表：「阿姨妳真的是人生贏家劇本！我男朋友就不行！他對我特別小氣！」

姚阿姨促狹地道：「啊——這樣啊，男人小氣可不行。」

姚阿姨又嚴謹地說：「回頭阿姨就教妳怎麼對付男人，保證順得服服帖帖。這都是有方法的。」

許星洲：「……」

人家真的什麼都會！十九歲少不經事的許星洲，簡直想把姚阿姨當成人生導師。

這也太厲害了吧！

「可是，之前也有姐姐主動教我，結果我學了半天也學不會。」許星洲坦白完撓了撓頭，又有點羨慕地問：「阿姨，能不能偷偷問一下，在上海得賺到多少錢才能隨心所欲呀？」

姚阿姨思考了一下，對許星洲比劃了一個數字。

許星洲：「……」

許星洲看到數字眼前冒圈圈：「這、這都是幾位數……」

姚阿姨喝了口咖啡，篤定地說：「不難的。阿姨保證教會妳。」

許星洲怎麼想都覺得自己搞不定秦渡，秦師兄蔫壞蔫壞的，而且總有種如果許星洲不工作的話會鋼刀架頸逼她出去工作的意思……許星洲考慮了一下，又覺得秦渡的新鮮感也過了，還是覺得自己搞不定他。

於是許星洲理智地說：「算了，阿姨，我覺得我不是個能和男朋友談地位的條件。」

姚阿姨：「……」

姚阿姨難以理解地說：「星洲？妳……」

許星洲不忍心往下細說，又急忙轉移話題道：「阿姨，妳為什麼複習考博，從來不看必考書目呀？」

姚阿姨一愣：「啊？」

「就是……」許星洲覺得自己轉移話題轉移得太明顯了，有點不太好意思地撓了撓頭：「就是，我覺得……考博的話，不是都有專業參考書目嗎，一般也不會超過十本的，就覺得阿姨妳每天都在看一些和考試沒有關係的書……」

姚阿姨笑道：「嗯？」

姚阿姨說：「我複習的沒什麼針對性是嗎？」

許星洲肅然地點了點頭。

「這個問題呢。」姚阿姨溫柔地解釋道：「是功利與否的問題。如果讓我去背必考書目的話，其實我說背也就背下來了，想通過考試也簡單。」

許星洲：「對呀，我們考試也都是這樣的……」

「不只你們，所有人考試的時候都是這樣的，」姚阿姨笑道：「為了考試成績，大家去背重點，不在意到底有沒有學會，只要成績出來好看就好了。這是一件極其功利性的事情——阿姨複習也是很功利的，但是功利的點和你們不同。」

許星洲：「哎？」

「阿姨認為，考上博士之前複習的重點，」姚阿姨喝了口咖啡道：「在於學會自己想學的東西。阿姨享受『學會』這件事，而不是『成績』。就好像我們來這裡喝下午茶，是阿姨為了讓妳高興起來，而不是為了拍照發文一樣。」

許星洲笑了起來，接了那句話：「——我明白了，也好像我出去旅遊，出去攀岩，是為了享受它本身的樂趣，而不是為了在談話間多一項談資一樣。」

——這才是剝去了所有外在誘惑的、對知識和未知的，最赤誠的追求。

許星洲太喜歡姚阿姨了，這個阿姨身上幾乎有著許星洲所有崇拜的特質，她溫柔而知性，卻又能開得起玩笑，談吐間涵養得當，不諳世事卻又對世間看得通透，猶如歷經一切的赤子。

姚阿姨看著許星洲的眼神，也笑了起來，隨手摘了自己的金邊眼鏡，揉了揉眉心。

「妳怎麼這麼可愛呀？」姚阿姨開玩笑地在許星洲頭頂摸了摸：「搞得阿姨都想把兒子丟掉了。」

許星洲只覺得這個動作和秦渡的有點像，可是許星洲接著就告訴自己，應該是自己的錯覺。

世界哪能這麼小呢？哪能因為一個小動作就懷疑她可能是秦師兄的親戚呢？

何況許星洲想起秦渡的家裡，還是挺害怕的。

……她知道秦渡的媽媽曾經在自己發病時見過自己，而秦師兄甚至從來沒就那次見面表過態，只讓許星洲別多想，其餘的由他來負責。這句話的意思顯然是——他媽媽對許星洲不是很滿意。

許星洲對自己的家庭和自己的精神狀態，其實還是充滿了自卑。

誰會擁有姚阿姨這樣的家人呢，許星洲有點羨慕地想。

不如說，到底誰能幸運致斯，擁有姚阿姨這樣的家庭呢。

包容又溫暖，智慧而柔情萬丈，卻又能放手，令每個人自由。

第二十三章　那些所盼望的

那天下午，許星洲下班後背著自己的參考書跑到ＳＩＩＺ中心去等秦渡下班。

那時候，保全輪班的三個大叔和前臺的四五個小姐姐都認識她了。

許星洲這種小太陽性格跑到哪裡都招人喜歡，前臺小姐姐們甚至還偷偷挖資本主義牆角，把拿來招待來賓的芝麻小餅乾塞給實習生的女朋友吃。

「大學真好呀，」前臺小姐姐又抓了兩把水果硬糖給許星洲：「天天來接下班，真羨慕妳男朋友哦。」

許星洲想起秦渡夜不歸宿，又道：「可是，男人都是大豬蹄子。」

前臺小姐姐嘀咕：「話不能這麼說，我覺得妳男朋友也很好啦，長得好帥。」

許星洲糾結地思考片刻，誠實地說：「是吧，我後來又想了很久，要不是長得帥，我也上不了他的賊船。」

前臺姐姐哈哈大笑，把那兩把硬糖裝進小紙袋裡，塞給了許星洲。

許星洲：「姐姐，這麼多糖！會蛀牙的……」

前臺姐姐說：「可以去分給幼稚園小朋友……」

前臺小姐姐話還沒說完，就眼尖地看見電梯口走出來了一行人——那些人顯然掌握著生殺大權，因為她立刻把許星洲往諮詢臺後一拽，掩蓋了自己蹺班和小女生聊天的事實。

許星洲的頭髮都被前臺姐姐拽飛了，在諮詢臺後躲著，好奇地看著那一行人，大多西裝革履，其中為首的中年男人極為成熟有韻味，穿著剪裁合身的藏藍襯衫和細色領帶，身材稜角分明，領帶夾銀光一閃。

許星洲暗戳戳地問：「姐姐，那都是什麼人呀？」

「世中的董事們。」前臺姐姐小聲說：「今天開董事會，應該剛開完，現在秦董事長送他們出門……」

董事們！是你！是傳說中的董事會！

許星洲立即好奇地探出頭，沒看清為首的秦董事長究竟長得怎樣，只看到他送那群人出去了。

大理石地板映著夕陽如火，晃得許星洲眼花，許星洲也不敢明目張膽地看秦董事長。

……萬一秦渡爸爸調查過自己怎麼辦，一眼認出來豈不是非常尷尬，會不會找人把自己轟出去？不對應該不會轟出去……

許星洲沒什麼想嫁豪門的想法，但是特別怕收到兩千萬支票。

和秦師兄談戀愛真的太可怕了！許星洲想起小時候看的《流星花園》，梳了梳自己的長髮，覺得自己都被嚇掉了幾根毛。

前臺小姐姐又偷偷告訴她：「我之前聽說我們公司最年輕的董事……也就是總裁他親兒子，就是你們F大在讀生，長得還挺帥。」

許星洲說：「我其實認識他，他平時挺小氣的……」

前臺小姐姐嘀咕：「也小氣嗎，那大概是家族遺傳……」

許星洲在背後diss了半天夜不歸宿的秦師兄，終於心理平衡了些許，隨後看了手錶一眼。

日薄西山，鋼筋結構在大理石地板上投出花紋，石英錶指向五點五十，秦渡下班的時間還算準時，一般五點多就出來了。

前臺小姐姐一愣：「妳男朋友今天怎麼這麼慢？都快六點了啊。」

許星洲小小聲：「難道加班……」

保全大叔似乎也覺得許星洲等的時間太久了些，主動對許星洲道：「小妹妹，老總也走了，下班的人也走得差不多了。」

「——妳想上去看看的話，我可以帶妳。」

六點十分。

秦渡還是沒回訊息，許星洲只當他在加班，跟著保全上了秦渡辦公的六樓。

保全叔叔還要巡視樓層，幫許星洲刷了一下卡，許星洲推開他們部門的辦公區域大門——裡面開著空調，燈都關了。

整個部門似乎都走了個精光，光線頗黑，只有一處的燈還亮著，是個頂著雞窩的女孩踩著拖鞋在加班。

許星洲：「……」

許星洲拽著自己的小包，小心翼翼地問：「……是、是都下班了嗎？」

那個女孩蹲在凳子上，一愣，答道：「對，都走了。妳來找人嗎？」

「我……」許星洲不好意思道：「我來找秦渡，今年新進來的實習生，我是他女朋友，等他下班結果沒有等到。」

那女孩一努嘴說：「小秦？他的辦公桌在那裡。他應該是去現場了，等不到的，趁現在快回去吧。」

許星洲：「……」

然後那女孩又轉回去繼續加班，許星洲聽到自己的手機叮地一聲響，來了新的訊息。

——是秦渡。

秦渡在通訊軟體說：『我靠……妳今天都等。我今天在現場，等等幾個哥們兒還約我出去喝一杯，許星洲妳回家沒有？』

許星洲那一瞬間有種說不出是難過還是酸楚的情緒，她又強行壓了下去，回覆：『還沒有。』

秦渡秒回：『要不要我去接？』

許星洲暫時將手機放進了口袋裡。

她懷著一絲希冀，想看看他有沒有幫自己的二十歲生日準備什麼東西——許星洲覺得應該會有的吧，畢竟就是幾天之後，可能禮物都買好了，只是藏著。

畢竟家裡是真的沒有……許星洲有點羞愧地想起自己把家裡翻了個底朝天，連半點痕跡都沒找到，而秦渡極其兩點一線，因此如果有禮物的話，肯定就是在辦公室裡了。

只剩幾天了，禮物應該已經買好了才對。

許星洲走到秦渡的辦公桌前。這位世中集團最年輕的董事的位置和普通實習生無異，連半點特殊待遇都沒有，甚至靠著最鬧騰的走廊。他辦公桌上只有一個樸素馬克杯，和他辦公用的 Windows 筆電，文書和資料夾按用途分門別類。

許星洲讓他帶來的虹之玉被擺在小架子上，看樣子也按時澆水了——上面貼著米黃便利貼，寫著：七月八日待辦事項，並且一個個都打上了勾，全做完了。

——毫無特殊之處。

許星洲懷著「我如果發現驚喜到時候也不會告訴他的」心理，悄悄翻了翻他的辦公桌，又看了看他的抽屜。可是一無所獲，他的抽屜無一落鎖，打開之後裡面也只是他午休用的頸枕和眼罩，還有兩盒提神補充能量的牛奶巧克力。

許星洲：「……」

許星洲覺得有點難過，掏出手機，回覆秦渡：『不用接了吧。太麻煩，我自己搭計程車回家。』

秦渡連推辭都沒有，立刻乾脆地道：『行，上車之後拍車牌號碼傳給我。』

許星洲看著那則訊息沉默了一下，嘆了口氣，喃喃自語：「果然……也是大豬蹄子啊。」

然後許星洲抱著自己的包，坐在了秦渡的辦公椅之中。

天花板上一片玫瑰般的光，辦公大樓落地窗外客機轟鳴掠過天穹，奔赴虹橋或是浦東機場，那些飛機將帶來歸家或是暫時停駐的人們。

許星洲看了他們一下，又想起秦渡欠自己的東西。

師兄應該……都忘了吧。

就算記得，也只會覺得是小題大做。

許星洲呆呆地看著天花板上的玫瑰色暗淡下去，又小聲安慰自己，秦渡的生日驚喜說不定在別處。

接著，許星洲突然發現，秦渡桌上白紙黑字的A4紙堆裡，似乎夾著一本薄薄的、色彩繽紛的東西。

許星洲一愣，在逐漸暗淡的光線中，將那本書拿了出來。

那是一本色彩繽紛的童話書——《七色花》。

許星洲迷惑地一翻，發現真的是她小時候看的童話故事，叫珍妮的女孩得到有魔力的七色花朵，去了北極又回家，最後治好了瘸腿男孩的雙腿。

他上班摸魚就看這個？許星洲撓了撓頭，有點好奇秦渡平時的精神世界，就把他的辦公桌粗略掃了一遍。

這一掃就不得了了，許星洲在他書架上找到了《灰姑娘》、《魔髮奇緣》甚至還有《美女與野獸》的童話書，這些女孩子人手一套必備的童話故事居然在秦渡桌上，許星洲那一瞬間都有點懷疑人生。

他看這個幹嘛？

不過秦渡確實也不是什麼正經人……說不定他只是想看看而已。

許星洲滿頭霧水，又把這堆莫名其妙的童話繪本原路塞了回去，接著就聽到門吱呀一聲開了，保全大叔探頭進來道：「小妹妹，找到沒有？沒找到就走吧。」

許星洲委屈地回答：「……沒找到。他先下班溜了。」

保全大叔一攤手：「沒找到那就走吧？帶妳下去。」

許星洲查了一下回家的路線。

上海的計程車真的很貴，起步價就十四元，一公里兩塊四，等候還要按分鐘算，大學生最好別滿腦子歪門邪道坐計程車，還是學會運用好校門口的大眾運輸才是正途。許星洲雖然和秦渡說等等自己搭計程車回家，但是一出門估算了一下距離，還是公車划算多了。

保全大叔送她出了門，許星洲笑著和大叔揮了揮手，跑到了公車站。

她抱著自己的包上了公車。

下班尖峰時段還沒過，公車還有點擠，許星洲讓了個座給放學的穿校服小朋友，拽著吊環，掏出手機，才看見秦渡傳的一長串訊息。

秦渡：『上車沒有？』

過了一下，秦渡又傳來一則：『？訊號不好？』

過了沒幾分鐘，秦渡又傳來了個問號。

簡直咄咄逼人，一看就是發號施令慣了的混蛋。

許星洲嘆了口氣，回覆他：『上車了，七點半之前能到家。』

秦渡應該是守在手機旁邊，這次立刻回了個語音。

許星洲連上耳機，點開一聽，秦渡的背景音相當嘈雜，彷彿還有不少人說外語。他模模糊糊地說：『到家和我說一聲，剛剛差點擔心死了。我今晚回家大概也得一點之後，這裡還在忙……』

然後，語音戛然而止。

許星洲：「……」

……今天，師兄也是一點回家呀。

許星洲難受地將腦袋抵在了自己的手臂上，夕陽從樹縫裡閃過，金黃又冷酷地映著她的耳尖。

許星洲聽著旁邊的阿姨交談孩子的教育，她們用上海話聊著輔導班，有人在打電話給妻子，有人在談生意。

許星洲將包往前拽了拽，摟在了身前。

她一向是不過生日的。她的奶奶歷來覺得生日沒什麼好過的，平時也就是煮個長壽麵而已。許星洲有過並不幸福的童年，只在十歲的生日收到了奶奶的蛋糕和禮物。她的青少年時期也過得坎坷顛沛，自從奶奶走後，連唯一的長壽麵都沒了。

從十四歲到十九歲都是在家裡過的，她的生日就在尷尬的暑假正中間，她收完禮物和同學們的祝福，可是連家都不願意回。

明明，生日應該是被全世界祝福的。

那不只是生她的人受難的日子，那對許星洲來說，就是唯一。

她在二十年前的、七月的那天來到了自己如此熱愛的世上，儘管磨難重重，卻不曾辜負過半分自己的人生。

師兄應該不會忘記吧，許星洲在公車的報站聲中想。畢竟人一輩子也只有一次二十歲而已。

那是真正的成人禮。

——那是和十九歲的分界線，開啟著許星洲和社會接觸的二十歲。

標誌著，許星洲不再是少年的年紀。

「——給妳的，芒果千層。」

靜謐被打破的瞬間，姚阿姨正從書包裡摸出小盒子，遞給許星洲。

許星洲昨晚睡得不太好，聞言先是一怔，而後看見了那個裝在保鮮盒裡的小千層蛋糕：它做得極其精緻，上面還綴著奶油與薄荷葉，大塊芒果擠著鮮奶油與薄千層，彷彿是人間美味。

「我家阿姨做的。」姚阿姨和善地道：「還有草莓的。我覺得看起來不錯，帶了一盒給妳，星洲妳嘗嘗看？」

許星洲頂著小黑眼圈，乖乖道了謝。

姚阿姨好玩地道：「星洲，昨晚沒睡好呀？」

許星洲小聲道：「昨晚等男朋友……也沒等到，就一不小心睡著了。」

許星洲以前是個熬夜大王，熬到三點都是常事，然而復發之後藥物所致，十一點多就要睡覺了——否則精神不濟，可是她沒有秦渡又睡不太好。

昨天晚上許星洲差不多熬到了一點半，沒等到夜不歸宿的人，就在秦渡床上睡著了。

她早上八點還要上班，而工作狂秦渡早上七點就會把她叫起床，許星洲睏得哈欠連連，整個人都不好了。生日越臨近，秦渡回家的時間越晚，許星洲也不知道他晚上有沒有出去勾搭別人。

許星洲昨晚還夢見秦渡在夢裡嫌她胸小，許星洲和他表白他都沒接受——最後他和一個胸超大的、長得和橋本X奈一樣的日本女明星交往了。

他家那麼有錢，泡個日本女星還不在話下。

許星洲晚上惡夢加作息不規律，此時睏得要命，打個了哈欠，收下了姚阿姨賄賂她的小點心，乖乖道了謝。

「星洲，我家阿姨做飯超好吃的哦。」姚阿姨笑道：「我挑阿姨的時候挑了好久呢，八大菜系都做得來。」

許星洲打著哈欠說：「我家都沒……哈嗚……沒有阿姨喔……」

她睏得眼淚都出來了。

姚阿姨看了許星洲片刻，突然道：「看妳這幾天都不是很高興，妳男朋友是不是惹妳生氣了？」

許星洲：「……」

許星洲挫敗地，砰地一聲栽進了書裡。

「是。」許星洲不無委屈地道：「男人是一到夏天就浪嗎？春天的時候還好好的。昨天是他哥們兒打電話告訴我他在外面被堵住了，前天是他上司打電話說他有應酬，話說回來了實習生能有什麼應酬啊！結果今天早上一大早連他學弟都來湊熱鬧了。」

姚阿姨饒有趣味地道：「學弟？怎麼說？」

許星洲：「——說他們課題組約熬夜念書，數學系還有這種愛好？」

姚阿姨：「……」

姚阿姨表情有一點漂移，片刻後認真安慰道：「……有、有過的好像，我讀大學的時候就和學弟約過。」

「阿姨，」許星洲奄奄一息地擺擺手：「妳撒謊水準真的很爛。」

姚阿姨：「……」

許星洲悻悻道：「男人都是大豬蹄子。」

姚阿姨噗哧笑了起來，把蛋糕盒子打開，舀了一湯匙餵給許星洲，許星洲簡直像是在被媽媽餵飯似的，蛋糕被餵到嘴邊，就乖乖咬了一口。

「好乖呀，」姚阿姨笑咪咪地說：「阿姨以前從來沒想過要女兒，看到妳這樣的，突然覺得養女兒也不錯。」

許星洲甜甜道：「阿姨這樣的，一定也是好媽媽。」

姚阿姨笑咪咪地點點許星洲的鼻尖，說：「是呀，小朋友小嘴好甜。」

許星洲就笑了起來。

今天天氣總帶著些要下雨的模樣，許星洲在昏暗的天光中，揉了揉眼睛，說：「……他之前很疼我的。」

姚阿姨：「……」

「疼妳說不定是過去式了呢？星洲，阿姨家條件很好的，」姚阿姨有點促狹地說：「養的兒子壞是壞了點，但是能力也挺優秀。雖然毛病也不少，但是勝在像他爸，會疼人。星洲要不然甩了妳男朋友，阿姨把自己的兒子介紹給妳？」

許星洲：「……」

姚汝君阿姨笑咪咪地道：「我兒子年齡也合適，長得可帥了，個子一百八十多呢。」

許星洲揉了揉睏出眼淚的眼睛。

姚阿姨笑道：「讓妳當阿姨的女兒是沒轍了，不爭氣，生不出來妳這種女兒，要不然來試試當阿姨的兒媳婦？」

許星洲哈哈大笑，只當姚阿姨是開玩笑的。

「我可不行，」許星洲笑著說：「阿姨，我配不上的。」

姚阿姨一愣，茫然道：「哪能配不上呢……」

許星洲那一瞬間，突然覺得姚阿姨似乎有些難過。

哪能配得上呢，許星洲簡直覺得姚阿姨像別有用心。

姚阿姨看著許星洲，半天伸手在她頭上摸了摸，說：「……可是，妳是個好孩子。」

那天晚上，秦渡仍晚歸。

昏昏天雨穿過城市，淅淅瀝瀝地下著雨，許星洲一個人窩在沙發上打遊戲。雨水劈里啪啦地落在露臺上，砸在秦渡這所房子的裝潢非常的黑而冷淡，近九十坪的樓中樓此時只有許星洲一個人，空曠而冰冷，許星洲裹著毯子都有些害怕。

許星洲慣常獨處，對這種場合非常有經驗，將樓上樓下所有的燈都打開，裝作這房子裡到處都有人，又鑽回毯子裡，繼續打遊戲。

許星洲放下手把的那一瞬間，外面閃電破空而過。

許星洲：「……」

閃電將她頭髮絲都映亮了，許星洲從沒在上海度過盛夏，幾乎沒見過這種架勢。畢竟內陸的雷雨不多，只是每年湖北段的長江都會汛一次，瓢潑的大雨連天下，少見這種能將天鑿穿的驚雷。

打雷時要謹慎用電。許星洲趕緊將整個房子裡的燈關了，她關掉最後飯廳的燈時，黑暗裡又是一個閃雷，雷聲轟隆一聲炸響，幾乎是在她耳朵旁邊爆開的。

小時候，她奶奶告訴她雷聲沒什麼可怕的，因為雷只會劈那些做了虧心事的人。

許星洲沒做過虧心事，卻還是蜷縮在被子裡動也不敢動，連電視都不敢開。她也不知道秦渡在忙什麼——她想傳訊息給秦渡說自己害怕，讓他早點回家，卻又不想讓自己看起來像在查崗似的。

被查崗的話，秦師兄可能會覺得很丟臉，很沒面子。

許星洲拽緊了自己的毯子，自己消解情緒。

下一秒，許星洲的手機在黑暗和暴雨聲中亮起。

——是秦渡打來的電話。

許星洲鼻尖都發著酸，手指抖抖地按了接聽。

門外哢噠一聲響，指紋鎖滴地解了鎖。

秦渡那天大概是因為下雨的緣故，回來得特別早，許星洲在黑夜中看了手機一眼，不過就是十一點半——前幾天應該是兩三點鐘回來的。

燈全關著，滿廳黑暗。

許星洲彆彆扭扭地蜷縮在沙發的一角上，那個位置非常討巧，許星洲體格又小，風一吹窗簾就能把她擋得半點不剩。秦渡進門長吁了口氣，將玄關的燈開了。

光穿過眼皮，將皮下血管映得通透，許星洲偷偷睜開眼睛瞄了一下。

他似乎淋了大半個晚上的雨，渾身濕透，回家第一件事就是將衝鋒衣脫了，露出下面穿著背心的身體。

他胸肌腹肌線條性感而陽剛，秦師兄朝樓上張望了一下，大概以為許星洲睡覺了。

接著他咳嗽了兩聲，脫下濕透的背心，現出結實流暢的肌肉。

許星洲似乎看見了一點他的刺青，可是背著光，許星洲只隱約看見了——那刺青極為張揚騷氣。

許星洲：「……」

他似乎累得不行，根本意識不到許星洲在後面偷偷打量他，將背心隨手一扔，進去浴室沖澡了。

這是整個課題組去約念書了？

約念書還要淋雨嗎？

而且為什麼要穿衝鋒衣，這麼熱的天？

許星洲滿頭霧水，滿腹的好奇心一發不可收拾，心裡告訴自己說不定秦渡是去準備小驚喜了，便偷偷拽著小毛毯去翻他脫下來的衣服。

秦渡脫下來的衣服還是熱的，好像在外面幹體力活了，許星洲在他衝鋒衣口袋裡翻了翻，還是什麼都沒找到。

浴室裡傳來嘩嘩的水聲，秦渡洗澡的速度特別快，許星洲唯恐他洗完了，立刻將他的衣服踹回了原處，抱著自己的毛毯縮回了沙發上。

秦渡洗澡確實很快。

大概就是十分鐘的工夫，秦渡就洗完了澡，換了睡褲，哈欠連天地上了樓。

燈火昏暗，雨打芭蕉，盆栽七零八落。

雷電止歇，唯餘天地之間宇宙之中的茫茫落雨。

秦渡打了個哈欠，開了主臥的門，許星洲在窗簾後的沙發上蜷著，滿腦子彆扭地想，他大概連我沒在床上都不知道呢。

新鮮感都過了，誰會喜歡懷裡夾著個人睡。

何況是天天在外面浪，晚上寧可在外面喝酒淋雨都不回來的秦師兄。

許星洲感到了一種惡意的爽感，並且決定，要在自己把這件事想得太深之前睡覺。

這種事情想得太深對自己沒好處，許星洲想。

想深了，容易復發。

可是下一秒，主臥門啰噠一聲被撞開了，秦渡暴躁地衝了出來，在門口環顧一周，咕咚一聲推開了側臥的門。

秦渡喊道：「小師妹？」

許星洲聽見他又將側臥的燈打開，忍著火氣問：「又他媽跑哪去了？」

許星洲：「……」

他進側臥之後，大概是發現床上沒人，連櫃子都啰噠啰噠連續響了五六聲。似乎為了找人，連衣櫥都開了一遍。

秦渡在側臥也沒找到人，似乎急了。

許星洲在黑暗中聽見他慌慌張張下樓的聲音。

許星洲躺的地方並不算很難找，只是沙發的角落，被窗簾遮了大半。秦渡下了樓，這次應該看見她了。

許星洲閉著眼睛裝睡，下一秒，她聽見秦師兄在連綿雨聲中，走了過來。

秦渡赤著腳，走到沙發旁邊，拉開毯子，與許星洲躺在一起，將裝睡的女孩抱在了自己的懷裡。

「怎麼睡在沙發上了？」秦渡低聲問：「會著涼的。」

他說著，將身下壓著的遊戲手把拽了出來，連著他剛拿的車鑰匙一起丟在了地毯上。

許星洲，真的好感動。

可是感動只持續了三秒鐘，因為接著秦渡就在許星洲腦袋上拍了拍，惡意地說：「小師妹妳智商是真的不夠用？」

許星洲：「……」

秦渡又使勁捏了捏許星洲的鼻尖，許星洲被捏得眼淚都要出來了，又礙於裝睡不敢出聲，他惡毒地一邊捏一邊說：「知不知道我差點被妳嚇死了？」

許星洲疼得在心裡嗷嗷叫，心想你是臭傻子嗎！我才不懂——可是她還沒腹誹完，又被啪嘰一聲彈了額頭。

秦渡是不是看準了她現在不會反抗？

許星洲被彈得，閉著眼睛都眼冒金星。

秦渡壓在她身上道：「看到妳不在床上，我第一反應是去摸車鑰匙，妳他媽還不反省一下？還睡得這麼香——」

確實太過分了，許星洲剛感到一絲愧疚，秦渡就惡意地說：「前科一堆就算了，我費這麼大勁，還救回來一個平胸。」

許星洲：「……」

許星洲：「…………」

媽的果然還是不喜歡平胸啊！許星洲簡直惱羞成怒，就算不喜歡，至於人身攻擊嗎！沒有買賣沒有傷害！

秦渡咄咄逼人：「還睡？」

裝睡的許星洲憤怒心想：是可忍孰不可忍我不睡了我這就要和你決一死戰！

可是許星洲還沒來得及反擊——秦渡就將腦袋，埋進了許星洲的頸窩之中。

在沉沉的黑暗之中，唰然的、沖刷世界的大雨裡，秦師兄的姿勢甚至帶著難以言說的溫柔繾綣意味和滿腔刻骨柔情，在許星洲的脖頸間微微磨蹭了一下。

「……不對，還是睡吧，」師兄沙啞道：「小混蛋好不容易才睡著……乖。」

接著，一個溫柔的晚安吻，粗糙地落在了女孩柔軟的唇角上。

申城落雨不止，仲夏蟬鳴止歇，花朵垂下頭顱，詩與歲月四散遠方。

梅子黃時雨，入梅的日子算不上好過，走在外面就是又潮又悶，圖書館裡就算開著空調，也總覺得很潮濕。

許星洲複習累了，就去拿柳丘學姐的書翻著玩。中午時姚阿姨買了星巴克給她們兩個年輕女孩每人一杯——柳丘學姐的是拿鐵，許星洲的是網紅水蜜桃星冰樂。

此時許星洲的星冰樂幾乎都要化了，水流了一桌子。

柳丘學姐打了個哈欠，說：「中午沒吃飯，好餓啊……我等等去買點關東煮……」

許星洲立刻從包裡翻了裝在保鮮盒裡的手工曲奇，殷勤地遞給了柳丘學姐。

柳丘學姐一愣：「從哪裡變出來的？」

「是姚阿姨早上給我的蔓越莓餅乾。」許星洲開心地道：「說複習語言很累，讓我多吃點，是她家阿姨做的小甜品。」

柳丘學姐咋舌：「這個阿姨真的好寵妳啊。」

然後柳丘學姐將東西搬來，與許星洲坐在一起啃蔓越莓餅乾。

許星洲一邊翻她的書，一邊道：「學姐，其實我一直不太明白，妳都考上了那麼好的編制，為什麼還要辭職呢？」

「我之前聽說……」許星洲認真補充道：「妳那個ＣＤＣ的編制是很多人擠破了頭都想上的。」

柳丘學姐嘆了口氣。

柳丘學姐說：「我家人也不理解。」

「我的父母是普通的小市民，他們一輩子按部就班，」柳丘學姐說：「他們和我說起他們小時候最大的理想，就是當公務員，吃公家糧。所以我在高中時聽了他們的，考了最踏實的預防醫學。」

「說來也是好笑……」柳丘學姐悵然道：「他們的話我聽了二十二年，最後在完成了幾乎是他們最後一個目標的時候，臨陣脫逃了。」

許星洲看著那個長髮的學姐，她眉眼素淡如紙，其中卻透出了一絲許星洲從未見過的光芒。

柳丘學姐道：「因為我覺得，我還年輕。」

「而年輕意味著無限的可能。」柳丘學姐拿起那本編導的書漫不經心地翻了翻道：「意味著不用走父母的路，我不想過一眼就看到頭的生活。」

柳丘學姐笑道：「妳只看到我辭職了，想去讀戲劇，可是我其實還和家裡斷了關係，我從家裡的驕傲，一夜之間，變成了全家唯一的瘋子。」

「可是，我還是覺得，這是值得的。」

柳丘說這句話時，茫然地看著遠方昏暗的天穹。

「……星洲，這世上所有的人都注定蠅營狗苟地活一輩子，」柳丘溫柔地說：「可是每個苟且的偏旁，都應該是讓自己來寫的。」

許星洲那一瞬間，眼眶都有點紅了。

柳丘：「……」

柳丘學姐結結巴巴地道：「怎、怎麼哭了？學姐不是故意說這麼沉重的話題……」

許星洲一邊丟臉地擦著眼淚一邊結巴道：「不是學姐妳的錯，啊我這該、該死的同理心……」

柳丘學姐：「哎呀……」

「我就是覺得……」許星洲一邊擤鼻涕一邊丟臉道：「能做出這種決定的學姐，真的是非常勇敢的人。」

真的好勇敢啊，許星洲想。

——這世上所有堅強韌性的靈魂，用力跳動的心臟，全力奔跑的年輕人，都是這麼的熱烈而澎湃。

三點多時，趙姐回來了。

趙姐整理完入庫的圖書，收走了自己安排給柳丘和許星洲幹的活——新訂圖書清單，然後命令這兩位學生換個地方去念書，剩下的她頂著。

許星洲那時候剛領完自己的快遞，立刻遵命，殷勤地跑去找姚阿姨了。

姚阿姨在自習室裡時位子並不固定，但是一定會幫許星洲留一個位子，許星洲摟著自己的小包去找她，外面天降大雨，刷刷地沖刷著大地。

姚阿姨看到許星洲，笑道：「星冰樂好不好喝呀？阿姨繞了好遠去買給妳的。」

「好喝！阿姨對我真好呀，」許星洲甜甜道：「我最喜歡阿姨了！」

姚阿姨笑得眉眼都彎成了月牙：「嗯？阿姨也喜歡妳，不過這小嘴怎麼這麼甜？」

千穿萬穿馬屁不穿，許星洲狗腿地說：「哪有，都是發自內心的。」

姚阿姨伸手，摸了摸許星洲的腦袋。

許星洲真的太喜歡這個阿姨了，和她簡直是天生的投緣，甚至忍不住在阿姨的手心蹭了蹭。

……暖暖的，許星洲想，真的好溫柔呀。

她有著能讓人平靜下來的力量。

下一秒，許星洲的手機微微一震，來了一則訊息。

——是秦渡傳來的。

螢幕上，秦渡厚顏無恥的訊息赫然入目：『下雨了，我沒帶傘，妳今天來不來接我？』

許星洲：「……」

許星洲心想明明是你前幾天放了我鴿子好吧……才不去呢，給你臉了，大眾運輸工具起碼不會放我鴿子。

許星洲叛逆地回覆：『自生自滅。』

秦渡簡直稱得上胡攪蠻纏：『自生自滅？別人都有女朋友來送傘，樓下人山人海的都是別人老婆別人女朋友。我沒有。沒有妳懂不懂？許星洲妳還讓我自生自滅，妳不覺得羞愧嗎？』

許星洲：「……」

這他媽……哪裡來的幼稚園大班的刺兒頭……許星洲登時感覺自己的頭都大了一圈。

許星洲槓不過幼稚園小雞仔，只得背上包，摸出自己的小雨傘。

姚阿姨一愣。

「星洲，妳要走了？」姚阿姨關切地問：「今天怎麼這麼早？」

許星洲尷尬地說：「男朋友沒帶傘，今天得去接男朋友下班……」

「啊？」

姚阿姨先是一愣，繼而又笑了起來。

許星洲莫名地、有些敏感地覺出——姚阿姨的笑容裡帶上了一點孩子般的、非常調皮的感覺，彷彿她想做什麼事似的。

「一起走吧，星洲。」

姚阿姨孩子氣地說：「阿姨正好，也去接老公下班。」

天昏昏，夏日雨水砸在路旁咖啡店玻璃上，行人撐著花花綠綠的傘，雨水敲擊塑膠傘面。

許星洲撐開自己的那把小小傘，跟著姚阿姨走在街上。

「阿姨。」許星洲乖乖地喊道：「叔叔在哪裡上班呀？」

姚阿姨笑著戳戳許星洲：「還在賣乖呢？」

許星洲就笑咪咪的，她出門時怕沾水，換了人字拖，踩在水裡一踢，立時嘩啦一個大水花。

「——SIIZ中心。」姚阿姨溫和道：「阿姨習慣去那裡等人。」

許星洲驚喜地道：「哇！阿姨我們正好順路！」

姚阿姨看著許星洲，溫柔地笑了起來，點了點頭。

「我男朋友也在那裡工作，」許星洲甜甜地湊過去：「他是去實習的！真的好巧喔……叔叔也是世中集團的嗎？」

姚阿姨和氣地說：「算是吧，他在那裡……也算工作了很多年了。」

許星洲開心地道：「我們好有緣分啊。」

「在上市之前，」姚阿姨懷念道：「他就在那裡了吧，在上海證券交易所上市時、在香港交易所上市時，他都是在場的。」

許星洲微微一怔：「……」

能看敲鐘的人，那絕對是老職員了，許星洲想。而且能出席那種場合，也絕對是管理階層的人。

興許手裡還握有股份，怪不得家境富裕，能讓妻子做出那麼自由的決定。

「交易所噹地一聲鐘響，數字就亮起來……」姚阿姨伸出手去接外面的雨水，溫柔道：「……那時候還是數字螢幕的年代呢，鐘聲噹地一響，股份就從一股三十六塊錢開始變幻，從白字變成紅字，就好像親手養大的孩子終於自立，走出了世界一樣。」

她說那句話時帶著種難以啟齒的驕傲，猶如那是她和她的丈夫親眼看著長大的孩子。

許星洲那瞬間，有種難言的感動。

——那是秦渡的父親，親手締造的長城。

可這長城上市的光鮮背後，在平時在交易所看到的紅字綠字背後，其實是無數的汗水和努力、歲月與付出，與家人無言的驕傲。

許星洲說：「公司某種意義上，也是孩子呀。」

姚阿姨點點頭，莞爾一笑，和許星洲加快了步伐。

許星洲突然有點好奇姚阿姨的丈夫。

叔叔會和秦渡認識嗎？說不定真的認識呢。

敲鐘儀式那樣的場合，秦渡應該也出席了……公司法人的兒子，與這種元老再不濟也應該有一面之緣。這個世界居然能小到這種程度。

可是許星洲想起那個場合，是秦渡父母的主場，就覺得害怕。

她實在是對自己太自卑了。許星洲從小就在人情世故中長大，心裡明白自己這種人就算在普通人群裡，都是擇偶的最次人選。

老舍在小說中曾說起擇偶的天平：女方臉上有兩顆芝麻，便要在男方的天平上加一副眼鏡，近視眼配雀斑，看不清而又正好，可謂上等婚姻——那許星洲呢？

精神病院住院兩次，父母離異，自幼失恃，下面卻有弟弟有妹妹，哪怕有學歷和相貌，在相親的天平上都是個極為可怕的、毫不占優勢的存在。

哪怕配普通人，對方父母都未必會樂意的。

……何況是秦渡那種家庭。

許星洲悵然嘆了口氣，跟著姚阿姨走在茫茫雨水之中。

天穹沉沉暮靄暗闊，白月季開得沉甸甸，辦公中心的石路流水蜿蜒，空氣中一股濕潤泥味，江浙的夏天下了雨也悶悶的。

SIIZ中心不遠，穿了三條街區就到了。

許星洲在大玻璃門門口抖了抖傘，姚阿姨從書包裡掏出個小塑膠袋，讓許星洲把傘裝了進去，然後帶著許星洲推門而入。

SIIZ大廈裡冷氣十足，許星洲本來就被淋濕了，這下被激得哆嗦了一下。

門口的保全大叔看到她們先是微微一怔，第一反應是走了上來，下意識地鞠了個躬。

為什麼鞠躬？

許星洲滿頭問號地回了個禮：「叔……叔叔好……？」

「……」

保全大叔恭敬道：「夫人……」

那兩字還沒說完，姚阿姨立刻不動聲色地舉手示意他閉嘴，保全大叔又道：「您……」

「星洲，」姚阿姨溫和而堅定地道：「我們在前廳等一下吧。」

然後她又轉向目瞪口呆的前臺小姐姐，溫柔地問：「小妹妹，能不能麻煩幫我們兩個人泡杯茶？裡面冷氣太足，星洲好像有點冷。」

許星洲恰到好處地：「哈啾！」

然後許星洲自己抽了兩張紙巾，擦了擦鼻涕。

前臺小姐姐：「夫……」

姚阿姨一指正在擦鼻涕的許星洲，指了指保全叔叔又指了指前臺小姐姐，無聲地、堅定不移地做了個幫嘴巴拉拉鍊的動作。

保全大叔：「……」

前臺小姐姐立刻去泡茶了。

許星洲渾然不覺發生了什麼，把擤鼻涕的紙丟進垃圾桶，還憋著個噴嚏，茫然地回頭看向保全叔叔，說：「我們在……在前廳等等就好啦，叔叔辛苦了。」

「不……」保全大叔茫然地回答道：「不辛苦……」

許星洲裹上毯子時，還在流鼻涕。

她打噴嚏打個沒完，安詳地裹在小毯子裡抽紙巾，面前一杯伯爵紅茶和兩碟餅乾，還沒到下班時間，寬闊前廳的人少得可憐。

「哈啾……」許星洲揉了揉鼻子：「阿姨，叔叔今天應該不加班吧？」

姚阿姨看了看手機說：「應該不加吧，剛剛回我訊息，說五點左右就下來了。」

許星洲鼻尖通紅：「那……那就行，我等等就坐男朋友的車回去啦，怕把阿姨留在這裡很寂寞。」

「這不會，」姚阿姨饒有趣味道：「他今天肯定下來得很積極。」

許星洲拍馬屁的水準已臻化境：「畢竟阿姨來了嘛。」

然後姚阿姨環顧了一下四周，道：「也許有這個原因，但是今天他下來得早的理由，可不只這個。」

許星洲：「哎？」

姚阿姨將手機往書包裡一收，說：「他來了，阿姨先走了。」

許星洲沒戴眼鏡，只看到遠處電梯口燈火輝煌，A棟的某個電梯門叮地一聲開了，走出來一個西裝革履的中年男人。

許星洲看不太清，姚阿姨就拽著自己的書包，飛奔了上去。

「星洲，」姚阿姨笑道：「明天再見吧，阿姨還有點事，男朋友不來的話就打電話給他。」

許星洲也回以一笑：「阿姨再見。」

許星洲笑起來的模樣簡直如同星星月亮似的，特別討人喜歡，姚阿姨跑了兩步，又忍不住回來揉了揉許星洲的腦袋。

——許星洲特別喜歡被姚阿姨摸頭。

這個阿姨身上有種和秦渡極為相似的氣場，卻又比秦渡柔和溫暖得多，舉手投足都帶著一種母親般的包容與暖意，像是石峰間湧出的澄澈的溫泉。

如果這世上的母親應該有一個符號的話，許星洲想，應該就是這樣的母親了。

可是這是別人家的母親，許星洲告訴自己，她就算再喜歡許星洲，也是別人家庭的一部分。

許星洲裹著毛毯揉了揉鼻尖，望著大廈外傾盆的雨。

下一秒，許星洲手機叮地一響。

下班時間到，前廳瞬間嘈雜起來，許星洲將手機拿起來一看，是秦渡傳來的訊息。

『妳是不是看不見我？我真的要鬧了。』

誰看不見你呀？

許星洲剛一愣，就被秦渡從後面抱住了。

秦渡隔著沙發緊緊抱著許星洲，在她脖頸處深深一聞，許星洲被他的頭髮弄得癢癢的，忍不住哈哈笑了起來。

「我好幾天沒有被接了……」秦渡一邊抱著許星洲揉一邊道：「特別空虛，心裡特別不舒服，妳要是不來送傘給我我就要鬧了。」

許星洲被他的一頭捲毛弄得癢癢的，忍不住一邊笑一邊推他：「滾蛋！」

秦渡在許星洲額頭上一彈，說：「看看，拔屌無情。」

然後秦渡把許星洲一把拽了起來，天光渾渾，許星洲開心地說：「你不是開車走嗎？非得讓我來送傘幹嘛？」

秦渡：「我就要折騰，妳管我。」

然後秦渡又乾脆地把許星洲抱在了懷裡，使勁抵了抵鼻尖。

「晚上去哪裡吃呢……」秦渡笑咪咪地問：「今天我做完了一件大事，想吃什麼？」

許星洲：「哎……」

她那一瞬間有點彆扭，不知怎麼說，她本來以為秦渡會安排一下，訂好餐廳，帶她順路去看看的。

不都是這樣安排的嗎？

只有兩天了呀。

雖說現在是在暑假裡，她在這裡的同學本來就不太多，但總歸還是有，至少應該請好，否則他們擠不出時間——二十歲生日雖比不上成年的十八歲，可也是個湊整的意思，不好糊弄。

可是秦渡除了曾經主動問的那一次之外，這件事就像是原地蒸發了一般，許星洲從此再也沒在他口中聽到過半句與生日相關的事情。

許星洲：「……」

許星洲想，秦師兄記性那麼好，怎麼可能會忘掉——也許是打算在家裡辦呢？

於是許星洲立刻不再多想。

——只要有人記得就好了，許星洲想，哪怕只是一塊小蛋糕，或是一條絲帶，只要能證明許星洲在這世上存在，有人愛她，就夠了。

於是她環住了秦渡的脖子，飛快地在他唇角一親，然後鬆手，在一旁裝作若無其事。

秦渡：「……」

被拋棄的秦渡不爽地伸手在許星洲額頭上叭地一彈。

「還皮嗎？」秦渡瞇著眼睛道：「還敢裝不認識，是我給妳臉了。」

然後秦渡捉住了許星洲的手掌，將她的手指牢牢握在了自己手中。

許星洲不住地掙脫：「放屁！是我給你臉了……」

但是秦渡的力氣比她大多了，他掰開許星洲的指頭，不容抗拒地與她十指交握，把她扯到了自己的身邊。

「朋友新開了家菜館，」秦渡說：「荊楚館子，我帶妳去蹭吃蹭喝。」

秦渡又說：「小師妹妳好久沒吃家鄉菜了吧，都說還挺正宗的……」

許星洲回過頭，卻突然看見下班的人潮中，姚阿姨和那個叔叔的影子。

許星洲一愣：「哎……」

許星洲沒戴眼鏡，那兩個人離得又遠，因此看不太清楚，只看到那兩個人躲在電梯口的發財樹盆栽後面，彷彿在嘀嘀咕咕地說著些什麼，時不時還朝他們的方向指一指。

這兩人幹嘛呢？

片刻後，電梯口出來了一群人，對著那對隱藏著自己蹤跡的夫妻彎腰致意。

許星洲：「……？？？」

這是什麼情況？怎麼更看不懂了？可許星洲還沒來得及問，就被秦渡一把拽跑了。

秦渡朋友開的那家荊楚館子，很好吃。

菜的味道很正宗，掌勺的應該是湖北省出身，只不過魚不是正宗的武昌魚，是從長江下游撈上來的。那辣椒放得一點也不糊弄，紅油小米椒半點不偷工減料，沒有半點被上海菜改良的糖和醬味——就是這種匠人精神，令秦師兄差點被辣死在桌前。

秦師兄是個老江浙人，口味甜而重油，頂多還能忍受一下魚和洋芋片的摧殘，讓他正面面對湖北菜，其實有點強人所難。

其實許星洲也不算很能吃辣，但是她好歹也是川渝地區出身，那地方瘦死的水獺都比松江府的老虎能吃辣椒，老江浙秦渡吃了兩碗米飯，點的飲料硬是被他喝了精光。

許星洲：「……」

老江浙狠狠地說：「看什麼看？」

許星洲無辜地道：「那是我要的凍檸茶……」

然而她話還沒說完，吸溜一聲，秦渡就將凍檸茶喝得只剩冰塊和檸檬片。

秦渡幹掉了第三杯飲料，還是辣得不行，說：「冰的給我，妳喝米酒不就行了嗎。」

許星洲：「……？？？」

「幸虧妳不是湖南的，」秦渡伸手一戳許星洲的腦門，額角都是被辣出的汗水：「都說要過日子得吃到一起才行，妳要是湖南的，我們以後得分桌子……」

許星洲於心不忍地道：「我不是湖南的，可是師兄你好像已經快不行了……」

秦渡：「……」

松江人士用筷子去挑戰虎皮青椒：「放屁，這點辣我還受不了？少他媽小看我了。」

許星洲腹誹，你哪有半點受得了的樣子。

秦渡：「……」

過了一下，秦渡又失笑道：「不過遇到也就遇到了，沒轍。」

吃過飯後，秦渡開車送許星洲回家。

在公寓門口，外面仍在下雨，秦渡將許星洲送到家裡，將上班的行頭脫了，換了背心。

許星洲一愣：「師兄……」

「我出趟門，」秦渡將運動頭帶往頭上一綁，漫不經心道：「還是回來得晚，小師妹妳早點睡。」

許星洲生日的前一天，秦渡又夜不歸宿了一晚，可是她收到了姚阿姨送她的禮物。

姚阿姨顯然是不缺錢的人，萍水相逢，送許星洲的東西是一瓶香水──海洋調，蔚藍的液體與剔透水晶瓶，猶如地中海的海岸線，聞起來自由又奔放。

──淑女香。

許星洲收到禮物時，微微一愣。

姚阿姨笑道：「提前祝妳生日快樂，小妹妹。」

許星洲：「阿姨妳怎麼知……」

「妳之前不是收了個快遞嗎，」姚阿姨笑道：「人家商家都把祝妳生日快樂貼在外箱了，是不是妳買給自己的生日禮物？」

許星洲不好意思地撓了撓頭。

「是……」許星洲羞澀地說：「我以前經常這樣買，這家店稍微奔放了一點。」

姚阿姨微微一愣。

姚阿姨問：「經常……買給自己？」

「嗯。」

許星洲點了點頭道：「耶誕節也好，什麼節日也罷，我本來就是那種如果不買禮物給自己的話，就沒有禮物可以收的小白菜……」

許星洲說到這裡，就有點臉紅。

她怕把自己說得太可憐，姚阿姨是個很有母性光輝的人，事實上她其實沒覺得自己有多可憐，只是有點羡慕別人罷了。

「不過我爸會記得發紅包給我。」許星洲認真地道：「所以和送我禮物也沒有兩樣，自己拿了錢自己買也挺好的……不過就是有時候會想，別人的生日會是什麼樣子。」

姚阿姨：「……」

許星洲笑了笑，對阿姨說：「阿姨，能有一群需要自己，而自己也需要他們的人，是一件很幸運的事情。」

姚阿姨沉默了許久，沙啞道：「……星洲，妳也會有的。」

「——會有的，」姚阿姨保證似的道：「妳這麼好，是他們什麼都不懂。」

許星洲收下了阿姨的祝福，溫暖而禮貌地道謝：「謝謝阿姨。」

就好像程雁曾經說：那些妳曾經期許過的、妳所盼望的東西，都會千里迢迢地與妳相見。

如果真的能那樣就好了，許星洲想。

第二十四章　妳是勇者，也是公主

二十歲生日的那天早晨，彷彿沒什麼特別的。

以往的連綿陰雨被掃得一空，晴空萬里千里無雲，許星洲起來時秦渡已經起床了，打著哈欠，手裡拿著杯黑咖啡和遙控器，一邊喝一邊轉臺。

「上海今日出梅……」電視臺氣象預報的主播字正腔圓地說：「……黃梅結束，難得的好天氣，市民朋友們今天……」

燦爛的陽光中，許星洲敏銳地注意到秦渡的手臂有一片血紅的擦傷。

許星洲打著哈欠問：「師兄，你的手臂怎麼了？」

秦渡煩躁地將頭髮朝後一抓：「昨天晚上摔的……算了。」

許星洲好奇得要命。

可是秦渡什麼都沒說，把咖啡和蛋吃完就拖著許星洲去上班了。

就像，每個普通的日子一樣。

許星洲十八歲的生日也是在仲夏，恰好是升學考結束的時候。

那時候她好歹有個升學宴的遮羞布，剛收到錄取通知書不久，她爸爸又覺得家裡出一個上頂尖大學的不容易，對許星洲的成績很引以為傲，就在她過生日的那一天，辦了升學宴。

她父親送的禮物也恰到好處，就是高中生畢業兩件套，新電腦與手機。這兩件東西拿來當生日禮物剛剛好，又省了與這個自己並不親近的女兒更深一步的糾纏。

——冷淡又貴重。

升學宴上全是父親方的親戚朋友，有親戚朋友還趁著熱鬧試圖灌許星洲酒，並沒有人擋。

老許啊，許星洲父親的朋友醉醺醺地說，你看你這女兒，你不用管都能出落得這麼好——漂亮又有出息，瞧瞧，你怎麼這麼有福氣呢？

於是他們哈哈大笑。

將許星洲最難過的部分當成談資，當成她父親驕傲的資本。

辦升學宴的地點是市裡相當不錯的一家餐廳，滿桌的大魚大肉，有魚有肉有雞有鴨，豐盛至極，武昌魚嫩軟少刺，醬板鴨肥嫩多汁。

也沒有半點差錯。

喝點吧，那個面目模糊的親戚說，喝點，都是這麼大的女孩了。

她爸也笑著說喝點吧喝點吧，星洲妳都是十八歲的成年人了，不喝多不好意思啊——許星洲便不情不願地被灌了兩杯白酒，差點連家都回不去。散場之後她爸喝得爛醉，許星洲只能自己搭計程車回自己家——曾經奶奶居住的小院。

可是她在回家的路上，卻發現程雁和她高中時的幾個朋友等在她家院子門口，一起湊錢買了個鮮奶油蛋糕給她。

許星洲醉得頭疼，抱著自己剛收到的電腦和手機，在家門口哭得稀里嘩啦。

——那裡向日葵向著陽光，連花椒都向著太陽。

到了許星洲十九歲的生日，便再沒人幫她準備了。可是她父親至少記得在她生日時發個紅包給她，許星洲拿了錢和程雁兩個人過了生日，她們在外面胡吃海喝一頓，又在APP團購了三十八塊錢的KTV券，唱到晚上七八點鐘才回家。

要馴服一個人，要接受一個人，不只要付出眼淚的代價。

要愛上一個人，須得將自己剖開，讓自己與對方血脈相連，將自己最孱弱的內心，置於唯一法官的利刃之下。

其實生日也沒什麼值得轟轟烈烈的，不過就是另一個陽光明媚的日子，許星洲對生日的期許就只停留在「如果晚上能有一個蛋糕就好了」。

姚阿姨那天沒來自習室，許星洲就和柳丘學姐坐在一起，柳丘學姐背書，許星洲則去啃《冰與火之歌》的原文小說。

許星洲看到冰火裡卓戈卡奧和龍后的愛情，突然迷茫地問：「……學姐，妳說男人能記住人的生日嗎？」

柳丘學姐：「……」

柳丘學姐很認真地想了一下：「……能吧。」

「就算男性群體情商智商堪憂，」柳丘學姐嚴謹地說：「但是身為靈長類，不應該不懂手機上還有日期提醒和鬧鐘這種東西。除非對方是草履蟲或者阿米巴原蟲，畢竟我們實驗養的猴子都會設鬧鐘。」

許星洲一僵：「……」

柳丘學姐緋紅了臉：「不好意思我羞辱我前任羞辱習慣了，語言有點粗魯……」

許星洲嚮往地說：「不是的，妳能不能多羞辱他兩句，柳丘學姐，我許星洲實名請求妳開通付費羞辱人服務，我沒聽夠。」

「……」

柳丘學姐安慰道：「總之妳別擔心，妳對象看起來還挺聰明的……」

柳丘學姐話音還沒落，許星洲的手機上就收到了一則訊息。

在許星洲生日當天中午，老狗比毫不臉紅，半點羞恥都沒有地問：『剛想起來呢，生日要什麼禮物？』

許星洲：「……」

他還真的忘了許星洲今天過生日……

應該今天中午才想起來，彌補一般地問她到底要什麼生日禮物，許星洲想起姚阿姨都能細心地從快遞包裝上看出她今天生日，而自己的男朋友根本沒把這件事放在心上。

秦渡甚至還火上澆油地補充了一句：『太貴的不行，我實習薪水一個月才四千五，妳斟酌一下。』

許星洲：「……」

許星洲那一瞬間，怒從心頭起，惡向膽邊生！

許星洲被陽光曬得頭腦發昏，對秦渡說：『你真的是個壞蛋，』許星洲氣呼呼道：『我要什麼禮物啊？』

許星洲說那句話時其實還抱著一絲秦渡說不定準備了一點驚喜的希冀，因此將怒火摒了，盡力平靜地說話。

否則如果看到了驚喜，再發火會有點尷尬。

秦渡卻慢條斯理地說：『這可不行，難得我家小師妹過個二十歲生日，師兄總不能連個禮物都不買給妳吧。那可不像話了。』

許星洲：「……」

許星洲氣得腦仁疼，回了他一句：『過個屁。』

秦渡：『生氣了？這樣吧，別提我的實習薪水，我給妳張卡，妳隨便刷……』

許星洲看到那句話，簡直要被氣死了。

她直接把秦渡設置了靜音，不管他說什麼都不理了，低頭繼續看自己的西班牙語。

外面陽光明媚，出梅之後天空整個都不一樣了。

蔚藍青空，雪白大鳥穿過雲層，法桐青翠，許星洲看了一下，又覺得眼睛有點酸。

秦渡似乎傳了很多訊息，可是許星洲一則都沒回。

她過了生氣的勁之後就覺得有點難受，不想看秦渡傳的任何一則訊息，就把手機倒扣在一邊，該幹什麼就幹什麼，那天上午來借書的人格外多，許星洲甚至連摸魚的時間都沒騰出來。

可是這世上，誰不想被愛呢，誰不渴望溫暖呢。

許星洲這一輩子最想要的就是一個溫暖的港灣了。

許星洲不能說秦渡不愛她。

那些他送來的花朵，他出現在傾盆大雨中的瞬間，他在精神病院陪床的夜晚，和許星洲做康復，抱著病發的許星洲的凌晨，北方明暗閃爍的啟明星，無一不是他愛她的證明。

可是，好像也沒有那麼愛。

許星洲眼眶發酸地想。

畢竟這世上每個人都是獨立的個體，而喜歡歸根究柢還是自我滿足，連親情尚且都能被割捨，這世上哪還會有什麼忠貞的愛情。

許星洲又想，這世上哪有會需要她的人呢。

可能會有，但是絕不會是秦師兄。

普通人尚且不會「需要」那個名為許星洲的累贅，那秦渡呢？

喜歡和愛是不一樣的，人可能會喜歡上一隻小狗，卻無法愛上牠；人可能會愛上另一個人，可是愛虛無縹緲。

那位年輕的公爵擁有全世界，萬物為他匍匐，他可能會愛上那隻漂泊的鳳尾綠咬鵑，卻注定不會需要那隻鳥兒。

所以他忘記了與自己的約定，忘記了在醫院的下午他所承諾的回應。

所以，有了今天下午。

可是在這世上，誰不想被愛呢，誰不想被所愛的人需要呢。

午休時許星洲趴在桌上，那時的圖書館空曠而冰涼，只有熾熱明亮的一柱陽光落在她的脊背之上。

許星洲覺得空調有一絲冷，迷迷糊糊地朝陽光處靠了靠。

這個生日過得實在是太平平無奇了。

就像許星洲過的每個生日一樣，毫無驚喜可言，甚至還和毫無求生欲的男朋友吵了一架，許星洲在金紅的夕陽中收拾著東西，然後叮地一聲收到了她父親發來的紅包。

許星洲：「……」

紅包上例行公事地寫著生日快樂，許星洲點開一看，就是兩百塊錢，通訊軟體的紅包最多發兩百，而兩百不多，讓許星洲發都不心疼。

她父親說：『生日快樂，吃點好的。』

許星洲想起她同父異母的妹妹的生日。

那個孩子好像是被當公主養大的，看她父親和新阿姨的個人頁面，幾乎都是那個女孩的影子：她過個生日，宴會請了幾乎所有的朋友，在她自己挑的餐廳裡，一大桌的菜，還有一個三層的蛋糕，父母在一旁舉著手機錄影。

回頭他們就發了貼文，下面全是親朋好友的祝福。

小許星洲曾經羨慕那個妹妹的生日，羨慕到幾乎不能自已的程度，那個妹妹的生日在寒假，臨近年關的寒冬臘月，也有人幫她操持。

許星洲羨慕的次數太多，後來卻沒什麼感覺了。

夕陽鍍在二十歲的許星洲身上，她看著那兩百塊錢，開心地和她父親說了一句「謝謝」。

這可是，兩百塊的飛來橫財。

然後許星洲搓了搓鼻尖，將手機丟進了小包裡。

柳丘學姐正準備去自習室繼續複習——自習室開放到十一點多，念書氣氛也好，

「怎麼了？」金黃陽光鍍在她的身上，柳丘學姐拽了拽包帶，好笑地問：「怎麼突然笑

起來了？」

許星洲認真地說：「爸爸發了個紅包，本來我打算一個人去吃人均三百的日料，結果現在可以吃人均五百了。」

柳丘學姐咋舌：「這麼貴。」

許星洲笑道：「難得過一次生日嘛——學姐好好念書喲。」

雖然大家都不放在心上，但那是許星洲唯一的，哪怕一生也只有一次的二十歲生日。

許星洲和柳丘學姐道了別，從圖書館的樓梯噠噠地跑了下去。

傍晚五點，長街流金，猶如特洛伊淪陷的醉人傍晚。

那時夏至剛過沒多久，七點才會日落，日升卻在五點，是一年中日照時間最長的日子。

許星洲今天打定了主意不打算和秦渡一起過生日了——一個人多好啊，想吃什麼吃什麼，想買什麼買什麼，和秦渡一起還要被他氣，星洲過個生日招誰惹誰了。

許星洲從冷氣開放的圖書館衝出去，剛出門，裙擺就被溫暖的風吹了起來。

天際一輪自由奔放的紅日，金光鋪滿長街。

許星洲覺得有點開心，風吹過她的大腿根，她穿的紅裙被吹得獵獵作響，許星洲瞇起眼睛望向遠方，選定了一個方向——和秦渡上班的地方反著。

許星洲打算去那個地方冒險，隨便找家看起來合眼緣的日料解決晚飯，並且下定了主意，晚上要去外灘裝遊客，讓別人幫自己拍遊客照。

許星洲還沒跑兩步，就聽到了後面氣急敗壞的聲音。

「許星洲！」秦渡不高興地道：「妳看不到我在這裡等妳是吧？」

許星洲頭都不回地喊道：「你走吧！我今晚不要你了！」

秦渡說：「這由不得妳，妳今天一天沒回我訊息了，我忘了妳生日就這麼生氣？」

許星洲：「……」

「所以打算丟下我一個人，」秦渡慢吞吞地甩著鑰匙朝許星洲走來，一邊走一邊慢慢地道：「自己當一個小可憐，自己去吃飯，回來之後還要和我鬧彆扭是吧？」

許星洲憤怒道：「我不是那種──」

她還沒說完話，就被秦渡生生打斷了。

「──不是鬧彆扭的人？」秦渡欠揍地說：「那小師妹妳告訴我，妳沒鬧彆扭的話為什麼說今晚不要我了？妳鬧彆扭，不想著和我解決，是等著我哄妳？這還不是鬧彆扭？」

許星洲：「……」

許星洲憋了半天，窒息地問：「你……辯論賽？」

「嗯，省級。」秦渡漫不經心地搭在許星洲的肩上道：「團體冠軍吧，大一的時候跟著去混過一次。」

許星洲：「……」

秦渡擰著眉頭說：「上車，鬧彆扭做什麼呢？我又不是故意忘了妳生日，第一次談戀愛不能對我寬容一點嗎？大家都是第一次就能記得家裡女朋友的生日？」

許星洲憋都要憋死了。

秦渡這個人此時簡直如同一隻泥鰍，一席狗話說完許星洲居然挑不出他半點不好——刑法尚且要講個無罪推定，談戀愛難道就不能講道理了嗎？

許星洲只得忍著自己滿腹的憤懣。

他就是沒這麼喜歡我，許星洲憤懣地想。

秦渡晃著車鑰匙，車滴滴兩聲，許星洲抬頭一看，是一輛通體流光的超跑，深酒紅，車漆反著世界的倒影，奢華鎏金，騷得要死。

許星洲在夕陽中瞇起眼睛艱難辨認：「Ma……ser……」

秦渡紳士地幫她開了車門，一邊毫不猶豫地槓她：「Maserati——文盲嗎妳？」

許星洲：「……」

無辜的許星洲過生日都要被槓，只覺得今晚自己準備手刃了秦渡。

「你借的吧。」許星洲惡毒地說：「車庫裡沒有。」

秦渡：「妳男人接妳從來不借車，這車停在我爸媽家的車庫裡啊，我們社區不讓買三個以上車位，要不然就炸了。」

許星洲：「……」

車裡，也沒有禮物。

許星洲偷偷掃了一小圈，就悻悻地抱著包坐在了副駕上。

這車真的很騷，線條圓潤奢華，猶如南瓜馬車一般，路邊的人還有指指點點的，許星洲好奇地朝外看，手指按在車窗上，秦渡在她頭上一拍，示意她來拽自己的袖口。

許星洲強硬地道：「我不拽。」

秦渡不太認真地哄道：「說了不是故意忘了妳的生日，晚上我帶妳去玩，好不好？」

許星洲耳朵一動：「去哪裡？」

秦渡道：「妳等等就知道了。」

等等就知道了？許星洲摸著自己手腕上師兄送的小手鐲，不理他。

秦渡提議：「所以，拽拽袖子？」

媽的他不是不喜歡開車的時候被拽袖子嗎！說危險！第一次答應得還特別勉強！現在又是哪裡來的人來瘋，許星洲連想都不想就照臉嗆：「做你的八輩子七星大美夢吧！」

「……」

秦渡憋氣地繼續開車了。

超跑底盤太低，隨便一個加速都有速度帶來的窒息感，其中卻又透著難言的爽快滋味。許星洲想起秦渡第一次帶她去跑山的夜晚，也是這種速度，而那天晚上彷彿下著一輩子都不會停的大雨。

可，那大雨終究還是停了。

七月初的街道上金光流淌，萬里無雲，連晚上都應該是星辰漫天。

許星洲一路上，相當憤懣。

秦渡沒說要帶她去哪裡玩，只說「妳等等就知道了」，也沒帶她去吃飯，把過二十歲生日的小女生餓著，沒有日料也沒有韓料，連一盒壽司都沒有，就塞了一點他買的小餅乾給她。

——「別吃飽了」，秦渡說。

許星洲摸了摸自己扁扁的小肚皮。

秦渡中間又以餅乾為理由，非讓她來扯自己的袖子，許星洲這才注意到秦渡今天居然穿得還挺好看的。

他本來就是個男模身材，揉著額頭漫不經心地開著車，許星洲差點就以他長得帥為藉口原諒了他。

——直到，秦渡突然問「迪士尼樂園去過嗎」的瞬間。

許星洲想了想，搖了搖頭。

她從來不會自己去遊樂園，也沒人會陪她，程雁是個半點少女心都沒有的人，對迪士尼樂園充滿鄙意，而學校裡其他人也對這種有點孩子氣的場合沒興趣。

秦渡一點頭，欣慰地道：「妳怎麼這麼好養活，那就那裡了。」

好養活的許星洲：「……？？？」

你才好養你全家都好養……許星洲憤懣地腹誹。

跑車穿過停車場，在迪士尼樂園前一停。許星洲先是一愣，回頭望向停車場，探究地望向秦渡，用眼神無聲地問他「你不停在停車場嗎」。

秦渡厚顏無恥地道：「許星洲，迪士尼的停車費很貴的。」

「……」

我到底交往了什麼太子爺啊！

許星洲滿頭霧水，跟著秦渡下了車，天際火燒雲熊熊燃燒，點燃了半邊晚霞，空曠城堡前空空蕩蕩，連個工作人員都沒有，只有那輛騷紅的、帶著點華麗味道的跑車。

許星洲那瞬間又冒出一個念頭——這場景有些眼熟。

二戰結束後迪士尼第一部動畫長片電影——一九五〇年的《仙履奇緣》，仙杜瑞拉就是坐著南瓜馬車出現在王子舉行舞會的城堡前的，長長的樓梯前一個守衛都沒有。

許星洲奇怪地問：「……怎麼沒人啊？」

秦渡看了看腕上手錶，漫不經心地道：「六點閉園，要不然人怎麼可能這麼少。」

許星洲一愣：「哎、哎？是嗎……」

夜幕降臨大地，遼闊平原盡頭是燈火之城。

她之前連來都沒來過，也不曉得怎麼辦，有點茫然地問：「師兄，沒人怎麼辦？」

「怎麼連工作人員都沒有？不應該有保全嗎？」許星洲還挺害怕地問：「這裡都關門了，都買不到票了——」

「——都買不到票了？」

秦渡一邊反問，一邊皺起眉頭。

秦師兄長得非常英俊，半邊面孔籠罩在沉入地平線的紅日之中，面孔銳利猶如刀削的一般。

許星洲好奇地看著他，似乎覺得秦師兄會有什麼新奇的想法似的。

然後秦師兄厚顏無恥地說：「逃票。」

許星洲：「……」

這個生日過得也太隨便了吧！

許星洲簡直都要以為秦渡破產了，但是看他開的那些車，又覺得把他家底積的灰摳下來也能養活秦家上下三代人。

話說他到底為什麼這麼小氣？他如果是和臨床小學妹交往……

許星洲立刻不再往下想。

難道後面真的得和姚阿姨學學？

迪士尼入口的大鐘指向晚間七點，彎路燈火通明，花圃的喇叭花盛開。

他們身後一個人都沒有，只有夜幕下，停在門口的騷紅跑車。

檢票口也只映著暖黃的燈，燈映著墨綠柵欄和驗票閘門，夜風溫暖而蕭索，別說工作人員了，連保全都沒有。

彷彿在等待什麼人進入似的。

許星洲嚇壞了：「師兄我覺得這樣不太好……」

「逃票有什麼不好，」秦渡臉皮厚得猶如城牆：「也沒有什麼人呢。」

許星洲一指上面的小紅點：「可是有監視器。」

監視器沒關，亮著個紅燈，瞪著許星洲和她的師兄。

秦渡：「……」

秦渡立刻男友力爆棚地捂住了許星洲的臉，安撫道：「放心，我和市警察局局長的兒子一起玩大的。」

所以被抓進去能把我撈出來嗎？許星洲心想你真的有病啊！

許星洲簡直想揍他：「那你逃什麼票啊！我都不逃——」

她還沒說完，秦渡就撐著驗票閘門一翻，動作敏捷毫不拖泥帶水，一看就翻慣了學校圍牆，穩穩落地。

然而許星洲其實也有點想試試逃票，還是逃票迪士尼的滋味。

她覺得特別刺激背德，也覺得好玩，便也跟著翻驗票閘門，秦渡將她的腰一摟，把她牢牢抱在了懷裡，放了下來。

偌大園區只亮著溫柔路燈，遠處城堡映著粉紫的霓虹燈光，花朵在夜空中搖曳。

空無一人。

路上都空空曠曠，逃完票的秦渡將許星洲的手握在手心，帶著她往前走，許星洲哈哈大笑，大聲嘲笑他：「你真的是小氣鬼託生的嗎！」

秦渡一邊拽著她往前走，一邊無恥地道：「那妳還不是看上我了？」

許星洲承認：「我眼光真的有問題。」

許星洲過了一下又說道：「師兄，你真的是個吝嗇鬼……」

「逃票不刺激嗎？」柔暖燈光中，應該被保全抓走的秦渡使壞地揉揉許星洲的腦袋問：「小師妹，刺不刺激？嗯？」

許星洲說：「良心譴責，不想再嘗試，但不後悔！真的太刺激了……」

遠處迪士尼城堡猶如迪士尼的地標，從一九三七年就開始當電影片頭商標的、遍布全球迪士尼樂園的城堡被映得燈火通明，無數公主在影片中居住於此，風呼地吹過。

許星洲終於反應了過來：「……等等，秦渡？」

秦渡：「啊？」

「……秦渡，你今天，」許星洲難以置信地道：「是不是騙了我，迪士尼沒有夜場？」

秦師兄眉毛壞壞地一揚。

那一刹那，砰地一聲巨響，寂靜的夜空炸開了緋紅金黃的一片火樹銀花。

許星洲呆住了。

那一刹那花火騰空而起，漫漫夜空被映得通亮，花火掠過湖面與城堡塔尖，城堡之上旗幟飄揚。

河上傳來女孩悠揚的歌聲，橋上燈籠次第亮起，猶如照亮他們應該去的目的地。

許星洲呆若木雞，秦渡將許星洲的手一扯，在漫天渲染的、流星般的煙火裡，拉著她往前走。

「愣著幹嘛？」秦渡嘲笑道：「小心保全來抓妳。」

許星洲：「師兄……」

「師兄什麼師兄，」秦渡伸手在許星洲頭上揉了揉：「就是個煙火秀而已。」

然後他拉著許星洲朝前跑。

他們在深夜中穿過拱橋，煙火在他們頭頂炸裂，許星洲開心地大喊著這真的太美了，漫天的星辰與花，水中倒映著全世界。

秦渡拉著她跑到城堡前，那一刹那彩色氣球騰空而起，在夜空中閃爍，映著粉紫的霓虹。

許星洲跳了跳，隨手捉住一個，粉紅色氣球上面印著「Happy birthday my girl」——她剛笑起來，就看到黑夜之中，城堡之前，她的那些同學在遠處大笑著和她揮手。

許星洲：「……！！！」

秦渡隨意地道：「——請來的。路費我出。」

許星洲都不知道他是什麼時候聯絡上的，都要感動壞了：「師兄——」

秦渡便把她壓在橋頭的黑暗之中，低下頭在她唇角親了親。

仲夏夜，滿樹合歡盛開。

花圃中米奇的花紋映著突然亮起的燈火，城堡門口掛著天大粉紅色波點的橫幅，下面全是繽紛鮮嫩的花束。

那些花許星洲連認都認不全，龍沙寶石、白玫瑰，百合、萬壽菊與太陽花紮成一大束，簇擁著擁護著擠作一團，猶如通往城堡的紅毯。

路上滿是萬壽菊與玫瑰花瓣，風裡紛紛揚揚的全是花朵與絲帶，煙火懸於塔樓之尖，影影綽綽之間許星洲看見波點橫幅上一行大字——「許星洲小勇者二十歲生日快樂」。

橫幅上綴著藤月玫瑰與珍珠，鑲著金邊，氣球飄向遠方。

許星洲甚至還看見了非常眼熟的公主們。

那些她從小看的動畫：她如數家珍的貝兒和粉裙睡美人，白雪公主笑著對她吶喊，花木蘭一頭短髮，挽著木須龍的手，樂佩與尤金站在一起。

許星洲又羞恥又臉紅。

都二十歲了，誰是「小」勇者啊，許星洲臉紅地想，回頭大概還會被程雁嘲笑……並且非常羞恥地掐了掐秦渡的爪子。

秦渡眉毛都沒動一下，顯然不打算和她計較。

「Ladies and gentlemen，」秦渡嫻熟地拿起麥克風，單手牽著許星洲對下面的人說道：「今晚的主角我帶過來了，逃票過來的。」

下面的人哄堂大笑，秦渡摸了摸自己的耳朵，又哂笑道：「保全系統不行，鑽了個空子，希望工作人員下次改進。」

又是哈哈大笑，全場氣氛溫暖又融洽。

秦渡對講這種話手到拈來，他看起來遊刃有餘卻認真，開完了玩笑，他伸手將許星洲拉上前來，高臺明亮柔和的燈映得許星洲睜不開眼睛。

許星洲被秦渡拉著站在花與燈光裡，觸目所及是緞帶與和平鴿。

「今天我們聚在這，」秦渡朗聲道：「是因為我叫來了在座的所有人，更是因為我們所認識的、所熟知的許星洲——我的勇者，今天就滿二十歲了。」

許星洲：「……」

許星洲那一瞬間臉紅到了耳根。

秦渡生得極其英俊，而他說那句「我的勇者」時甚至連眼皮都沒眨一下，就這麼堅實地望著許星洲。

「還被嚇到了？」秦渡哂笑道：「做不來公主還是做不來勇者？」

許星洲臉紅得幾乎熟透了，眼裡都是流轉的光，她看著臺下，似乎看到了程雁，也似乎看到了學生會的部員，譚瑞瑞從懷裡抱著的花裡抽出一朵，向臺上扔了過來。

秦渡突然拖了長腔：「哦——」

許星洲：「秦、秦渡……」

「我明白了，」秦渡打斷了她，故作深沉道：「這位勇士，妳是缺道具。」

許星洲剛想問我缺什麼道具，秦渡就摸出一個頭冠，那頭冠金光閃閃，放在了許星洲的頭髮上。

許星洲：「……！」

「妳是不是想問，」秦渡笑咪咪地問：「明明勇者的路線是迎娶公主當上國王，為什麼我給妳的不是國王而是公主頭冠啊？」

許星洲反應不及：「為什——」

秦渡說：「既然妳誠心誠意地發問了，我就大發慈悲地告訴妳，因為——」

「小師妹，妳是他們的勇者。」

璀璨的光中，睽睽目光之下，音樂悠揚，花瓣散落夜空，許星洲清晰地感受到秦渡親了親自己的額頭。

「……也是我一個人的公主。」他說。

許星洲的勇者病被暴露在光天化日之下，從此無所遁形。

秦渡將園區都包了下來。

晚餐在城堡裡解決，許星洲戴著公主頭冠，其實覺得有點羞恥。

程雁也被請來了，她千里迢迢從湖北坐了飛機趕來。來的人有她的同學、部員，和秦渡所理解的與她關係親密的人，譚瑞瑞赫然也在其列，除此之外還有少部分秦渡的朋友。

有一個人貌似是從加拿大回來的，看到許星洲就曖昧地微笑，跟她說：「謝謝嫂子。」

許星洲不明白他在說什麼，他就被秦渡一腳踹走了。

許星洲從小就看迪士尼——愛與夢的工廠——那些她只在動畫裡看過的漂亮的公主穿著她們的裙子，上來與過二十歲生日的「小朋友」擁抱。

許星洲笑個沒完。

他們在城堡裡的長桌上解決晚餐，許星洲在秦渡身邊吃了前菜，樂佩在遠處笑著祝她生日快樂。

到處都是粉紅色，連吃飯時都處處是驚喜，許星洲切開自己的小烤雞，裡面簌簌地好像有點什麼，她打開一看，是一份綁在塑膠紙裡的小禮物。

秦渡在一側，臉不紅心不跳地說：「我可不知道這是什麼。」

那場景太過浪漫。

滿桌的花朵幾乎都要漫溢著流下去，天花板上懸著氣球與彩帶，藤蘿花朵盛開，她的同學上來與她說生日快樂，公主們與她擁抱，工作人員把綁著絲帶的玩具塞在許星洲的懷裡。

許星洲好幾次都想拽住秦渡問他「你是不是照著五歲小女孩的生日標準來幫我過生日」，卻又怎麼樣都問不出口。

——因為自己真的沒什麼抵抗力。

秦渡拉著她的手，偌大園區連隊都不用排。許星洲跟著他去玩七個小矮人礦山車，雲霄飛車穿過瀑布與山川，她喊得嗓子都啞了。

下來時許星洲開心得滿臉通紅，抱著秦渡滾在臺上。女孩頭上的鉑金頭冠噹啷墜地，又被頭髮絲纏著，她笑得幾乎喘不過氣，秦渡與她一起躺在地上，瞇著眼睛看著昏黃翠綠的燈火，從他家星洲的頭髮裡摘出緋紅花瓣。

許星洲躺在地上，眼睛彎得猶如小月牙，甜甜地問：「師兄，你這麼多天晚上就去做這個了呀？」

秦渡抱著他家的星洲，沙啞道：「……算是吧。」

「那你也不告訴我，」許星洲柔順地蹭蹭他的脖頸，糯糯地道：「搞得小師妹好難過，還以為師兄忘了呢。」

秦渡說：「忘了個屁，這還能忘了？」

然後他蹭了蹭許星洲的額頭，那動作帶著安撫的意味，把她穩穩公主抱了起來。

許星洲活脫脫一個人來瘋，中二病道：「不許抱了！勇者向來都是去拯救世界的！」

「救個屁，」秦渡伸手在許星洲頭上一按，把她頭上的小頭冠扶正，恨鐵不成鋼道：「什麼破勇者，站都站不直。」

許星洲確實，站不直。

她人生都沒坐過幾次雲霄飛車，一是沒人陪，二是她自己不主動，她只知道雲霄飛車刺激，卻從來沒坐過，從那列小礦山車上下來，就兩腿打顫。

秦渡絲毫不在意別人的眼光，直接將許星洲公主抱著，許星洲紅著臉縮在他的懷裡，乖乖地問：「師兄，我重不重呀？」

秦渡：「……」

秦渡瞇著眼睛看著許星洲，許星洲又眨了眨眼睛，這次好像還準備親親他。

秦渡移開眼睛，惡意地道：「重。」

許星洲：「……」

許星洲挫敗地想，秦渡是不是天生不吃美人計啊？

秦渡帶著她玩愛麗絲的迷宮。

迷宮中，冬青樹上綴滿玻璃燈籠，連燈籠上都懸滿了 Happy birthday。秦渡執意抱著「很重的」小師妹，遠處傳來她同學們的歡聲笑語，許星洲還聽見肖然坐雲霄飛車時的尖叫聲。

「師兄，」風吹過橫幅，令其獵獵作響，許星洲在夜風中抱著秦渡的脖子，甜甜地勾引他：「師兄，你今天是不是還沒有說那句話呀？」

秦渡連理都沒理。

許星洲：「你總不理我。」

許星洲有點埋怨地說，然後又帶著點撒嬌意味，蹭了蹭秦渡的脖頸。

秦渡投降似地說：「等一下……」

然後他把許星洲摁在迷宮裡，溫柔地親吻她的唇。

那天夜裡，處處都是花朵，是溫柔到能漾出的燈火萬千。

「摸一下，」秦師兄在吻的間隙中低聲指示她：「摸一摸門框……」

許星洲一愣，踮起腳尖摸了摸，一個小小的、墨綠包裝的小禮物掉了下來。

許星洲都不知道秦渡到底準備了多久。

她曾經聽秦渡當上會長前以前的直屬下級，如今的公關部部長談過預約場地的問題，秦渡在迪士尼清了這一次場，至少是兩個月前預約的，加上場地的特殊性，許星洲都不敢想他到底費了多少工夫。

她摸到秦渡的手臂時他下意識抽了口氣——他手臂上還帶了傷。

秦渡帶著她，把能玩的都玩了個遍。

夜晚的迪士尼有種難言的魅力，走在裡面真的覺得自己有個皇位可以繼承——燈火通明的城堡，金合歡怒放，歌聲悠揚。

每個人都認識她，笑著和她說生日快樂。

白鴿騰空而起穿越夜空，天邊一輪明月。連素不相識的陌生人，都在祝福她的二十歲。

——那天晚上，許星洲不再是那個看著父親個人頁面難過的女孩，不再是那個生日被灌了酒醉醺醺地在家門前痛哭的高中生，不再是那個蜷縮在病床上，等待夜幕降臨的女孩。

20th birthday 的標語掛滿枝頭，全世界都是她所看過的童話。

近十點時，秦渡將許星洲留在了河邊，說自己要去上個廁所，就離開了。

許星洲不疑有他，只當快結束了，河畔流水潺潺，拴著幾條小船，那些漂亮的公主們還沒回家，長髮公主看見許星洲，笑著過來用英語祝她生日快樂。

許星洲特別喜歡長髮公主，在河邊和她合了張照，又和長髮公主聊了半天自己的勇者病，長髮公主也被她逗得前仰後合。

許星洲中二病遠沒好全，一旦發作還是滿腦子勇者鬥惡龍救公主，結果她沒比劃兩下，自己頭上戴的頭冠就啪嘰一聲掉進了水裡。

許星洲：「……」

許星洲想都沒想就一撩裙擺打算下水，卻突然被她旁邊的公主拉住了。

「No,」長髮公主拉住許星洲，認真地說：「You shouldn't do this.」

許星洲頓了頓：「But……」

然後，那個穿著煙紫色長裙的漂亮姐姐穿著裙子蹚水下去，將許星洲掉進湖底的頭冠撈了上來。

漂亮姐姐將頭冠在自己濕透的裙子上擦了擦，擦淨了水，又端端正正放回了許星洲的頭上。

許星洲歉疚地剛要道歉，就被打斷了。

「小公主，」那外國的公主溫柔而生澀地用中文說：「夜晚還沒有結束。」

然後她伸手撥了撥許星洲的頭髮，將她碎碎的頭髮往後掖了掖。

秦渡回來時，帶著一條小小的黑色布帶，遮住了許星洲的眼睛。

許星洲使勁揉著布帶，眼前一片漆黑，半點光都透不進來，她看不見東西，渾身上下便只剩了一張嘴，說：「秦渡你是不是要做壞事！是不是看我今晚被你餵飽了，你是準備把我丟進河裡餵鯊魚還是餵虎鯨——」

她還沒說完，就被秦渡一把推進了船裡。

許星洲：「嗚哇！你是不是對我圖謀不軌！」

秦渡不爽地、居高臨下地道：「許星洲妳再吵，我就把妳一腳踹進河裡。」

許星洲：「……」

這水淺，不可能有任何生命危險，頂多讓人不太好過，因此許星洲絲毫不懷疑秦師兄一腳把自己踹進河裡的可能性。

接著，秦渡上了船，船在水裡，他人又挺重，船體立刻就是一傾。

許星洲在黑暗中聞到水氣，她什麼都看不見，只覺得秦渡湊過來吻了吻她，接著船槳一盪，船便划了出去。

許星洲不安地問：「秦、秦渡……為什麼要把眼睛蒙住呀？」

秦師兄的聲音說：「妳左看右看的，煩人。」

「我才沒有！」許星洲委屈地道：「你就是想欺負我！你是不是準備找機會把我推進水裡？」

秦渡沒轍，又湊過去和她接吻，讓她快點閉嘴。

船划過河面，暖風吹過女孩的髮梢。

許星洲莫名地覺得，周圍似乎亮起來了一些。

是河岸的燈嗎？許星洲迷茫地想。

他是安排了這種划船的活動嗎？還是別的什麼？他總不能想在船上和我交媾——不行這個不可以！這個太過激了，許星洲滿腦子漿糊，接著覺得船微微顫了顫。

「許星洲，」秦渡突然朗聲道：「師兄做錯了。」

那一刹那，風吹過河畔。

許星洲微微一呆。

為什麼突然道歉？

秦渡說話時極其認真，毫不避人，卻猶如在念一段刻在心底的話。

「我實話說，我吃醋，儘管我知道我沒有任何立場。」

「吃醋的原因。」秦師兄的聲音清晰地傳來：「從很早以前就開始，從第一次見到妳就開始……所以我一點也不喜歡林邵凡在妳身邊晃悠。」

「——我醜陋到，連妳的朋友都嫉妒。」

晚風吹過河流。

許星洲感覺布料中間透出難以置信的光亮，秦渡伸手在許星洲唇間按了按，認真地說：「和妳看到的不同，我是一個很糟糕的人。」

「我貪婪、暴虐，自卑而自負，厭惡一切，」秦渡沙啞地說：「自己的人生都一塌糊塗，每天都覺得明天就這樣死去也無所謂，找不到任何意義和樂趣。」

「可是，從師兄第一次見妳開始……」

「從我在酒吧見妳第一面開始——」

秦渡說著，伸手去解許星洲腦後的繩結。

「我就覺得妳真好啊，怎麼能活得這麼好看，怎麼能這麼澎湃又熱烈？」

秦渡將繩結解開，一層層地解下黑布，許星洲感受到溫熱的光。

青年溫暖的手掌按著她的後腦勺，手指笨拙地插進她的髮間。

「我無時無刻不在看妳。」黑暗中，秦渡緩慢地說：「妳活得太漂亮了，又認真又潦草，童心未泯，永遠年輕，像是個總會擁有星星的人。」

許星洲眼眶都紅了：「師兄……」

許星洲模糊地意識到了那是什麼。

——那是秦渡搶過她的手機後，刪掉的簡訊。

「許星洲，」許星洲聽見秦渡沙啞地背誦：「我看到妳，就覺得有妳的人生一定很好。」

「我什麼都不會，連愛妳的表現都會讓妳生氣，讓妳哭，可是……」

秦渡說：「可是，我真的特別、特別愛妳。」

秦渡停頓了一下，又道：「所以，妳原諒我吧。」

「小師妹，妳真的是我人生最亮的顏色。」

許星洲眼前只剩最後一層布，她意識到，世間似乎真的燈火通明。

「這是我第一次愛人。妳如果覺得這場表白不舒服的話，我就當朋友陪在妳的身邊，一切我做不好的我都會學，但是我可以保證我學得很快。」

秦師兄扶著她的後腦勺，將最後一圈布條扯住，微微轉了個圈。

「我……」秦渡沙啞道：「沒有妳，好像有點不知道要怎麼活的意思。」

他將最後一圈布條拉了下來。

——世界燈火通明。

許星洲被刺得幾乎睜不開眼睛，而後在模模糊糊的視線中，她看見了滿世界騰空而起的，溫柔而絢爛的孔明燈。

「我啊……」秦渡在漂浮的天燈中，不好意思地道：「第一次把妳弄哭的時候，是這樣傳簡訊給妳的。」

許星洲眼眶都紅了，訥訥地說不出話，只想上去抱住秦師兄。

秦渡哂道：「我那時候，真的這麼想。」

「現在呢……」

秦渡笑了笑。

「……現在，就不太一樣了。」

第二十五章 英雄走向勇者

「我啊……」秦渡在漂浮的天燈中，不好意思地道：「第一次把妳弄哭的時候，是這樣傳簡訊給妳的。」

「現在呢……」

秦渡伸出手，輕輕摸了摸許星洲的頭髮。

「……現在就不太一樣了。」

許星洲那瞬間生出一種這世間所有的孔明燈，應該就在此處了的感覺。

孔明燈猶如千萬月亮，秦師兄的臉逆著光，可是許星洲卻能清晰地看見，他近乎深情的眼神。

許星洲微微一愣：「師兄，現在……」

秦渡想都不想地道：「現在我不可能讓妳做我朋友。」

許星洲哈哈大笑起來，準備抱住秦渡，可是她剛要去索要抱抱，就被秦渡一手推著額頭，推了回去。

「……」

「還有，」秦渡看著許星洲說：「我還沒說完。」

許星洲額頭紅紅的，眨了眨眼睛。

許星洲將幾乎沉入水底的燈撈起，那燈上寫著字，是她的同學給她的祝福。

她將燈向上一拋。天燈飄向夜空，全世界都被映得如同星空。

——如果乘坐飛船靠近宇宙之中千萬恆星，大約也就是這種光景。

許星洲朦朧地想。

「——現在，我沒了妳，」秦渡啞著嗓子：「真的活不下去。」

許星洲那一瞬間，眼睛都睜大了。

秦渡說：「程雁告訴我妳是憂鬱症可能在尋死的時候，我就在問我自己這個問題——我問我自己，能不能承受一個沒有許星洲的人生。」

「可是，我還是找到妳了。」秦渡紅著眼眶道：「找到妳之後我就質問我自己，為什麼要思考這個問題呢，多沒有意義啊，我他媽怎麼可能讓妳離開我的人生半步，就算退一萬步說，我也不可能放任妳去死對不對。」

許星洲眼眶發紅，嘴唇顫抖地看著秦渡。

秦渡說：「後來……」

「後來，」秦渡沙啞地說：「我抱著妳衝下宿舍的時候，外面下大雨，救護車冒著雨衝過來，他們給妳吸氧，護士和醫生在我面前把妳的生死當最普通的事……」

「可是我那時候是這麼想的——」秦渡眼眶通紅：「如果許星洲沒了的話，我也差不多是死了。」

許星洲眼神慟然，眼淚咕嚕一聲滾了下來。

「妳不知道我過的是怎樣的生活。」

「表面光鮮，」秦渡痛苦地說：「可是內裡全爛著，質問和懷疑，自我厭惡，不是任何人的問題，是我自己的巴別塔，可是無人能懂，我也不想給任何人看。」

秦渡看著許星洲一邊抹淚一邊大哭的模樣。

她哭得太難受了，鼻尖通紅地塞著，秦渡只覺得自己的一顆心都要裂開了。

而他就是要把這顆裂開的心臟，從頭至尾、全部而又毫無保留地捧給他的星洲看。

「——可是妳來了。」

那個青年說。

那是世界的橋梁，她燃燒著卻又傷痕累累地，從星河盡頭跋涉而來。

秦渡難受地道：「許星洲，我這輩子沒對人動過情……只是唯獨對妳，唯獨妳。」

許星洲一邊抹著眼淚一邊哭，船上沒有衛生紙。

「妳是柔情。」秦渡近乎剖開心臟地說：「是我這麼多年的人生中，所能見到的最美好的存在。」

許星洲拚命擦了擦眼睛。

她看見秦渡靠了過來。

燈火如畫，河流倒映著千萬河燈，小舟漂向遠方。

「妳以前告訴我七色花，」秦渡按著槳，「紅色花瓣被女孩拿去修補碎裂的花瓶，黃色是女孩買的麵包圈，橙色是她想要的滿街的玩具，藍色花瓣被她拿去飛往北極……」

「妳的小藥盒裡面什麼顏色都有，可是唯獨沒有綠色。」

許星洲臉紅到了眼梢，淚水止不住地往外湧。

「後來我才知道，」秦師兄粗糙的手指擦過她的眉眼：「綠色的花瓣代表家……而妳沒有。」

許星洲那一瞬間，心臟都被攥住了。

秦渡用他的手捏住了許星洲的一顆心，她甚至無所遁形，只能淚眼朦朧地望著她的師兄。

「所以……」

漫天的燈火之中，秦渡緩慢而深情地道：「所以，我想送妳一片綠花瓣。」

——我想給妳一個家。

許星洲捂著嘴落淚，眼淚落得猶如珠串。

「不一定是現在……」

秦渡紅著眼眶說：「可是，我保證——妳想要的，我都給妳。」

許星洲堪堪忍著淚水。

她告訴自己千萬不能哭得太難看，並且滿腦子都是秦師兄這一輩子肯定都不會再這樣表白了，因此不能用太醜的、滿臉鼻涕的模樣給自己留下慘痛的回憶。

許星洲哽咽著抬他的槓：「不，你才不想。」

——你明明還欺負我，許星洲一邊擦眼淚一邊彆彆扭扭地想。你還去勾搭臨床小學妹，對我小氣得要命，三句話不離槓我，我現在就要槓回去。

「你不想，」許星洲滿臉通紅地哭著說：「你如果今晚回去和我說你今天是騙我的，我就……」

秦渡沙啞地道：「……許星洲……騙妳做什麼？我如果沒了妳，真的不知道要怎麼活啊……」

秦渡眼眶紅得幾乎滴出血來：「我真的……」

「需要妳啊。」

許星洲那一瞬間，都以為自己聽錯了。

他是不是說了他需要許星洲——他是說了需要，是嗎？

他是說了沒有我就不知道要怎麼活下去了嗎？

許星洲再也忍不住，絲毫不顧忌形象地嚎啕大哭。

這世上，誰不想被愛。

又是誰不想被所愛的人需要。

——那些蜷縮在床上的夜晚，死活無法入睡，只能跑去空蕩蕩的奶奶床上睡覺的深夜。那些落在向日葵上的金燦黎明，無數次走出校門口時望著別人父母來送飯時，旁邊枯萎的藤蔓月季。

還有許星洲空曠寂寥的一顆心。

這世上哪會有人愛妳，那顆心重複而苦痛地對她說，誰會需要妳呢。不愛妳的人世間遍地皆是；愛妳的人人間無處可尋。

許星洲一直曉得荒野裡的風聲，見慣一個人走回家的道路上流火夕陽，知道醫院裡孤身住院的孤寂，更明白什麼是無人需要。

她羨慕程雁在假期有家可回，羨慕李青青每週都要和父母打電話，她羨慕她同父異母的妹妹，羨慕她的歡樂谷之行，羨慕她有人陪伴的生日。

會有人愛我嗎，會有人需要我嗎？

十幾歲的許星洲蜷縮在奶奶的床上想。她汲取著上面冰涼的溫度，後來秦渡出現，在難以入眠的夜晚，將她牢牢抱在了懷裡。

猶如極夜中升起的陽光。

他真的是個壞蛋，以逗弄許星洲為樂，又狗又吝嗇，然而溫暖得猶如極夜的陽光。許星洲依賴他，癱軟於他，愛他，卻無論如何都不敢把自己的心臟交付到他的手中。

他不會需要我的，許星洲想。

秦渡那麼富有、銳利而喜新厭舊。他對一切都遊刃有餘。

許星洲曾經怕他怕得連表白都不敢接受。

可是，在她二十歲生日的夜晚。

這天晚上風聲溫柔，河流兩畔繪著柔和壁畫，雕塑和蓮花，漫天河燈騰飛入天穹，水面倒影萬千，猶如一條溫暖絢爛的星河。

許星洲在星河之中，像個終於得到愛的孩子，嚎啕大哭。

她看著秦渡就又開心又酸澀，船裡也都是含著露珠的鮮花，許星洲哭得淚眼朦朧地踩了一枝雛菊，雛菊花枝便順水飄向大海。

秦渡哭笑不得地道：「妳怎麼回事啊？」

許星洲哽哽咽咽，卻又說不出個所以然來。

該怎麼告訴他呢——你像我需要你一樣，你也需要著我？

如何告訴他這滿腔的情意，如何告訴他我也像你愛我一樣愛著你？

許星洲不知道怎麼告訴他，只能嗚嗚地嚎啕。

——那是個幾乎斷氣的哭法，而且毫無形象可言，女孩哭得滿臉淚水，不住地吸鼻涕，又不能用手擦，簡直馬上就要百萬雄師過大江了。

她自知自己非常丟臉，過了一下，扯起了自己的裙子。

秦渡：「……」

孔明燈飛入雲海，花枝從船中滿溢出來，闊葉百合垂入水中。

他們的小船靠岸，蘆葦蕩中隱沒著一輪明月。

蟲鳴月圓，夜色之中歌聲悠揚，船停泊於碼頭時，是秦渡先下了船。

秦師兄個子非常高，腿長就有一百二十，上岸只需要一跨，他上了岸後將小船一拉，張開手臂，要把許星洲抱過來。

許星洲抽抽噎噎的，眼眶紅腫，伸手要秦渡抱抱。

秦渡扶正了許星洲頭上的小頭冠，然後將許星洲從船上以公主抱抱了下來。

「師兄……」許星洲抱在秦渡懷裡，迷戀地在他脖頸處蹭了蹭：「還要抱抱。」

秦渡嘲笑她：「妳是黏人精嗎？我都抱了妳一晚上了。」

許星洲笑了起來，點了點頭，等著秦渡戳她腦門——以往秦渡是肯定要「叭」一聲彈她一下的，可是這次許星洲等了半天，秦師兄也捨不得彈她額頭。

一對他撒嬌，他就捨不得下手。

夜空蕭索，秦渡抱著許星洲穿過樹林和城堡——全城都是粉紅色的橫幅和氣球，絲帶纏繞枝頭，隨著他穩健的步伐走過，灰白鴿子撲騰飛起。

「Happy birthday」，那些橫幅上寫道。

那些粉嫩橫幅掛在城堡上，拴在梢頭，纏繞在護城盔甲的手臂之間，冷硬的盔甲上還綁了粉紅色蝴蝶結，連纓都變成了嬌嫩的粉色。

許星洲這輩子都沒做過這樣的公主。

確切來說，許星洲甚至都沒有過什麼公主夢。

公主夢是那些被寵愛的女孩才會有的。這種奢侈的夢境要有父母在她們的床頭讀睡前故事，以愛與夢澆灌，以安全感澆灌，許星洲從小只聽過奶奶講田螺姑娘和七仙女，這種公主夢她只敢隔著書本幻想，卻連做都沒敢做過。

許星洲向來只把自己當成勇者。

世間勇者出身草莽，以與惡龍搏鬥為宿命，他們沒有宮殿，只有一腔熱血和命中注定的屠龍遠征。

可是公主這種存在，是會被嬌慣，被呵護的。

秦渡低頭看了看女孩子，漫不經心地道：「——頭冠快掉了，扶一下。」

許星洲笑了起來，把那個倒楣的公主頭冠扶正。

「小師妹，今晚妳是主角，萬事都順著妳，」秦渡把許星洲往上抱了抱，散漫道：「所以連擦鼻涕，都是用師兄的袖子擦的。」

許星洲乖乖地抱住了秦渡的脖子。

他們走在夜裡。

地球的陰影裡長出開遍全城的花朵，繫上飄揚彩旗，許星洲頭上的冠冕，禮物和蛋糕，公主的合照。

在那一切的浪漫的正中心，最不解風情的人低聲道——

「妳在我心尖上呢。」

心尖上的人。

許星洲鼻尖又紅了，埋在他的脖頸處訥訥地不說話，片刻後小金豆又湧了出來，掛在鼻尖上。

那時候，其實都快十二點了。

時間緊湊，許星洲玩了一整晚，就算是秦渡抱著，都沒什麼精神了，再加上迪士尼在浦東新區，他們家在靜安，足有三十四公里以上，就是把許星洲的腿打斷，她都不想大半夜跋涉千里回家。

從遊樂園回家，總有種故事落幕的感覺。

秦渡也沒打算讓她回去，他一早就安排好了住宿，許星洲推門而入時還看見了譚瑞瑞下樓買飲料，秦渡顯然把所有人的住宿都安排在了園區飯店裡。

秦渡的車還囂張地停在園區門口，就算是富二代也得遵守交通規則，否則明早秦渡恐怕要和拖吊車打交道……於是他去外面找門童解決停車的事，把許星洲一個人放了進去。

許星洲笑咪咪地對譚瑞瑞揮了揮手。

譚瑞瑞也笑了笑，開心地道：「粥寶，二十歲生日快樂。」

許星洲臉蛋都紅撲撲的，春風得意馬蹄疾，上去和譚瑞瑞膩歪了一下，她過生日，譚瑞瑞部長又相當寵愛自己大病初癒的副部長，他們還沒膩歪多久，自動門一轉，秦渡長腿邁入。

許星洲開心地笑了起來：「師兄你回來啦！」

許星洲看到他就開心，幾乎是在搖小尾巴，秦渡漫不經心地掃了譚瑞瑞一眼。

譚瑞瑞：「……」

譚瑞瑞忍氣吞聲：「你媽……」

許星洲這次還真沒撩妹，她只是喜歡譚瑞瑞而已，甚至還有了點有婦之夫……不對，有夫之婦的自覺，開始學著潔身自好，這次終於沒上去對著他們萌妹部長老婆長老婆短。

——不過就是叫了幾聲寶貝。

寶貝星洲寶貝瑞瑞，粥寶寶妳好可愛呀來部長抱抱……

她們這麼做的次數太多了。

飯店大堂空曠幽深，金碧輝煌，秦渡善良地道：「譚部長，天不早了，早點休息。」

譚瑞瑞：「……」

許星洲也笑著和她揮別，跑去找秦師兄，追在秦渡身後，兩個人去坐電梯了。

許星洲談起戀愛來簡直是塊小蜜糖，跑到秦渡身邊去按電梯。

接著，秦渡將許星洲小後頸皮一掐。

被掐住命運的後頸皮的許星洲也不懂反抗，而且她對秦渡毫無防備，被喜歡的人捏著小皮掐也不覺得疼，還甜甜地對他說：「師兄，晚上我要睡在床的內側呀。」

電梯間呼呼地向上走，燈光柔和。她笑咪咪的，被秦渡捏著後頸皮，渾然不覺即將來臨的暴風雨。

她確實是生得討人喜歡，而且嘴還甜，

秦渡瞇著眼睛道：「許星洲，什麼，寶貝？」

許星洲一愣：「哎？」

「親親譚部長？」秦渡將許星洲剛剛與譚瑞瑞黏糊的話一個字一個字地重複了一遍：「好久不見？想妳想得睡不著覺？」

他搓了搓許星洲的後頸皮，許星洲大概是終於被捏得有點疼了，用手去拍秦渡的手掌。

許星洲一邊拍一邊憋憋屈屈地說：「師兄，鬆手嘛，我又不是故意的……」

秦渡哪裡能聽她說話，他記仇都記了八百年了，小本本上都是許星洲泡過的女生名字，他使勁捏了捏，把許星洲捏得吱吱叫。

她小脖子白皙細嫩，好像還挺怕捏，秦渡涼颼颼地警告她道：「妳再浪，我把妳腿打斷。」

許星洲：「……」

「是有夫之婦了懂不懂？」秦渡得寸進尺地拎起許星洲的後頸皮，危險地與她翻舊帳：「妳對得起人家嗎，對得起我嗎？妳看我和別人親親抱抱求摸摸過？」

許星洲被師兄捏的後頸皮都紅了，可憐兮兮地搓搓爪子道：「師兄我只喜歡你……」

她那模樣有點告饒的意思，特別的柔嫩又可憐，甚至還有點刻意的賣萌，以求秦渡不要打斷自己的狗腿。然而並沒有什麼屁用，電梯叮地一聲到了樓層，秦渡將她拎小雞似的拎了出去。

飯店走廊鋪著厚厚地毯，裝潢還帶著迪士尼特色，燈光猶如浪漫的古堡，秦渡對許星洲哀哀的求饒嗤之以鼻，嗆她：「不是故意的？他媽的這是一次兩次嗎？許星洲妳這水性楊花的東西。」

許星洲：「……」

秦渡捏歸捏，其實捨不得把許星洲掐疼了，他在女孩白皙的小脖頸上拍了拍，掏出房卡的瞬間，許星洲惡意地說：「你好意思說我嗎？」

秦渡不爽地眉毛一挑，示意她說。

許星洲冷漠地道：「——師兄，你比我水性楊花多了好吧。」

秦渡聽都沒聽過這種指控。

他們這個圈子裡人人有錢有勢，面對的誘惑多得很，因此出不了什麼冰清玉潔的好人，可是秦渡這種驢屎脾氣，絕對是裡面最乾淨的一個。

水性楊花這四個字和秦渡一點關係都沒有。

許星洲說完那句話，秦渡都沒放在心上，把房門刷開了。

秦渡訂的套房在頂樓，附帶一個屋頂花園，一架天文望遠鏡隱沒在窗簾之後，沙發上都是溫柔絢爛的向日葵與黃玫瑰，滿天星與乾薰衣草落在長絨地毯上，浪漫得猶如中世紀法國的古堡。

可是卻又被落地玻璃門窗覆蓋，遠處燈火萬千，宇宙之中星空絢爛。

在秦渡的觀念裡，許星洲那句話純屬找碴，屬於自己理虧時的強詞奪理。

秦渡危險地道：「許星洲，妳可別蹬鼻子上臉，妳這屬於跨級敲詐。」

許星洲看起來，好像有點難過。

他將外套隨手一扔，惡狠狠地說：「我沒和別的小女生互相叫過老婆老公，妳看看妳，妳對自己手機聯絡人裡有幾個老婆幾個寶貝心裡沒點數嗎？大寶貝二寶貝都出來了，妳還好意思說我水性楊花？」

許星洲：「……」

秦渡上去使勁捏許星洲的臉，許星洲呆呆地任他捏了兩下，秦渡又捏著許星洲的臉玩，一邊捏一邊嗆她道：「實話告訴妳，從小到大追我的沒有一個加強連也得有四分之三個，我他媽看上誰了？比妳好看的還有送巧克力給我的，妳看看妳，是我給妳臉了……」

許星洲不甘示弱：「那你呢？第一次見面的時候我可是從你身邊挖走了一群漂亮大姐姐！一群！你好意思說我水性楊花嗎？你一點也不尊重那群大姐姐，任由別人欺負！雖然很羞恥但是我還是要說我那天晚上真的是個英雄——」

秦渡：「我那天晚上是被硬塞……」

許星洲叭叭地道：「那天晚上七八個有沒有？我從來都尊重別人，要不然她們怎麼都會喜歡我，說實話還有一個大姐姐一直想請我喝一小杯呢，我學業繁忙一直都沒抽出時間！」

秦渡立刻炸了：「許星洲妳他媽？誰敢請妳？」

「——但是就是如此而已，」許星洲也不回答，氣鼓鼓地道：「我又沒有要和她們談戀愛，我只是討她們喜歡。誰不喜歡香香軟軟可愛的女孩子啊！我也喜歡！叫老婆老公還都是單身的時候叫的呢，從暗戀你的時候我就已經老老實實不敢撩妹了！專情得很！你倒好，吃著碗裡的看著鍋裡的。」

秦渡聽到暗戀就嘴角上揚：「啊？」

「小師妹，吃著碗裡的看著鍋裡的是妳吧，」秦渡惡意地想讓許星洲多說兩句自己暗戀的心路歷程，道：「妳連我學妹都不放過，他媽的下次再讓我看見我直接把妳從西輔樓趕出……」

許星洲想起理圖茜茜的忠告，冷笑一聲，照著臉嗆他：「這些話，你想必是不會和你的臨床小學妹說了。」

秦渡：「……？」

「趕出去就趕出去囉。」許星洲惡意又痛快地道：「反正你的臨床小學妹就是在西輔樓上課！可憐的新聞學院女孩粥粥當然是被發配東輔樓，不僅要被發配，還要被趕出去。」

那一瞬間，秦渡愣了：「什麼臨床……」

許星洲悲傷地道：「可憐的新聞學院小師妹怎麼和師兄賣萌，怎麼撒嬌，師兄都不吃。」

秦渡：「我他媽什麼時候不吃妳撒嬌了，不是，許星洲妳說清楚……」

「難受。」許星洲糯糯地、委屈地說：「師兄你確實不是吃著碗裡的看著鍋裡的，你是準備砸了小師妹這個碗呀。」

那分明是在找碴，可許星洲那話音裡面，卻又能分明地聽出幾分委屈。

那還真是有點委屈，不是裝的。

秦師兄終於慌了。

秦渡完全不記得臨床小學妹是什麼鬼東西。

秦渡記性確實不錯，但是絕對沒好到記起來一件根本不存在的、好幾個月以前的破事，秦渡將認識的F大臨床醫學院的都過了一遍——哪個都不可疑，也沒有任何相交之處。

醫學院歷來獨立於其他院系，自成一個獨立校區，學生又忙，和他們本部的學生都沒什麼交集。

許星洲成功令秦渡吃癟，坐在落地大玻璃窗前，蜷縮在抱枕堆裡面，看著外面吹過溫柔的星河之風。

時針指向十一點四十。

——許星洲想起仙杜瑞拉的魔法失效就是在十二點，而她彷彿被施了魔法一般的生日也來到了尾聲。

「小師妹，」秦渡低聲下氣地道：「我怎麼都想不起臨床醫學院有什麼人……」

許星洲扶著玻璃，偷偷笑了起來。

秦渡說：「妳以後泡妹子的話……」

「我只是吃醋，真的，」秦渡窒息地說：「不是說妳不好，就是不許叫她們寶貝，更不許叫老婆。我真的乾乾淨淨的，也捨不得把妳趕出西輔樓……」

秦渡說著，看了鐘錶一眼。

——那時已經十一點五十多了。

沉沉的黑夜之中，許星洲仍靠在玻璃上，專注地看著外面的星月之夜。

他試探著走了過去。

許星洲沒回頭，頭上還纏著小冠冕，女孩肩膀瘦削而纖細，秦渡怕把許星洲真的弄生氣了，而公主生日最後的十分鐘也應該是有魔法的。

他拍了拍許星洲的肩膀，沒有半點面子地說：「……我錯了。」

那一瞬間，他聽見許星洲笑了起來。

夜空繁星綻放，猶如春夜路燈下的緋紅合歡，又像是搓揉月光的深井。

許星洲甜甜地道：「臨床小學妹的事情，等以後再把你的腿打斷。師兄抱抱。」

秦渡便坐下來，在抱枕堆裡，牢牢抱著她。

許星洲似乎特別喜歡身體接觸。

她十九歲的最後幾分鐘是和秦渡抱在一起的，遠處城堡仍亮著粉紅的燈，仲夏夜風聲溫柔，屋頂花園的風信子在風中搖曳，紫羅蘭在瓶中含苞欲放。

萬籟俱寂，唯餘盛夏的蟬鳴與風聲。

秦渡帶著許星洲折騰了一天，又對她的體能瞭若指掌，耐心道：「小師妹，去洗個澡，我們睡覺吧。」

如果明天還想玩的話，秦渡再陪她。一個晚上玩完園區肯定是不可能的，秦渡晚上帶小師妹玩得也不算多，還要考慮最低容納人數，很多項目都得明天再玩。許星洲似乎很想去玩雷鳴山，可是園方考慮到安全問題，只有兩個人不開放。

許星洲：「……哇？」

秦渡：「……？」

許星洲不知道理解了什麼不得了的東西，喜極而泣：「好！」

秦渡：「等……」

秦渡幾乎是立刻理解了許星洲到底在想什麼。

許星洲立刻歡欣雀躍地去洗澡了，秦渡將地上的花瓣揀了揀，又打算傳訊息給圖書館那邊請個臨時假，秦渡將她的手機一解鎖，就看到了二十多分鐘前她和程雁傳的垃圾訊息。

通訊軟體上，程雁對她說：『我賭五毛錢今晚你們會有情況。』

女孩子果然也會和閨密聊一切傻東西——這點上還真是男女同源。他們那個群裡至今還在嘲笑秦渡的處男身分……秦渡以指節揉了揉太陽穴。

——秦師兄等的時間久了，這點還不算什麼。

秦渡一邊揉太陽穴一邊往下翻聊天紀錄，看見許星洲說：『媽的我都沒想到今晚會有這種場合……感謝上天！』

程雁：『？？您感謝個屁啊？』

許星洲說：『妳是個沒有情趣的人，我不告訴妳。』

秦渡有點好奇，又兩指抵著下巴，往下翻了一下，看到許星洲對程雁諄諄教誨：『雁寶，機會都是留給有準備的人的。』

『……』

秦渡不知道的是，許星洲面對這個機會，準備的東西實在是比較迷幻……卻又極其的有條理可循。

許星洲歷來買內衣都是只買有點情趣傾向的，她洗完澡，從自己的小包裡找出自己成套的情趣內衣穿上了，她對著鏡子看了看，又托了托自己的胸，讓A罩杯看起來像B罩杯一些。

有人說當脫下衣服之後，如果發現女人穿著的內衣成套，那就相當於是被上了。

許星洲糾結地看了一下，覺得反正都是要經歷的，上不上這個表述本身就不對勁。性這種東西，歷來都是雙方的快感，不存在任何一方吃虧。

許星洲在自己的面頰上拍了拍，告訴自己師兄不大行，等等哪怕演也要演個八九不離十，好像幾年前還有個社會調查，調查了近一萬個樣本，調查結果顯示百分之九十五的女性在床上都很能演……

保守估計總體馬上就要多一個了。

許星洲看著鏡子裡的自己，幫自己加油打氣。

自己看上的男人，跪著也要談下去！加油呀！

然後精緻女孩——小黃文資深閱讀者——許星洲心機地在脖頸胸口處噴了點香水，只穿了件園區的長T恤，鑽了出去。

外面燈已經全關了，只剩漫天星河，唯有小夜燈亮著，秦師兄靠在那一堆抱枕裡，閉目養神。

黑暗中，秦師兄睜開眼睛，漫不經心地問：「……洗完了？」

許星洲緊張得手心出汗，道：「算、算是吧……」

秦師兄微一點頭：「那先過來。」

許星洲趕緊殷勤地跑了過去，和他並排坐下了。

許星洲：「……」

秦渡只是平靜地望著遠方。

妳是不是有病啊許星洲！並排坐什麼坐啊！直接坐他懷裡不就好了！許星洲差點就把自己一柴刀劈死，這又不是春遊！

別人的車香豔得要死，這個場景怎麼能這麼尷尬……小說裡果然都是騙人的。

許星洲伸手拽了拽抱枕上的流蘇，又小小地摸了摸秦師兄指節上的梵文刺青，小聲道：

「那、那我們，是不是應該做點……少兒不宜的事情了？」

「——許星洲。」

秦渡沙啞地喚道。

他在回答之前，先屈起了右腿。

習習夜風拂過許星洲的黑髮——秦渡師兄在隱藏什麼東西，許星洲想。

溫暖的夜燈之中，她尷尬得滿臉泛紅，唯恐師兄從生理的角度上嫌棄她平胸，訥訥地嗯了一聲。

「許星洲，現在還有機會反悔。」

秦渡聲音沙啞而壓抑，猶如暴風雨來臨的海面：「我先說好，我可能會很過分，妳應該受不了，所以我再給妳一次反悔的機會。」

許星洲耳尖都紅透了，她摸了摸自己通紅的面頰，小小地點了點頭。

……怎麼會反悔呢，許星洲酸澀地想，我那麼喜歡你。

秦渡嗤笑了一聲。

「這次是妳說的。」他粗糲地道。

那一瞬間許星洲感到了一絲本能的威脅，她抬起頭。

「師兄……」許星洲緊張地道：「怎……怎麼了呀？」

——話音還沒落地，秦渡就將上衣慢慢扯了下來。

黑夜裡，他扯衣服的姿勢極其性感，肌肉隆起而流暢，露出胸前大片的刺青。

那刺青極其性感而絕望，走線黑細，乃是一具被細長鎖鏈重重拴住的、羚羊骷髏。

——他說，妳遲早會看見。

那些他不願意令許星洲看見的刺青，他自卑而自負的人生，他的野心勃勃，他的貪婪，他的頹廢和從出生那刻就不存在的激情與熱烈。

他的造物者給予他的巴別塔。

那一切，他只留給了許星洲一人，令她看見，令她親眼目睹。

他可能有所隱瞞，但是秦渡的一切，最終都將對她毫無保留。

「還他媽……」秦渡把許星洲弄得發抖不止，粗糲而色情地道：「還他媽跟人說我呢……」

許星洲那天晚上，到了後面，是真的後悔。

秦渡簡直是個活畜生，特別是許星洲還認床，一覺醒來不過六點——整個晚上她睡了不超過三個小時，許星洲起來渾身散架，簡直怨氣沖天。

而且，更可惡的是，本來應該在身邊躺著的秦渡，人還沒了。

許星洲：「……」

清晨六點，窗外的天光灑在了雪白床褥上。

飯店之中，大套房外面花枝爛漫，花鳥啁啾。

窗外停著一隻小麻雀，吱吱地叫個沒完，似乎在曬清晨第一縷太陽。許星洲被冷氣吹得有點冷，本來想鑽進師兄懷裡取暖，結果伸手一摸，身邊只剩一個躺過人的窩。

許星洲立即醒了，艱難地坐起了身，揉了揉眼睛。

滿室靜謐，按小學三年級作文課的說法就是「連一根針掉在地上的聲音都清晰可聞」。

許星洲渾身痠痛得不行，剛起床還愣愣的，但是一看秦渡不在，就氣不打一處來。

這才六點呢！人就沒了，拔屌無情不過如此。

——晚上還特別能折騰人，折騰人的時候就知道黏糊著不放了，起來怎麼就跑沒了影。

許星洲氣得要命，坐在床上滿腦子都是要和秦師兄同歸於盡，從把他扔進鍋裡燉成女巫湯考慮到把他切成精武鴨脖，正當許星洲在回憶精武黑鴨要怎麼做的時候，就聽到了臥室門吱噠一聲響，秦渡輕手輕腳地推開了臥室。

很好，許星洲想。

從許星洲起床，到秦渡回來，共計花了十六分鐘。

秦師兄光著膀子，肩膀上搭著塊毛巾，胸肌結實。

秦渡看到許星洲就笑起來，眼角眉梢都是春風得意，一揚眉毛就道：「小師妹，怎麼不多睡一下？」

許星洲：「……」

「沒有我睡不著？」秦渡笑著往床上一坐，床凹下去了一塊：「我就是去洗了個臉，這麼想我？來抱抱。」

許星洲一點都不舒服。

可是許星洲還是乖乖地抱住了他的脖子。

「好乖呀。」秦渡壞壞地道：「說讓妳抱就抱，我都這樣欺負妳了。」

秦渡直接把許星洲抱到了身上，故意親了親她的脖頸，重重一吮。

許星洲腰腿都有點碰不得，耳尖又尤其敏感，被秦師兄滿肚子壞水地一親，當即就要哭了，喃喃地道：「幹、幹嘛……」

秦渡：「親妳。」

他又親了一下小耳尖，許星洲一聲喘息壓抑不住——那喘息極其柔軟而勾人。

秦渡漫不經心道：「還不是我家小師妹太想師兄，師兄怕妳不開心，只好下手了。」

他肌肉線條流暢，腹肌緊實，猶如模特一般。胸前刺青帶著水珠，性感得可怕，他把許星洲往床上一摁。

接著又以膝蓋一頂，不許小師妹扭腰躲，去床頭拿保險套。

「我喜歡妳，」老狗比抵著許星洲的額角磨蹭，柔情道：「太喜歡了，來抱抱。」

那表白真的很感人，如果不是許星洲瞥見了床頭櫃上的岡本盒子的話她都要被哄過去了——問題是許小師妹就是看見了包裝盒，那岡本盒子是十個裝，居然都快空了。

那一瞬間許星洲氣得，眼淚都要出來了。

秦渡：「……」

許星洲縮在床角，抱著自己的兩條小腿，用手背擦眼淚，鼻涕水一抽一抽。

「我……」秦渡痛苦地道：「我真的不知道，無論怎麼樣我先道歉。星洲，到底是誰告訴妳的？」

許星洲大仇得報，抽噎著嗆他：「要你管，負心漢。」

秦渡都要昏過去了：「我真的不知道啊！我對妳一顆心日月為盟天地可鑒……」

許星洲抽抽噎噎：「你真的是個垃圾，你離我遠一點。」

秦渡：「……」

許星洲哭得一把鼻涕一把淚的，秦渡遞了紙巾給她，許星洲一邊哭一邊接過來，把紙巾抽得一乾二淨，拿過來擤鼻涕。秦渡大早上起來挨嗆，還要拿紙巾給女朋友，結果剛給完，許星洲又來了一句：「你離我遠點。」

老狗比只得到床邊坐著，不敢離得太近。

「嗚……」許星洲一邊揉眼睛一邊掉金豆豆，委屈得似乎馬上就要哭昏過去了：「你別過來了，離我十公尺遠！十公尺！少一公分都不行！秦渡你是我見過床上最壞的人！」

秦渡抬槓簡直是本能，張口就是一句：「妳也就見過我一個。」

許星洲強詞奪理：「那你也是最壞的！」

秦渡：「喲呵許星洲還學會跟我抬槓了？許星洲妳到D罩杯了嗎，妳能遇到我這種好男人妳就知——」

「——沒到。」許星洲哭得打出了個嗝：「沒到！你去找你可愛的臨床小學妹吧，她胸肯定比你女朋友大！」

早餐是客房服務送上來的，法式早餐，秦渡特意指定要了蓮霧和香蕉船。

許星洲因為「臨床小學妹」五個大字哭了一場，哭到不停打嗝，然而其實哭的是自己滿腹的憤怒，和臨床小學妹並無半點關係。

她此時正一派祥和地叉可麗餅和上面的小櫻桃。

而秦師兄戳著煎蛋，憋屈無比。

臨床小學妹這事絕對是真的，他想。

許星洲雖然屁話連篇，但不是個會在這種事上撒謊的人，而且秦渡直覺覺得她已經對這五個字怨念已久，說出「臨床小學妹」五個字時帶著一種發自內心的爽快和記仇。

秦渡：「星洲。」

許星洲捏著可麗餅，訝異地抬起了頭。

「妳說的那個小師妹……」秦渡滿頭霧水地道：「妳對她知道些什麼？我認識的人裡，沒有任何一個和她對得上的。」

許星洲覺得可麗餅特別好吃，心情都變好了，也不介意和秦渡分享情報，認真地道：「你跟她講電話特別溫柔，比對我溫柔多了，你每次打電話都要嗆我。」

秦渡把自己盤子裡的草莓奶油可麗餅叉給她吃，又把許星洲不喜歡的煙燻培根戳進了自己的盤子裡，滿頭霧水地啊了一聲。

許星洲不無怨念地說：「師兄你別覺得奇怪，你其實對我也沒有很溫柔……」

秦渡顯然沒聽到許星洲的鬼話，他莫名其妙地發問：「我對誰溫柔過嗎？」

許星洲：「……」

靠，完全無法反駁。

許星洲感覺好生氣。

清晨金光璀璨，許小混蛋憋著氣坐在對面，腦袋上還翹著兩根呆毛，用叉子戳著可麗餅裡的水蜜桃。秦渡看了一下，將自己盤子裡的蓮霧分了過去，又幫許星洲在烤吐司上抹了覆盆子果醬。

「早上要多吃點。」秦渡把麵包遞給她，散漫道：「要不然等等玩遊樂設施會不舒服。」

刀叉在陽光下光線炫目，窗外金黃曠野鋪展開來，萬千光線映著桌上的卡薩布蘭卡。

「可是……」許星洲突然開口。

秦渡眉毛一挑，許星洲小聲道：「師兄……你對我明明就挺溫柔的。」

秦渡：「……」

他想了一下，中肯地說：「也許。」

許星洲終於笑了起來。

秦渡便揉她的頭髮，許星洲甚至乖乖地在他手心蹭了蹭腦袋，不僅蹭頭髮，還磨蹭了一下面孔，舒服得眼睛都瞇起來了。

秦渡說：「媽的許星洲妳是小狗嗎……再蹭蹭，媽的好可愛……」

許星洲就笑咪咪地又蹭蹭他。

她男朋友的手掌乾燥溫暖，骨節分明，在許星洲頭髮上纏了纏。許星洲只覺得十分溫柔——秦師兄真的比以前柔和了許多。

他身上開始有一種，融入世間之感。

世間滾滾而過萬千炊煙，庸碌與不庸碌的眾生與他們的所愛所恨、他們的所思所想，他們的百年身後一抔黃土與整個被他們締造的世界，帶著人生的重量，被風雨席捲而來。

於是，漫長的風暴後，在風雨從來吹不到的、高不可攀的花崗峭壁之上，長出了第一枝青澀的迎春。

清晨八點的太陽，糅進了可麗餅的面皮中。

許星洲低著頭看著自己碗裡的草莓和甜奶油，他們兩個人之間寂靜安詳流過，只有窗外小麻雀的啁啾聲。

打破了寂靜的，是許星洲。

「師兄……」她沙啞地道：「你真、真的……沒有我，會活不下去嗎？那麼需要我嗎？」

她的話裡帶著令人難以察覺的酸澀和希冀，唯恐秦渡說我是騙妳的，妳別信這個，更怕秦渡語焉不詳——那甚至關乎許星洲腳下的深淵，關乎下一次的墜落。

——如果有人需要我就好了，如果有人能愛我如生命就好了，那一剎那五歲的許星洲和十九歲的許星洲的聲音重合在一起。

許星洲無意識地捏緊小湯匙。

秦渡沉吟一聲，在吐司上抹了兩刀草莓醬。

那幾乎是在等待審判——許星洲甚至後悔為什麼要問出這個問題，是對自己太自信了嗎？還是只是欠揍地想要求證？

然後她聽見秦渡開了口。

晨光熹微，他的聲音閒散地道：「不好意思，讓妳失望了，都是實話。」

許星洲那一瞬間，視線都模糊了。

「——需要妳也是，沒妳會死也是，」秦渡一邊抹果醬一邊道：「妳就別沒事想著出去浪了，許星洲妳記住——」

秦師兄用餐刀刃刃，劈手一指那個女孩。

那姿勢極其囂張，甚至還有點秦渡特有的，不尊重人的銳氣，可是偏偏又特別、特別的撓許星洲的心窩。

「和我無理取鬧的時候，」他將餐刀放下，散漫道：「什麼理由都能用，就是不許說我不愛妳。」

然後他把抹了半天果醬的吐司一捲，塞進了許星洲的嘴裡。

他真的是太能餵了——許星洲被塞得都要溢出來，吃得特別撐，可是她聽到那句話，鼻尖都在發酸。

許星洲從小，就在與惡龍搏鬥。

那惡龍與深淵同本同源，它們都出現在她五歲的那一年。惡龍是以萬丈深淵為力量的源泉的，因而每當深淵將許星洲往下拉時，惡龍都會得到力量飛撲而上，將許星洲踩在腳底。

小許星洲只能將它壓制著，任由深淵如同大嘴一般不停地開合。

許星洲痛苦地想，這種日子還會有盡頭嗎。

——知道自己不被愛的日子。

——知道自己不被需要，單打獨鬥的人生。在發病的無數個夜晚裡，許星洲有時苦痛地想：如果有人需要我就好了，可是「需要」這兩個字，太過奢侈。

那些痛苦的字句在一萬個夜晚發芽，它們生機勃勃又侵占全世界，猶如舶來的布袋蓮。這一切的一切只能由許星洲艱難地控制著。

——直到英雄一腳踩斷樹枝的那天。

直到，他替許星洲留著臥室門的那一夜。

英雄曾抱著傷痕累累的勇者穿過雨疏風驟的長夜，帶著大病初癒的勇者跑過醫院的太陽花花田，他曾摟著小勇者在夜裡心疼得落淚，帶著她走出陽光明媚的存檔點。

然後他開了口：我沒有妳活不下去，那個英雄說，我需要妳。

這世上其實沒人知道，勇者是打不敗惡龍的。

勇者鬥惡龍是她的宿命，然而勇者能將惡龍打傷打殘，可是卻無法徹底殺死牠，因為勇者的心裡永遠有心結，那心結被惡龍死死掐住，因而惡龍生生不息。

「勇者是打不敗惡龍的」——那是遊戲設下的規則。

可是，滿腔愛意的英雄可以。

在漫長的深夜盡頭，深淵合攏的那一剎那，被打敗的惡龍也化成了不值一提的、連五個銅幣都不值的齏粉。

於萬丈晨曦之中，在惡龍曾經盤踞的古堡吊橋前——

英雄提著劍，大步向他的勇者走來。

第二十六章 漂泊的星星

秦渡幫許星洲請了假，那天他帶著小混蛋在迪士尼玩了個遍。太陽正好也不算太強，是個遊玩的好天氣，秦渡又找了園區導遊，帶著許星洲好好把每個遊樂設施都玩了一遍。

秦渡從來沒有遇到過許星洲這種要刺激不要命的玩伴。

秦渡和許星洲簡直是臭味相投，他特別喜歡驚險刺激的項目，兩個人正好玩到一起去了。

不過許星洲好像更危險一點，雲霄飛車——創極速光輪他們都玩了好幾遍，許星洲玩到第五遍時才大發慈悲地一揮手，意思是我決定去下一個設施了。

秦渡：「……」

飛越地平線——急速下墜式高空落體，許星洲玩了三遍，連秦渡都有點受不了，許星洲從第三遍下來時還很悻悻然。

「如果每次都能保持第一次的體驗就好了，」許星洲道：「第三次一點都不刺激。」然後和她一起坐在飛越地平線上的一個男生扶著牆，哇拉一聲吐了一袋子。

秦渡由衷道：「厲害。」

泡泡龍雲霄飛車坐了三次，雷鳴山漂流——水上漂流設施，許星洲坐了足足六次，最後覺得不能把新鮮感一次全部磨滅，才走人。

秦渡看了導遊一眼，導遊都不願意跟許星洲一起玩。

許星洲玩完雷鳴山，充滿讚嘆地滔滔不絕：「嗚哇師兄這也太爽了吧！水上的《玩命關頭》！原來遊樂園是這麼好玩的地方，我愛遊樂園！迪士尼真的是愛與夢的工廠！這些設施比我以前去高空彈跳好玩多了……」

秦渡正在排隊去買網紅火雞腿，有點好笑地問：「星洲，這是妳第一次來遊樂園？」

渾身濕透的許星洲快樂地點頭。

她真的是第一次來遊樂園，而且還有人陪，特別開心，像個孩子，笑得猶如金黃的太陽花。

秦渡嗤地笑了起來。

許星洲抱著他的手臂，陽光昏昏然，冰雪奇緣的花車經過。

「……小師妹。」

許星洲眨了眨眼睛，她正在啃霜淇淋，髮梢還都是水。

秦渡捏了捏她脖頸上的吻痕。

秦渡買了兩個巨大的火雞腿，把其中一個遞給許星洲，漫不經心道：「對了，經歷了今天之後，妳以後如果敢開我的任何一輛超跑，我可能會把妳的狗腿打斷。」

許星洲：「？？？」

連駕照都沒有的許星洲被掐死了一個可能性，而且狗腿再次收到威脅，變得不再快樂：「為什麼！」

「妳猜。」

秦渡說完，就去咬了一口火雞腿。

那天最終的結果是——折騰了大半夜。

白天坐了六次水上漂流，坐完還吃了霜淇淋和火雞腿的找死大師許星洲回家就發起了高燒。

秦渡：「……」

燈火熄滅，長夜中，許星洲蜷在被窩裡，頭髮被汗濕得一縷縷的。

她燒起來就有點凶，秦渡量過體溫，三十九度多。

第二天應該也不能上班了。

秦渡無聲無息地起來，打算去臥室外面，想打電話給秦長洲，問問要不要帶許星洲去打個點滴，結果他一動，許星洲就拽他的袖子。

「別……」他的星洲燒得滿面潮紅，哀求似地拽著他的袖子道：「別走……師兄別走，別走。」

秦渡又他媽心疼得不行。

這他媽誰能走得了，又是誰捨得走？秦渡只得和小混蛋十指相扣，在臥室裡，打了電話給秦長洲。

許星洲用額頭蹭他的手掌。

她渾身滾燙，秦渡餵她吃的退燒藥還沒生效，眼角都燒紅了。

好在秦長洲接電話接得很快。

秦渡握著許星洲的手指，微微搓揉，感受著許星洲滾燙的面頰蹭著自己的手背，焦急道：「那個──哥是你吧？我這裡……」

秦長洲：『你的禮貌呢？』

秦渡：「……」

『和你說過多少次，』秦長洲說：『哥性格很溫吞，你這樣容易嚇著哥哥，渡哥兒。』

秦渡急切道：「我這裡挺──」

『──溫柔啊渡哥兒，對你哥溫柔一點，』秦長洲今晚顯然心情不錯：『你哥今晚心情纖細敏感，你不溫柔我就掛你電話。』

秦渡：「……」

秦渡忍火氣忍了足足五秒鐘，才溫柔道：「是這樣的秦醫生，我家星洲今晚發高燒，找你諮詢一下，到底要不要去醫院打個點滴──」

秦渡忍了又忍：「呢？」

秦渡掛了電話。

他堂哥這人的電話須得溫柔著接，也得溫柔著打，秦渡對屈服於秦長洲勢力的自己充滿鄙夷，揉了揉眼睛，卻突然看到了自己手機螢幕上有一則新傳來的訊息。

——那訊息還挺長，是他媽媽傳來的。

他滿眼都是睏出來的淚水，卻仍能看見那則訊息裡，有「星洲」二字。

秦渡：「……？」

他媽媽知道許星洲的名字倒不奇怪……可是怎麼會突然惦記上她呢？

他揉了揉眼睛，去看那則他媽媽傳來的訊息。

秦渡躺下，把許星洲抱在懷裡，睏得打了個哈欠，將訊息點開了。

夜風吹起紗簾，他的星洲蜷縮在他的懷裡，眉眼還帶著燒出的淚花，猶如幾個月前的夜晚——可是一切都不一樣了，秦渡低下頭在許星洲的額上一親。

許星洲吃了藥，終於開始退燒，額頭上全是汗水。

秦渡安撫地摸了摸許星洲的後腦勺，去看那則訊息。

姚汝君：『兒子，那個小女孩現在怎麼樣了？』

秦渡一愣，不知道他媽怎麼會突然問起許星洲的近況，他其實已經許久不曾和他媽說起過許星洲了——自從上次在醫院他媽送了那次湯給許星洲，秦渡後來只和她說過一次自己在陪床。

秦渡想了一下，回答道：『我忘了和妳說了。』

秦渡打完那句話，糾結地想了很久。

他媽媽確實是個講道理的好人，但是秦渡不想貿然地讓許星洲撞上槍口，也不想讓自己的父母在這種尚不成熟的時機見到他的星洲。

加上他父母確實又對他一向放養，問出這種問題，應該也不是需要他回答得太細的。

秦渡抱著許星洲想了一下，說：『上個月出院了。』

他媽媽：『……』

秦媽媽又小心地問：『出院的事我早就知道了，媽媽是說，她現在怎麼樣了？』

秦渡說：『挺好的，現在很正常，妳上次見的時候她有點無法控制自己，現在已經恢復到很令人舒服的狀態了。』

秦渡想了想又道：『憂鬱症狀已經控制了，不會再尋死，每天都很開心，很陽光。她本來就是一個很陽光的女孩子，是那時候不太正常。』

秦媽媽說：『媽媽明白。』

秦渡將許星洲又往自己的懷裡攬了攬。

那女孩濡濕的額頭抵在他的脖頸之間，秦渡回憶起瓢潑的春夜大雨，他抱回來濕淋淋的許星洲，她在床上毫無安全感地扯著被褥，淚水濡濕鬢髮。

如今，她已經不會再在夜裡瑟縮成一團。

秦渡以眼皮試了試許星洲的體溫，他的星洲難受地滾進了他的懷裡。

「師兄……」許星洲模糊地蹭著他：「師兄，頭疼……」

他的星洲黏人得猶如一團紅豆小年糕一般。秦渡哄道：「等等就不疼了，已經餵妳吃藥了……」

然後秦渡溫柔地在許星洲額角抵了抵。

「睡吧，明早就不難受了……我在。」

他說著，將許星洲輕輕放在了枕頭上，又展臂抱住了她。

許星洲迷迷糊糊地點了點頭。

她依賴著秦渡，猶如雲與風依賴著世界，又像是行星依偎著宇宙。

秦渡幾乎想把她揉進自己骨血之中。

接著他的手機螢幕一亮。

秦渡困倦地睜開眼睛，還是他媽媽傳來的訊息，他抱著睡熟的許星洲，又揉了揉酸痛的眼睛，將訊息點開了。

秦媽媽這次說：『兒子……媽媽不是想問她的現況，我是想問她這兩天怎麼樣，挺擔心的，你回答了我就去睡覺。』

這個問題太過具體，秦渡覺得有點奇怪，還是回道：『這幾天我帶著她玩，結果她著涼了，現在感冒發燒。』

那頭，他媽媽終於傳來了一個安心的小熊貼圖，說好的。

秦媽媽一向喜歡這套小熊貼圖，到處用，而她問的問題其實也稱得上稀鬆平常。秦渡壓了那點神奇的感覺，和他媽說了一聲晚安。

接著他抱著許星洲睡著了。

上海電閃雷鳴，夏水湯湯。

中午時分天地間暗得猶如傍晚一般，撕扯得長街上梧桐七零八落，建築隔不住傾盆大雨，劈里啪啦的聲音砸在玻璃上，彷彿還有冰雹夾雜其中。

在電視臺也好，社群軟體上也罷，這個名為「尼莎」的颱風登陸被強調了無數次——東南沿海的第九次颱風先後登陸臺灣與福建，毗鄰的上海被捅漏了一片天，大雨鋪天蓋地，闌風伏雨。

許星洲望著窗外吸了口氣，然後趴在了長桌上。

柳丘學姐在一旁翻書，突然道：「……上海這城市就是這點讓我很不習慣。」

許星洲：「嗯？」

「一到夏天……」柳丘學姐淡淡道：「……就這樣下雨，每次下雨都像天漏了似的。我們那裡從來不會有這麼可怕的颱風……冬天也沒有暖氣，他們這裡習慣穿的珊瑚絨大棉褲，我們在東北都不會穿。第一年冬天我一個東北大漢，就差點交代在秦嶺以南。」

許星洲倒吸了一口氣：「這麼一說，其實我也挺不習慣的……」

柳丘學姐：「嗯？」

「飲食啊，習慣啊……」許星洲懶洋洋地道：「上海人吃得真的好甜。我大一軍訓就想吃口辣的，結果每次去學生餐廳打帶紅油的菜，都會上當受騙。妳說，那些廚師憑什麼把魚香肉絲裡的泡野山椒剔出來？」

柳丘學姐震驚地反問：「應該有野山椒嗎？」

許星洲：「……」

預防醫學出身的柳丘學姐，懵懂無知：「野山椒是不是那個……一個很巨大很粗長的……形狀有點色情，就是像男人丁丁……」

許星洲眼神裡寫著震驚：「……」

許星洲：「妳都在想什麼？」

柳丘學姐沉吟片刻：「不是嗎。打擾了。」

許星洲嫌棄地說：「你們黑龍江人。」

柳丘學姐也不甘示弱：「你們湖北人。」

區圖書館外正下著這兩名大學生在上大學之前見所未見的大雨。兩個人對著看了一下，又笑了起來。

「學姐，說白了，」許星洲看著窗外的暴雨開玩笑道：「我們就是有來無回的人——否則我們也不會選擇這裡。說實話，來這裡上學的外地學生，幾乎沒有人不想著留下。」

柳丘學姐也沉默地笑了笑。

柳丘學姐想了許久道：「我的話……填志願來這裡的時候，就是想著，我不甘平庸吧。」

「我的話，填志願的時候，考慮的是兩方面的因素。」許星洲笑道：「第一點是我想著這裡比較有趣，生活都很繽紛的樣子，資本的世界，有錢人的天堂，一定也有很多新鮮好玩的事情等著我。」

許星洲又笑道：「第二點是因為這裡離我的家遠一些。我一直覺得我是沒有家的，我就算離家漂泊，也沒有人會覺得悵然若失，既然沒有家的話，不如來一個自己完全陌生的地方算了。」

「所以我們忍受著距離，」柳丘學姐淡淡道：「忍受著自己與家庭之間虛無縹緲的那根線。」

「一個學期回去一次，甚至一年才回一趟家。」柳丘學姐低聲說道。

「……從虹橋出發的二十三個小時又三十四分的綠皮火車，逼仄的上鋪，與我們永遠有隔閡的天氣，適應不了的飲食……這一切都告訴我們，我們正在這世上尋求一個立足之處。」

許星洲：「嗯。」

柳丘學姐道：「……星洲，在這世上立足好難啊。」

許星洲鼻尖一酸。

他們腳下的行星有著廣闊沙漠草原，也有著牛羊稀疏的高地，有陽光普照的地中海沿岸，巴拿馬運河與綿長阿爾卑斯雪山，疆域遼闊無垠，幾乎處處宜居。

可是，對人來說，「立足」卻是一件他們要學習一輩子的事情。

「活著也好難啊，」柳丘學姐低聲道：「做一個流浪的人實在是太苦了……這條路就像沒有出路一樣，沒人走過，只有我一個人用刀一刀刀地往前劈，我甚至都不知道前面等著我的到底是什麼。累的時候我有時候甚至會告訴自己還能一了百了。」

許星洲揉了揉發紅的眼睛。

「一了百了多輕鬆啊，星洲。」柳丘學姐說：「如果一了百了就不用考慮這麼多了，只要閉上眼睛，我的困惑我的痛苦就會化為齏粉，身後的一切都與我無關。」

許星洲眼眶紅了起來。

「可是。」柳丘學姐又乾澀地道：「我又總覺得……」

許星洲開了口：「……又總覺得，人間到處都是希望。」

柳丘學姐沉默了很久，深重地嗯了一聲。

——這世界苦澀至極，像是釀在酒精中的苦瓜。

不給她們留下生活的空間，令她們漂泊，令她們絕望，將人們逼至懸崖的峭壁。

可是，柳丘們和許星洲們還是會在苦瓜罐子裡說：你看還有可能性，還有希望——並且還要拚命努力地活下去。

只要活著，一切都有可能，只要一息尚存就能嘗試一切。

因為面前還有萬千的道路，猶如平面上的一個黑點，只要存在，就將有無數方向的直線經過它。

許星洲揉了揉通紅的眼眶，對柳丘說：「……學姐，我們都是漂泊的星星。」

外面大雨瓢潑，柳丘不動聲色地揉了揉鼻尖，望向窗外。

晚夏風雨急驟，閃電穿過雲層，於半空轟隆炸響。

豆大雨點劈里啪啦地落在窗外，被風吹扁。

以往區圖書館的自習室是能亮燈亮到夜裡十一點的，今天下午三四點鐘人就開始陸陸續續地走了，他們撐起形形色色的傘，唯獨柳丘學姐嵬然不動。

她租的房子條件不太好，晚上很吵，看不下書，因此今晚大概也會待到八九點鐘。

自習室裡滿是眾人離去的嘈雜喧嚣，姚阿姨換上今天中午剛買的人字拖，工作人員許星洲抱著一堆雜誌穿過人群，將雜誌歸類到書架上。

她的身後，姚阿姨關心地問：「星洲，妳今天怎麼回家？」

許星洲剛要回答，姚阿姨就溫和地提議：「今天不太安全，阿姨老公會來接，要不然我們順路送妳回家吧。」

許星洲莞爾笑道：「不用啦，阿姨，我男朋友今天來接我。」

姚阿姨有點可惜地喔了一聲。

「阿姨老公來接，」姚阿姨惋惜地說：「星洲，你們還沒見過吧？」

許星洲甜甜地道：「我男朋友讓我別亂動，等他下班來接喲。」

她說話時都甜甜的，眉眼彎彎，談到秦渡就開心。

姚阿姨：「……」

姚阿姨有點壞壞地開口：「每次聽見妳有男朋友，都覺得特別不高興，星洲考慮一下我兒子吧？我兒子是糟心了點，但還是個挺可靠挺帥氣的青年喔。」

許星洲哈哈大笑。

「阿姨，」許星洲笑得喘不過氣：「妳也太執著這個問題啦！要不然妳什麼時候把妳兒子弄來讓我看看好了——不過我先說好，我男朋友也很高很帥的。」

姚阿姨大笑起來：「行啊！」

許星洲也笑，姚阿姨背上包走了，外面雨聲震耳欲聾。

許星洲把雜誌整理完，看了手錶一眼，還沒到下午四點半。

接著，許星洲以眼角餘光看見，姚阿姨白天坐的桌子上，靜靜躺著一塊錶。

——那塊錶，是姚阿姨用來看時間的，被她落在了桌上。

許星洲追出去時，姚阿姨都已經在門口撐起了傘，準備走人了。

「阿姨！」許星洲大聲喊道：「阿姨妳的錶——！」

雨聲太大，姚阿姨似乎連聽都沒聽見她的呼喊聲，許星洲拔腿追了上去，下雨天大理石濕滑，跑起來得注意別摔倒，因此特別耗費體力——圖書館門口鋪來吸水的硬紙板都快被來往的人踩爛了。

許星洲好不容易追上，在姚阿姨肩上拍了拍，氣喘吁吁地道：「阿、阿姨……妳的錶，落在桌子上了……」

「哎？」姚阿姨也嚇了一跳：「謝謝妳……」

許星洲把錶遞過去，接著才注意到姚阿姨旁邊的那個伯伯。

叫他伯伯，是因為當許星洲看到他之後，叫不出叔叔兩個字。

叔叔這個稱呼過於平輩，而這個人渾身上下都散發著一股身居高位者的支配感，因此許星洲只能叫得出「伯伯」二字。

那伯伯不說話時氣場極其特別，伸手有種歲月鑄就的銳利感，也沒有與年齡相稱的肚腩，是個會保養健身的中年男人，臉上彷彿就寫著「人到中年有家有口，事業有成人生贏家」十六個大字。

許星洲突然又模模糊糊地覺得這個伯伯長得和秦渡有點像，至少他們氣質極其相似……是都是硬骨頭的原因嗎？都一看就非常不好相處，好像開口就會嗆人。

然而，這個一看就不好對付的伯伯，在他注意到許星洲後，居然肉眼可見地，變得極其熱情。

「妳就是星洲吧？」那個伯伯慈祥地道：「我聽妳阿姨經常提起妳，她不好意思問，我就替她問了。」

許星洲：「咦？您說。」

「等過幾年——」那個伯伯微一思索：「過兩年好了，兩年。那時候我們請妳吃個飯吧。」

許星洲一愣：「……哎？」

什麼叫過幾年——不對，什麼叫過兩年請我吃個飯？

這是什麼邀請啊！什麼邀請得提前兩年啊！許星洲還沒搞懂發生了什麼，姚阿姨就掐了一把那個伯伯的後腰讓他閉嘴，姚阿姨顯然是個熟練工，掐得那塊肉絕對非常要命，伯伯登時疼得齜牙咧嘴。

然而那個伯伯都被掐成那樣了，還是不畏姚阿姨強權，堅持道：「妳——妳一定要來。」

許星洲都愣了：「……哈？」

這伯伯明明看起來挺正常的啊……他沒毛病吧？

大雨傾盆，街上猶如河流，許星洲還沒來得及對這個邀約做出屬於成年人的、恰如其分的回應，救世主姚阿姨就直接將傘摜在了伯伯的臉上。

「沒事，」姚阿姨溫柔地道：「星洲妳繼續等男朋友吧。」

許星洲顫抖道：「好、好的！阿姨路上小、小心喲……？」

姚阿姨剛走進雨裡，又折回來，棘手地解釋：「洲洲，放心……我們不是人販子。」

許星洲就衝姚阿姨這一句話，勸住了自己，沒有報警。

秦渡下班的時間，顯然比那個伯伯晚多了。

他來的時候都下班尖峰時段了，那條街本來就窄，放眼望去全是車燈，路況極其糟糕，像被塞住的紫菜包飯。

申城之夏與春天不同，夏天暴烈而炎熱，颱風頻繁來襲，風幾乎將人的傘都吹跑了，許星洲拎著包在門口等著秦渡，結果沒帶傘的秦渡在街角喊了她好幾聲，她一聲都沒聽見。

秦渡只得冒著雨跑了過來。

圖書館門口人來人往，有女孩將傘一撐，將裙子攥在手裡衝進了雨裡。秦渡在許星洲後背一拍，許星洲一愣之下回過頭。

「今天我早退了，都來得這麼晚。」她身後的秦渡不好意思地說：「走吧，要不然沒有飯吃了。」

許星洲笑了起來。

她的裙子已經被淋得透濕，然後秦渡蹲下身，把許星洲的裙擺繫了起來。

那時候天都黑了。

路燈映著嘩嘩的大雨，青翠梧桐被風扯得稀碎，毛茸茸的梧桐果卡在下水道外，被流水泡得大了一圈，路上被回家的人堵得水泄不通。

許星洲感嘆道：「這交通路況也太差了吧。」

秦渡道：「我爸走得比我還早，現在還沒到家……我們情況應該更糟糕。」

許星洲笑著點了點頭：「嗯，我也不著急回去啦。」

許星洲穿著白天新買的人字拖，剛要衝進雨裡，就聽到了一個清脆的童聲，在嘩嘩的雨聲中響起。

「——媽媽！」那個小女孩笑道：「妳看外面雨下得這麼大，我還沒見過下得這麼大的雨呢！」

許星洲看了過去。

那個小女孩她今天剛見過，四五歲的年紀，穿著小吊帶褲和條紋小襪子，去拽了拽她媽媽的T恤，彷彿見到了什麼神奇的事情似的，指向外面的風雨，還被灌了一嘴的風。

她媽媽頭疼地道：「寶寶，我們的傘沒有了，不知道被誰拿走了哦。車也攔不到，我們要淋雨才能回家的。」

那小女孩登時特別激動，簡直像是中了大獎一般：「我喜歡淋雨！我帶妳在路上踩水花好不好呀！」

「寶寶，這個水花不是我們平時踩的水花，淋這種雨會著涼的……」

「可是，這麼大的雨呀！」小女孩難過地說：「我還沒淋過呢——媽媽，我們走吧，走吧，好不好？」

四五歲的孩子，正處在一個對世界所有事物都感到神奇的時候。

許星洲小時候曾經眼巴巴地等待過夏天的來臨。因為夏天會下很大的雨，也會有適合觀察滿天繁星的好天氣。那大雨匯成的水流會淌過奶奶家前的水溝，清澈地攜帶著泥沙，穿著小拖鞋踩進去，就像是一腳踩進了大江流，成為了鎮河的泥牛。

那是個對一切都滿懷幻想的年紀。喜歡做如今的大人們失去興趣的事情，一張紙一根木棍就能玩一下午，一張糖果包裝紙都能當成交易的貨幣。孩子們在衣櫃裡搭建小臥室，在肩上繫上床單和絲巾去當拯救世界的大俠。

這個孩子喜歡淋雨，如同這個新鮮而溫柔的世界，熱愛孩子稚嫩有趣的靈魂。

可是大人不喜歡。

許星洲笑了笑，把自己的傘遞了過去。

那個媽媽先是一愣，接著許星洲拽著秦渡，對那個小女孩笑道：「踩水也不可以感冒呀。」

秦渡：「許星洲，妳別忘了，我們他媽的只有這一把傘——」

許星洲直接踩在了秦渡腳上。

秦渡疼得齜牙咧嘴，許星洲對小女孩溫柔地說：「踩水多開心！但是淋雨可沒有踩水那麼舒服，還是要撐傘的。」

小女孩甜甜地道：「謝謝姐姐！」

那個媽媽不好意思地道：「小妹妹，我們不用的，妳只有這一把……」

秦渡：「謝謝妳這麼善解人意，許星洲我們快……啊我靠！妳他媽跟誰學的！」

「阿姨，妳們用就好了，」許星洲掐完秦渡的後腰，中二病地說——

「畢竟保護孩子的愛與夢是我們成年人的義務嘛！」

一個半小時後。

某收費停車場。

秦渡那輛奧迪裡亮著溫暖的燈，外面大雨簡直是兜頭往下澆，秦渡將車停了，皮笑肉不笑地對許星洲說了兩個字：「呵呵。」

「……」

許星洲憋憋屈屈地縮在副駕上，囁嚅道：「師兄，淋雨也……不是什麼……」

秦渡：「淋雨沒什麼，傘全都給擁有愛與夢的小孩子就好了，至於妳的男朋友，則可以淋成落湯雞。」

許星洲心虛地回答：「我……我當時以為我們會開車回家……開車又不用淋雨，怎麼能讓四五歲的小女孩淋雨呢。」

秦渡坐在車裡，髮梢還濕著，惡狠狠地捏許星洲的臉——她的臉軟軟嫩嫩的，還帶著點雨水的濕潤。

許星洲做了虧心事，連喊疼都不敢了。

「他媽的還學會掐後腰了，」秦渡惡劣地在許星洲額頭上叭地一彈：「我的後腰是妳隨便掐的嗎？」

許星洲連想都不想：「是。」

秦渡：「……」

秦渡惡狠狠地道：「行，就算是這樣吧，許星洲妳知不知道地鐵站在我們一公里之外？」

許星洲立刻大喊：「我不知道！你這個缺乏同情心的人！」

這個地鐵站所處的地方相當偏僻，可是人也不少，連看板都像是過期了沒撤的模樣，冷氣充足，硬紙板被踩得黑糊糊的。

許星洲踩進來時，連腿上都往下淌水。

她揉了揉被彈紅的額頭，身上披著秦渡留在車上的外套，秦渡整個人都像是從水裡撈出來的一般，進來之後煩躁地捋了捋自己的頭髮。

「明天去剪頭髮……」秦渡被自己的一頭捲毛煩得要命，煩躁道：「我還是推個寸頭吧。」

許星洲想了一下，開心地說：「好呀，師兄的寸頭肯定也很帥。」

秦渡看著許星洲，片刻後，十分受用地嗤了一聲。

然後，他就去買票了。

許星洲一開始還比較驚訝，因為按許星洲的理解，秦渡這種人這輩子都沒坐過大眾運輸工具——他出行最次的選擇也是計程車，結果他很嫻熟地帶著許星洲跑到了自動售票機前。

結果三秒鐘後，許星洲就意識到，秦渡能走到這裡，只是因為識字而已。

畢竟自動售票機前的紅字，不是文盲的話，是個人都認識。

秦渡戳了一下螢幕，求證地問許星洲：「就是這樣點……點一下？」

許星洲：「……」

許星洲看不下去，替他戳了一下功能鍵。

「我靠怎麼這麼多顏色？」接著秦渡震驚地道：「上海居然有這麼多條地鐵線？我們在哪一條？我們現在在哪裡？這是……」

許星洲：「……」

許小師妹的心中，一種帶弱智兒童出門的悲涼感，油然而生。

秦師兄：「我想一下，我們靜安……」

「F大那邊是十號線。」秦渡篤定地判斷道：「我們離十號線那麼近，開車也就五公里多一點，那我們應該是九號或者十一號，最多不超過十三。」

許星洲開口：「師兄，你知道有地圖可以查嗎？」

秦渡：「啊？」

許星洲說：「而且我們在二號線。」

秦渡：「……」

秦渡丟了臉，立刻變得咄咄逼人：「這不合理。這是基於什麼的二號線？差這麼多？明明只有五公里的距離？許星洲妳是不是騙我？」

許星洲……許星洲想拿丈二和尚打他的狗頭，直接擠到秦渡身前，將票買了。

——兩張單程票，六塊錢。

許星洲買完票，收了找零的硬幣，將兩張票一抖，對秦渡說：「是基於社會學和城市規劃學角度的二號線。由市中心所處地區決定，地鐵規劃歷來是從市中心繁華地區出發向周圍相對繁華的地區延伸的，我以為這是基本常識，師兄，你拿數賽金牌之前是不是被地理老師亂棍趕出地理課了？」

食物鏈頂端的秦師兄：「……」

許星洲：「辣雞。」

秦師兄：「許星洲妳——」

許星洲直接走了。那一刻，她積累已久的仇恨，終於得到了發洩。

接著許星洲拿著票，拖著秦渡過了安檢，秦渡一開始特別不滿地鐵安檢居然沒有盒子裝他的個人所有物，並且拉開了包包拉鍊，將自己的筆電朝外一拿。

一看就能看出來，這個人從出生到現在，大概只過過機場的安檢通道，還是VIP的。

許星洲趕緊把他摁回去：「不是機場，不用拿出來。」

「……」秦渡感慨：「地鐵不行啊，安檢也太鬆了，容易發生恐怖襲擊。」

下班尖峰時段的地鐵上像是下餃子似的，甚至比平日還要擠，到處都是交通癱瘓後被迫乘地鐵的人，他們兩個人上了車後就被擠在門口，動彈不得。

秦渡非常不適應。別看他平時狗得很，但他確實是個公子哥，可能小時候出行都是有司機接送的。

他這輩子大概都沒被陌生人這樣擠過，此時不舒服地躲避著。

他只是忍著不說而已。

秦師兄是真的從來沒坐過地鐵。

況且秦師兄是真的十分冷漠。

他高高在上，缺乏同情心，無法感同身受他人的苦難，漠然而古怪，讓他挨著這樣一群人，屬於強人所難。

許星洲發現這件事時，又一次真切地意識到了那條亙古不變的事實：他們來自完全不一樣的世界。

許星洲囁嚅道：「……師兄。」

地鐵哐當哐當地向前行駛，外面白燈飛馳而過，秦師兄將她抵在門邊，護在臂彎裡，聞言抬起了頭。

「師兄，讓我在外面吧。」許星洲小聲道：「你好像不太能和人擠，我倒是挺適應的……」

秦渡沒說話，只漫不經心扭過頭，向遠處看了一眼。

許星洲趕緊補充道：「今天迫不得已，我也知道你好像不太喜歡人，而且這個場合你絕對沒來過，反正靠著人都很膩歪，不如我替你擋著。」

秦師兄顯然不打算回應許星洲的無聊邀請，因為他直接掏出了手機。

這場面，許星洲見得多了。

許星洲立刻熟練地灌甜甜的迷魂湯給他：「而且師兄你雖然不喜歡人，但是喜歡我嘛！」

「給你一個可以只靠著我的機會。」許星洲笑得眉眼彎彎：「所以師兄，我們換個位置好不好呀？」

許星洲甚至連所有的臺階都幫他準備好了。

她是真的擔心，怕秦渡被擠得不舒服。

被灌了迷魂湯的秦渡，終於開了口：「老實待著吧啊。」

他說完，還在許星洲臉上捏了一把。

許星洲一愣：「哎？」

她仰頭看著秦渡，地鐵燈光交錯，周圍人聲嘈雜不堪，秦渡頭髮還濕漉漉的，低著頭看著許星洲，片刻後大概是被她萌到了，便低下頭和許星洲蹭了蹭鼻尖。

十分的旁若無人。

許星洲臉都紅了。

「不就是搭個車嗎。」秦渡伸手捏了捏許星洲軟軟的鼻尖，揶揄道：「我可能會讓妳在外面？嗯？說了三件事說錯了兩件……」

許星洲被他調戲得面頰潮紅：「不、不要就算了……」

接著，許星洲聽見了熟悉的音樂聲。

確切來說，歌聲本身，她並不熟悉——但是她知道在地鐵裡響起的音樂代表什麼。

那地鐵裡，歷來有來乞討的人。

二號線的話，一般是在二號線通往浦東機場的方向，尤其是出了市區上地面之後，因為乘警減少，乞討的人突然變得相當多。他們暴露自己的殘缺和病痛，放著淒慘的〈二泉映月〉，向車上的乘客抖著自己的小鐵碗。

秦渡顯然從來沒見過這情況，都愣住了。

那個人，許星洲看了一眼，都覺得膽戰心驚。

來的是個重度燒傷的男人，說是工傷，被濃硫酸兜頭澆下留的。因為當時還穿著工服，所以僥倖留了條命在。他原本是個重工業的工人，一場下班後的事故致使了如今的窘境。他的撫恤金少得可憐，母親又病重，於是此時他飽經風霜的妻子推著他的輪椅，祈求大家的憐憫。

許星洲：「……」

晚上八點的二號線，給錢的人並不多。

大家已經上了一天的班，同情心已經降到了一天中最低的冰點，況且這個社會早已流行起了「你窮你有理嗎」的價值觀，大多數人都漠視著，冷眼旁觀。

許星洲見過這麼多次乞丐，可是在那麼長的車廂裡，幾乎只有小孩子向父母要了五塊錢，放進了他們的小鐵碗裡。

爸爸這次給你錢，是為了讓你知道善良是什麼。

——在那個乞丐走後，那個父親對孩子這樣說。

可是你要知道，乞丐和我們不同，他們的故事有很大的可能是假的，他們也有很多人形成了專門的幫派，而且他們的生活有很大的可能比爸爸這些辛勤勞動的人都要優越……他們可能並不是真的可憐。

——那個孩子震驚了。

許星洲不知道那孩子以後還會不會同情乞丐，有很大機率孩子可能從此就成為了抱著手臂睡在旁邊的人。

可是許星洲，每次都會給錢。

她每次買車票都留著零錢，在包裡捏著一小把硬幣，有一部分原因就是為了應對這樣的場合。

許星洲無法旁觀——哪怕可能是假的。

如果是假的，許星洲會覺得慶幸，因為世上又少了一段悲慘的故事；如果是真的，許星洲會認為自己的那點零錢也做了好事，他們會好好活著。

秦渡說：「這……」

他大概是受到了一點衝擊，沙啞道：「這也太……太……」

這就是人間的熔爐，痛苦而熾熱。

在那個熔得面目全非的男人和他的妻子來到他們面前之後，許星洲將方才買票剩的四枚硬幣摸了出來，剛打算遞過去，秦渡就把自己的錢包摸了出來，點了五張現金。

「五百？」秦渡徵詢地問：「應該差不多吧？」

許星洲一怔。

秦渡嘖了一聲道：「……再多加一百吧。」

然後他將六百紙鈔對摺，又把許星洲手裡那四枚小硬幣拿來，一起放進了乞丐的碗裡。

六百零四，噹啷一聲，充滿銅臭的意味十足。

那一瞬間，周圍的人用不可思議的眼神看著落湯雞似的秦渡，彷彿那是個活體冤大頭。

許星洲也呆了。

那對夫妻不住地感謝秦渡，秦渡擺了擺手，示意不用謝了，又把被他護在門邊的許星洲，摟在了懷裡。

許星洲悶在秦渡懷裡，笑了起來。

秦渡低聲對許星洲道：「放在以前，我才不給。我連看都不會看。一個個有手有腳有家庭的，不會工作嗎？騙子那麼多，我哪有工夫一個個去辨別，去同情？我根本不知道同情兩個字怎麼寫。」

許星洲甜甜地問：「嗯，我知道啦！那現在呢？」

秦渡嗤嗤地笑了起來。

他眼裡有一種溫柔的光。

「現在啊……」秦渡帶著一絲不自然地說：「就覺得……有點像妳了，妳看。」

許星洲立刻幫自己貼金：「是星洲洲善良嗎？」

秦渡別開眼睛，嘴硬道：「妳善良個屁……怎麼說，就是……覺得人也沒那麼討厭了，活著也很……和以前不一樣了，每天都有盼頭。」

許星洲聞言微微睜大了眼睛。

「這些人不僅變得不討厭了……」秦渡低聲說：「而且，是真的，有點同情。」

秦渡又道：「他們是在騙人嗎，或者不是？我還是不想辨別，可我就是覺得他們很可憐，而我開始像妳。」

許星洲那一瞬間，眼眶都紅了。

秦渡自己大概都不知道，他眼裡此時的光，有多麼溫柔。

許星洲揉了揉眼睛，說：「我師兄……是很好的人。」

「是很好，很好的人……」許星洲帶著鼻音重複了一遍，然後伸手抱住了秦渡的後背。

地鐵在城市的地下，噹啷噹啷地往前疾馳。

秦渡身上幾乎快乾透了，他個子比許星洲高一個頭有餘，肩寬而腰窄，是一個寬闊的，能令人感到溫暖的胸膛。

接著，秦渡親自動手，把懷裡的許星洲捏成了小黃鴨嘴。

被捏住嘴唇的許星洲：「咿？！」

秦渡捏著許星洲的小嘴壞壞地擠了擠，不許她說話，然後自己開口：「許星洲，小嘴怎麼這麼甜？」

他又惡意地道：「我沒妳拍馬屁，這輩子怎麼辦？」

他們中間安靜了一下，許星洲又憋憋地學上海話說：「我又不會走……」

然而，許星洲剛說完，就明顯感覺秦渡呼吸都粗了。

「星洲這麼聽話……」

他呼吸粗重，將許星洲抱在懷裡，把她往懷裡使勁揉了揉，許星洲差點都沒喘過氣來，就聽到秦渡在她耳邊沙啞地、用只有許星洲能聽見的聲音，蠱惑地對她說：「那能幹死嗎。」

他聲音極其性感，說騷話時，地鐵還在報下一站。

周圍的女孩還在講電話，秦渡講完還惡意地在她耳邊親了親，簡直催情。

許星洲那一瞬間臉紅到了耳根，囁嚅著要躲開，卻又聽見耳邊地鐵疾馳鐵軌轟鳴，呼嗟呼嗟聲綿延不絕。

有人談論著柴米油鹽，有阿姨在低聲聊著孩子的補習班，萬千世界億萬人生在此處匯聚，又四散向遠方。

而她的面前就是秦渡。

他站在這裡，站在人間。

在城市的交通近乎癱瘓時，地下的大眾運輸工具顯然比一輛幾百萬的車可靠多了。

他們開車時在路上塞了兩個小時，也不過走了不到一公里，當路況廣播宣布前面已經不能走了的時候，秦渡當機立斷把車停在了附近一個收費停車場，然後他們轉了地鐵——地鐵就快多了，他們在地鐵上不過二十幾分鐘的工夫，就到站了。

許星洲的中二病令她失去了自己那把小傘，秦渡又在地鐵買了兩把便利傘。許星洲挑走了日漫標配的白透明傘，把那把粉紅色的留給了秦渡。

秦師兄沒得挑選。

他們一路冒雨衝回了家，那把傘其實也沒什麼用，兩個人到家時都已經濕透了，許星洲的頭髮全糊在臉上，猶如女鬼，秦渡也沒好到哪去，整個人都像是從水缸裡撈出來的鯉魚一般。

兩個人在門口看到對方的慘狀，忍不住哈哈大笑。

秦渡笑完就板著臉，在許星洲腦袋上啪嘰一敲：「笑什麼？」

許星洲止不住的笑：「笑你。」

秦渡又敲了一下，說：「欠打。」

許星洲又揉了揉被敲痛的腦殼，又偷偷笑了起來。

——她是真的非常容易快樂，秦渡想。

秦渡其實不明白許星洲為什麼這麼高興，為什麼總是有這麼多事情讓她露出這樣的笑容，可是他明白，她的那種快樂正在侵占他。

那宛如沖繩而起北海道而終的百花一般的快樂和熱情。

秦渡心裡都要被她填滿了。

許星洲擦著頭髮嘀咕道：「師兄，你房子太黑了。」

她那時候似乎剛洗完澡，秦渡將冰箱裡張阿姨送來的菜熱了，端上桌。女孩子穿著T恤和短褲，站在一片燈都映不亮的黑夜之中。

「都覺不出人味……」許星洲小聲說：「你怎麼想著把房子搞得這麼黑的？」

秦渡漫不經心道：「是吧。我也覺得太黑了。」

「那時候喜歡這種性冷淡的裝修，」秦渡認真道：「我回頭讓妳重新弄一個，妳喜歡什麼就弄什麼。」

——《我還沒摁住她》03完——

高寶書版集團
gobooks.com.tw

YH 177
我還沒摁住她(03)

作　　者　星球酥
封面繪圖　虫羊氏
封面設計　虫羊氏
責任編輯　楊宜臻
內頁排版　賴姵均
企　　劃　何嘉雯

發 行 人　朱凱蕾
出　　版　英屬維京群島商高寶國際有限公司台灣分公司
　　　　　Global Group Holdings, Ltd.
地　　址　台北市內湖區洲子街88號3樓
網　　址　gobooks.com.tw
電　　話　(02) 27992788
電　　郵　readers@gobooks.com.tw(讀者服務部)
傳　　真　出版部(02) 27990909　行銷部 (02) 27993088
郵政劃撥　19394552
戶　　名　英屬維京群島商高寶國際有限公司台灣分公司
發　　行　英屬維京群島商高寶國際有限公司台灣分公司
法律顧問　永然聯合法律事務所
初版日期　2024年12月

原著書名:《我還沒摁住她》由北京晉江原創網絡科技有限公司授權出版。

國家圖書館出版品預行編目(CIP)資料

我還沒摁住她/星球酥著. -- 初版. -- 臺北市:英屬維京群島商高寶國際有限公司臺灣分公司, 2024.12
　冊;　公分. --

ISBN 978-626-402-135-7(第3冊:平裝). --
ISBN 978-626-402-136-4(第4冊:平裝)

857.7　　113017650